아도
제로스

샤란라
이리스
쟈네

루세리스
레나
카에데

"참 즐거워 보이는구만.
내가 부활했는데도
무시하다니……."
알피아
(사신 아가씨)

아라포 현자의 이세계생활일기

11

코토부키 야스키요 지음
JohnDee 일러스트
김장준 옮김

Contents

프롤로그 ~알톰 황국에 날아든 부고~

알톰 황국. 유익인종 르페일 족이 중심이 되어 통치하는 다민족 산악 국가.

기본적으로 다른 종족에게 관대한 국가로, 가혹한 자연환경에서 살아남기 위해 능력주의가 발달했으며 강자가 약자를 지키는 사회 정의를 중시한다.

그러면서도 배신이나 불성실에는 엄격하며 고지식하다.

그 민족성이 어떤 비극을 불러왔다.

사건의 발단은 루세이의 어머니인 메이아 에마라가 날개 없는 아이, 루세리스를 낳아 불륜을 의심받은 것이었다.

메이아는 처벌을 받기 전에 아이와 함께 자취를 감췄고, 이후 행방이 묘연해졌다.

개중에는 불륜이 발각되어 도망쳤다는 억측을 내놓는 사람도 있었지만, 결국 진실은 오리무중. 수색해도 흔적조차 찾을 수 없었다.

그러나 최근 그녀의 자식이 살아있다는 소식이 확인되어 혈연인 언니【흑천 장군】루세이 에마라가 조사에 나선 뒤 귀환했고, 일족이 모여 국왕 앞에게 이 사건의 전말을 보고했다.

"……루세이. 그 이야기가 사실인가?"

"예, 폐하……. 어머니는 자신의 결백을 증명하고자 이곳을 떠났고 마지막까지 진실을 밝히려고 협력자와 노력하였으나, 뜻을 이루지 못한 채 주신의 곁으로 떠났습니다."

"……그런가."

알현실은 무거운 침묵에 휩싸여 있었다.

미리 외교관을 통해서 보고받았으나, 루세이의 입을 통해 직접 듣자 누구 하나 참담한 심정을 감추지 못했다. 메이아의 부고를 다시 듣게 되니 슬픔이 숨겨지지 않았다.

속죄하고 싶어도 메이아는 이미 이 세상에 없다.

더 문제인 점은 르페일 족의 지식이 부족하다는 것이었다. 그들에게 유전학은 먼 옛날에 유실된 지식이며, 격세유전 같은 자연의 현상을 증명하기란 불가능했다.

먼 조상의 특징이 몇 세대 떨어진 자손에게 갑자기 나타난다. 그런 일이 일어날 수 있다고는 아무도 생각하지 못한 것이다.

알톰 황국 국왕【마르두크 라하 알톰】은 왕좌에서 무거운 한숨을 뱉었다.

"……격세유전. 조상의 피가 갑자기 깨어나는 현상이라……. 설마 우리 일족에게 그런 일이 일어나다니……. 하지만 듣고 보니 이해가 되는군. 우리 황족에게도 다른 종족의 피가 적게나마 섞인 것은 엄연한 사실이다. 순혈 르페일 족 따위 이미 세상에 없지."

"폐하, 그건 어디까지나 가설에 지나지 않습니다! 증거도 없는 이야기입니다."

"하지만 메이아는 마지막까지 자신의 결백을 주장했다. 게다가 지금은 일루마나스 지하 가도가 개통되었지만, 당시에는 산맥을 넘어 솔리스테어 마법 왕국으로 가야만 했어. 웬만한 용기로 그곳을 넘을 수 있는 자가 과연 몇 명이나 있었는가?"

"그, 그건…… 그렇습니다만……."

솔리스테어 마법 왕국과 알톰 황국 사이는 험난한 산악 지대가 가로막고 있었다.

아무리 르페일 족이 하늘을 날 수 있어도 혼자서 날면 비행하는 마물에게 노려질 위험성이 컸다. 하물며 마물이 무리 지어 달려들면 어지간한 실력자도 산맥을 넘기 어려웠다.

메이아의 전투 능력은 다른 르페일 족보다 낮았고, 단신으로 산맥을 넘어가기란 자살행위나 다를 바 없었다.

그녀는 그것을 마음의 힘으로 이루고야 말았다.

"어머니는 강하다고 하지만, 그 메이아가……. 기댈 사람 하나 없이 얼마나 힘든 여행이었을지……."

"하지만 어머니에게는 행운도 함께했습니다. 좋은 만남과 많은 지인이 있었다고 들었습니다. 저는…… 그런 어머니의 딸이라서 자랑스럽습니다."

"루세이……. 그렇군. 메이아는 자기 운명에 저항해 승리했고, 친딸에게 진실을 전했으니까. 죄가 있다면 메이아를 믿으려고 하지 않은 우리에게 있겠지……."

"폐하……."

"메이아가 고향 땅에서 잠들게 해줘야지. 다시 이곳으로 돌아오기를 꿈꾸었을 터이니 미련이 있었을 게다. 하다못해 그 소원이라도 이뤄줘야 하지 않겠나. 그게 우리가 할 수 있는 유일한 속죄야."

"……예. 어머니도 기뻐하실 겁니다."

"그렇다면 다행이구나. 라폰!"

마르두크 황왕는 루세이의 아버지이자 메이아의 아버지인 라폰을 불렀다.

그는 루세이의 이야기를 들은 뒤부터 생기가 빠져 산송장 같은 얼굴을 하고 있었다.

"라폰, 듣고 있는가?"

"헉! 말씀하십시오, 폐하……."

"……메이아를 고향 땅에 묻어줘라. 그것이 그대의 속죄다. 가능하다면 우리가 모두 나가서 맞이해야겠으나, 그럴 수도 없는 노릇이지."

"속죄……. 네. 저는 메이아를 믿어주지 못했습니다. 아둔하고 부덕한 남편이죠."

마르두크 국왕을 포함해 일족만 모인 자리였기에 라폰은 잠시 격식도 잊은 채로 말했다.

평상시와 같은 말투건만, 목소리에는 패기가 하나도 없었다.

"우리도 똑같다. 그러니까 적어도 홀로 산맥을 넘어 자기 힘으로 결백을 증명한 고결한 황녀가 편안하게 잠들 수 있게 고향으로 데려오는 것이 우리 의무 아니겠는가. 눈물은 그다음에 흘려도 늦지 않다. 이는 나의 칙명이다."

"예…… 명에 따르겠습니다."

이리하여 라폰은 메이아의 유해를 인도받기 위해서 솔리스테어 마법 왕국으로 가게 되었다.

하지만 문제가 하나 있었다.

"날개 없는 우리 일족은 어찌하면 좋을까……. 필시 원망하고 있겠지."

"폐하, 동생은…… 루세리스는 인간족으로 살아가고 있습니다.

어머니를 모르고 이미 자신의 의지로 나아갈 길을 정한 아이입니다. 이제 와서 이 나라로 오지는 않으리라 사료됩니다. 그 아이의 고향은 이미 솔리스테어 마법 왕국입니다."

"허나 격세유전을 생각하면 루세리스에게서 우리 일족의 아이가 태어날 가능성도 있지 않은가? 다름 아닌 황족의 핏줄이다."

"어머니의 유품을 주면 될 것입니다. 만약 폐하의 예상이 현실이 된다면 우리가 흔쾌히 받아줘야겠지요. 솔리스테어 마법 왕국은 이제 동맹국이니 어려울 것은 없습니다."

"어려운 문제이기는 하군. 지금은 조용히 지켜봐야 할 때인가."

"다행히 제가 편지로 연락을 주고받고 있습니다. 혼인해서 아이가 생겼을 때는 연락이 올 것입니다. 게다가 만약 이 나라에서 받아주더라도 주변에서 좋은 눈으로 보지 않을 테고, 아버지도 마주할 준비가 되지 않았으니 마음을 가라앉힐 시간이 필요합니다."

"……네 말이 옳다."

루세리스의 처우는 잠시 보류하기로 했다.

그리고 훗날, 라폰이 이끄는 단체가 솔리스테어 마법 왕국으로 떠났다.

루세리스의 어머니, 메이아의 관을 받으러—.

◇ ◇ ◇ ◇ ◇ ◇ ◇

파프란 대산림 지대.

약육강식의 법칙으로 돌아가는 가혹한 대자연의 영역.

숲 어귀에 출몰하는 마물도 비교적 강해서 기사단 훈련에 안성맞춤인 장소다.

"이곳에서 휴식하겠다! 각자 경계를 서며 순서대로 쉬도록."

기사대장의 지시로 보초병이 주변을 경계하고, 다른 기사는 보존식품으로 배를 채웠다.

이 숲은 마물이 적은 편이지만, 기사들은 조금 전까지 연속으로 전투를 치렀기에 많은 기사의 얼굴에는 지친 기색이 역력했다.

"슬슬 복귀해야 하나……."

부대원의 상태를 본 기사 대장이 혼잣말로 중얼거렸다.

"주, 죽겠어……."

"이게 마도사가 할 짓이냐…… 허억허억."

최근 마도사단과 기사단에 큰 구조 개혁이 있었다.

기사단 편성에 마도사가 들어갔고, 기존 전략의 대대적인 재검토와 검증이 시작됐다.

그러던 중 선결 과제로 떠오른 것이 마도사의 전투력 강화였다.

지금까지의 마도사는 후방 지원이 주된 임무였고, 마법의 위력은 강해도 전선에서 싸우지 못하는 자가 대부분이었다.

그렇지만 무기를 가지고 전선에서 싸우는 마도사가 있으면 전략의 폭이 크게 넓어진다.

상황에 따라서 다양한 편성이 가능하며, 전술적 이점도 크다.

그러나 급격한 개혁에는 문제도 따라오기 마련이다.

첫째, 구체제의 마도사를 기초부터 다시 훈련해야 한다.

둘째, 쓸데없이 선민의식이 강한 마도사들은 바로 탈락한다.

셋째, 후방이라는 안전지역에서 벗어나서 무기를 들고 싸워야 하나, 대다수 마도사에게는 그럴 용기가 없다.

최근에는 기사들에게 마법 스크롤이 보급되면서 간단한 마법을 쓰는 사람이 늘어나는 추세였다. 상황이 이러니 마도사의 입지는 좁아질 뿐이었다.

심지어 마법 전문가인 마도사보다 기사들이 다양한 사용법을 고안하고 시도했다. 그렇게 되자 마도사단의 존재 의의가 사라지고, 『이제 마도사 필요 없지 않아?』라는 결론이 나오는 판국이었다.

더 심각한 문제는 전선에서 싸울 마도사를 늘리자고 주장한 사람이 하필이면 마도사들의 후배인 학생이라는 점이었다.

국왕은 군제 개혁안을 수용했고, 마도사단의 체면은 땅에 떨어졌다. 그들은 제 잘난 맛에 살던 과거의 영광을 잃고 흙먼지를 마시며 훈련에 임할 수밖에 없었다.

"젠장! 어린 자식들이 폐하에게 헛바람을 넣지만 않았어도……."

"왜 우리가 이런 훈련을…… 우웩!"

"토하지 마! 너 때문에 입맛 버리잖아!"

약골 마도사에게 혹독한 훈련은 지옥이었다.

매일 기초체력을 키우는 훈련에 매달리고 전술 강의를 받으며 한 명이라도 실수를 하면 연대책임. 어리광 섞인 투정이라도 부렸다가는 주먹이 날아왔다.

욕설과 모욕으로 자신감은 유리처럼 박살 났고, 나라에 대한 책임과 사명감이 주입됐다. 어중간한 정신 상태로는 아군을 죽일지도 모르니까.

어떻게 보면 세뇌라고 해도 과언은 아닐 것이다.

"머저리들, 그딴 정신머리로 나라를 지킬 수 있겠나! 우리의 장비는 국민의 세금, 다시 말해 믿음이다! 나라에서 주는 지급품을 받아든 이상, 선택권은 없다!"

"알겠나! 우리에게는 국민을 지킬 책임이 있다. 그 책임을 내던지고 편하게 꿀만 빨고 싶다는 거냐!"

"""""……."""""

그리고 먼저 훈련을 받은 선배 마도사는 완전히 세뇌당했다.

애초에 이런 대산림 지대 외곽에서 훈련하는 것 자체가 이상했지만, 육체와 정신이 극한 상태로 몰린 후배 마도사들은 생각할 여력이 없었다. 오히려 위험한 훈련을 솔선해서 받는 선배 마도사들이 굉장히 믿음직스럽게 보일 지경이었다.

고난에 맞서는 모습에는 절로 존경심이 들 정도였다.

"그나저나 이번에는 유난히 마물이 많군."

"안쪽은 더 많이 나온다고 해. 오늘 만난 마물도 맛보기 수준이란 건가?"

왠지 마물이 많다고 의아해하면서도 그 이상에는 생각이 미치지 못했다. 그것이 이들의 큰 실수였다.

예상보다 마물이 많다면 스탬피드나 대량 번식, 혹은 대형 마물의 출현을 의심해야 한다.

하지만 실전 경험이 부족한 마도사들은 그 점을 알아차리지 못했다.

—우오오오오오오오오오오오오오오오오오오오오오오오오오!

갑자기 울려 퍼지는 포효.

눈앞에 나타난 칠흑빛 거구를 보고 다들 놀란 나머지 굳어 버렸다.

악어처럼 길쭉한 입. 등에 자란 날개와 긴 꼬리.

전설로도 전해지는 최강 생물과 흡사하지만, 유일하게 다른 점은 이 마물은 두 다리로 서 있다는 것이었다.

그들이 아는 최강 생물은 몸이 앞으로 기울었다.

자세히 보니 비늘 대신 몸 곳곳에 인간의 얼굴이 붙어있었다.

그런 드래곤이 있다는 얘기는 듣도 보도 못했다.

"……드, 드래곤이야?"

누가 중얼거렸다.

와이번이라면 간신히 이길 수 있을지도 모른다. 하지만 이 생물이 드래곤이라면 상대할 엄두가 나지 않았다.

애초에 싸우려고 해도 준비도 훈련도 안 된 상태로 뭘 어쩌겠는가.

"도, 도망쳐라!"

"소지품은 버려도 돼! 어떻게든 여기서 후퇴한다!"

어린 드래곤이라도 와이번과는 비교가 되지 않게 위험했다.

한 마리가 나라를 멸망시키는 존재. 그들이 혼란에 빠지는 것도 당연했다.

"아, 안 돼……. 지금부터 도망쳐 봤자 늦었어……."

"하하하…… 우리 이런 곳에서 죽는 거야……?"

그들은 뱀 앞에 놓인 개구리처럼 움츠러들어 움직이지 못했다.

옴짝달싹하지 못한 채 그저 절망을 목도했다.

"""콰오오오오오오오오오오오오오오!"""

""""""뭐, 뭐야?!""""""

하지만 뜬금없이 다른 마물이 나타나서 드래곤에게 달려들었다.

이글거리는 화염이 휩싸고, 은색 날개가 베고, 칠흑의 어둠이 스쳐 지나갔다.

그것은 코카트리스 세 마리였다.

"저거, 코카트리스야……?"

"아종…… 아니, 변이종인가? 무모하긴……."

"하, 하지만 저것들이 싸우는 틈에……."

"지금 후퇴해! 뒤도 보지 말고 뛰어! 죽고 싶지 않으면!"

그 목소리에 부대원이 일제히 달려 나갔다.

명성과 명예 따위, 약육강식의 자연계에서는 의미가 없었다.

설령 비참하더라도 그들은 생존을 우선했다. 올바른 판단이었다.

그 판단이 그들의 생사를 갈랐으니까.

그들은 이틀 동안 험난한 숲에서 도망치다가 가까스로 야영지로 돌아오는 데 성공했다.

부상자는 있어도 사망자가 나오지 않은 것은 기적이었다.

◇ ◇ ◇ ◇ ◇ ◇ ◇

"쿠오……. (도망쳤나…….)"

"쿠오, 쿠와. (하지만 좋은 싸움이었다.)"

“캬오, 쿠와.(음, 또 싸우고 싶군.)”

파프란 대산림 지대를 어슬렁거리던 우케이, 잔케이, 센케이는 우연히 드래곤과 마주쳤다.

그들은 타고난 투쟁심으로 무작정 덤벼들었고, 싸움은 3일 밤낮으로 이어졌다.

그러다가 불리하다고 생각했는지, 칠흑 드래곤이 도망가고 숲속에는 잠깐의 정적이 돌아왔다.

“캬오우.(돌아갈까.)”

“쿠와.(그러지.)”

“캬오, 쿠와쿠와.(이곳은 좋은 수련장이군. 또 오자.)”

““캬오우.(좋지.)””

이 변신하는 꼬꼬들도 한층 더 비상식적인 존재로 거듭나 있었다.

그들이 어디로 가고자 하는지는 아무도 모른다.

◇ ◇ ◇ ◇ ◇ ◇ ◇

예상도 하지 못한 강적에게서 벗어나려고 하늘로 도망친 짐승은 자기가 약하다는 사실을 이해했다.

목적을 이루려면 아직 힘이 부족하다. 더 강해지기 위해서 먹이를 잡아먹어야 한다.

『약하다…… 이대로는 안 된다…… 먹이를…….』

『……찾아라…… 먹어라…… 놈들을 모조리 없애려면…… 부족하다…….』

『힘…… 더 강한…… 힘을…….』

『밉다…… 괴롭다…… 이 고통…… 놈들에게…….』

『파괴…… 모두…… 멸망해라.』

몸 전체에 붙은 인간의 얼굴이 저마다 입을 움직였다.

모든 얼굴에 인격이 있어 보이지만, 근간은 증오라는 하나의 감정으로 통합되어 있었다.

내뱉는 말도 하나같이 저주뿐.

한때 용사라고 불린 자들은 이용당하기 위해서 이세계로 소환됐고, 쓸모가 없어지면 위험분자로 몰려 처분당했다.

개중에는 자손을 남긴 사람도 있었지만, 그들 대부분은 4신교에 충성을 맹세하고 세뇌 교육을 받은 메티스 성법 신국의 기사가 되었다. 용사의 힘을 물려받은 자손까지 이용한 셈이었다.

하지만 대를 이을수록 그 힘은 약해지기 때문에 새로운 이세계인을 소환할 필요가 있었다.

바꿔 말하면 그만큼 많은 이세계인이 소환됐고, 도구로 이용되어 버려졌다는 뜻이다.

4신교는 표면적으로 용사를 영웅으로 대접했지만, 뒤에서는 이세계인을 수인 같은 아인종으로 취급했다.

당연히 용사들은 그런 사실을 알 리 없었다.

그리고 죽은 이세계인의 영혼은 윤회의 굴레로 들어가지 못했다.

죽어도 구원받지 못한 용사들의 영혼은 묵은 원한을 풀고자 세상에 간섭하여 세계의 법칙을 망가뜨리는 존재로 변해 갔다.

처음에는 미약한 힘이었다. 하지만 오랜 시간과 많은 피해자의 혼이 축적되며 기어코 생물에 빙의하는 힘까지 얻었다.

다른 생물을 잡아먹어서 물질세계에 존재하는 힘과 자신을 고정하는 능력을 빼앗은 것이다.

하지만 아직 힘이 부족하다는 사실을 깨달았다.

『『『『『더…… 힘을…….』』』』』

짐승은 동쪽으로 계속 날아갔다.

더 많은 힘을 빼앗고, 지금보다 강한 생물로 진화하기 위해서…….

제1화 아저씨, 설산에서 배틀 중

“징글징글한 자식! 빨리 뒈져!”

【블리자드 카이저 드래곤】과 싸우기 시작하고 사흘이 지났다.

아도는 대검을 짊어지고 번개처럼 돌진해 비교적 부드러운 부위인 배를 있는 힘껏 베었다. 기술도 뭣도 없이 그저 힘에만 집중한 공격이었다.

그리고 빠져나오면서 공격 마법을 덤으로 안겨줬다.

“제발 좀, 죽어!”

이쯤 되면 제로스도 지치는지 말투가 거칠었다.

거대한 망치를 한 손으로 들고 머리를 거세게 내리쳤다.

마법 효과가 부여되어 강력한 플라즈마가 정수리를 직격했으나, 용왕급 드래곤에게는 그다지 효과가 없어 보였다. ……하지만 실제로 블리자드 카이저 드래곤은 궁지에 몰렸고, 제로스와 아도도 한계에 달한 체력으로 아슬아슬하게 버티고 있었다.

이제 어느 쪽의 기력이 먼저 떨어지느냐가 관건이었다.

"히히히히히! 받아라, 【플라스마 레이】!"

"정신줄 놓으셨구만…… 【버스트 마인】!"

거대 레이저를 맞고 휘청거리다가 공중에 설치한 버스트 마인에 걸려서 연쇄 폭발을 일으켰고, 거대한 드래곤은 폭염에 휩싸였다.

강력한 마법이 눈을 녹여 설산이 평범한 돌산으로 바뀌었다.

두 사람은 이 틈에 가능한 한 많은 피해를 주려고 고위력 마법을 난사하며 과감하게 공세에 나서지만, 언제 끝날지 모를 전투에 초조함은 쌓여 갔다.

3일 밤낮으로 이어진 전투는 지형을 바꿔놓을 정도였고, 인위적인 천재지변은 마물의 생태계에 큰 혼란을 초래하고 있었다.

""으랴아아아아아아아아아아아아아아아아아아!""

두 사람이 앞뒤에서 협공하여 서로 혼신의 일격을 꽂아 넣었다.

—쿠우우우우우우우우우우우우우우우우우웅!

공격이 먹히기는 먹히는 모양이었다. 사흘간의 전투로 드래곤에게는 꽤 큰 피해가 축적됐다.

날개도 진작 망가져서 날지 못했다.

드래곤과 사냥꾼, 어느 쪽이나 이미 만신창이.

서로에게 있는 것은 오직 살아남는다는 생물의 순수한 의지뿐이었다.

혹은 본능일까?

다친 짐승일수록 방심해서는 안 된다.

하지만 피로가 쌓였기 때문일까, 제로스와 아도는 용왕의 움직임을 한순간 놓치고 말았다.

"앗……."

블리자드 카이저 드래곤은 전혀 예상치 못한 방향으로 고개를 꺾더니 닫힌 입 안으로 방대한 마력을 모으기 시작했다. 초저온인지 고압축인지는 몰라도 브레스를 쏠 전조였다.

안 좋은 예감이 든 제로스는 블리자드 카이저 드래곤이 고개를 돌린 방향을 확인했다.

그곳은 눈이 높게 쌓인 산비탈이었다.

"서, 설마……."

"짜샤, 빨리 쓰러져!"

"아도 군, 탈출해! 눈사태가 온다!"

"엥? 눈사태?"

제로스가 고함친 직후에 브레스가 발사되어 산 중턱에 명중했다.

충격파가 사방으로 퍼지며 어마어마하게 쌓인 눈을 뒤흔들었고, 흡사 거대 해일 같은 눈사태가 제로스와 아도에게로 밀려들었다.

"아니, 무슨……."

"드래곤이 똑똑하다는 건 알았지만, 설마 이런 작전까지 생각해내다니……."

"어떡해요! 이대로 가면 생매장당해요!"

"도망치기에도 늦었어. 이럴 때는……【아이스 월】."

제로스는 눈사태가 밀려오는 경사면으로 이등변 삼각형 얼음벽을 세워서 정면으로 막기를 택했다. 『어차피 도망갈 수 없다면 피해를 줄인다』라고 판단한 것이다.

그리고 제로스와 아도는 성난 파도처럼 밀려든 눈사태에 말려들었다.

블리자드 카이저 드래곤도 말려들긴 했지만, 인간과 비교가 되지 않는 거구는 눈사태의 압력에도 밀려나지 않았다.

"그르르르……."

적을 눈으로 쓸어버리고도 이 드래곤은 경계를 풀지 않았다.

최강종의 하나인 자신을 이토록 몰아세운 적이지 않던가. 해치웠다고 생각하지 않았고, 이 정도로 죽는다면 애초에 덤비지도 않았을 것이다.

본능이『적은 살아있다』라고 경종을 울리기에 경계를 풀지 않는다.

가혹한 자연계에서 살아남아 최강종이 된 터라 알 수 있었다.

그 직감을 긍정하듯 후방에서 불기둥이 올라왔다.

"아이고, 저 양반도 해치웠다고 생각하지 않는구만."

"젠장, 방심했으면 편하게 끝냈는데……."

"최강종이 된 건 다 이유가 있다는 뜻인가. 사자는 토끼를 잡을 때도 최선을 다한다지. 심지어 우리는 저 녀석을 상당히 몰아세웠어. 방심할 리가 없지. 역시 용왕이야."

"칭찬한다고 알아듣기나 해요? 게다가…… 슬슬 나도 한계예요."

"물불 가릴 때가 아닌가……."

제로스는 거대한 전투 망치를 꺼냈고, 아도는 대검의 자루를 강하게 움켜잡았다.

한쪽이 먼저 힘이 빠질 때까지 끝나지 않는 상황.

이것은 생사를 건 생존 경쟁이었다.

""우오오오오오오오오오오오오오오오!""

"크오오오오오오오오오오오오오오오오오오!"

인간과 드래곤이 울부짖었다.

제로스와 아도, 블리자드 카이저 드래곤은 동시에 움직여 서로를 죽이고자 모든 힘을 동원해 최후의 싸움에 임했다.

이미 어느 쪽도 여력이 남지 않아 허약해진 상태였다.

제로스와 아도는 인간의 작은 체구와 빠른 속도를 살려서 치고 빠지기를 반복했다.

하지만 드래곤은 머리가 좋은 생물. 패턴을 파악하면 대응을 하기 마련이다.

"……?!"

블리자드 카이저 드래곤이 제로스를 물어뜯으려고 입을 벌리고 달려들었다.

그때를 노려 아도가 잽싸게 등에 올라타려고 했으나, 그 공격을 예상한 드래곤은 급속도로 몸을 비틀며 아도를 긴 꼬리로 내리쳤다.

"크악……?!"

"아도 군?! 앗……."

한순간 보인 허점을 잡아 블리자드 카이저 드래곤이 코앞에서 【윈드 브레스】를 토했다.

두 사람은 함께 직격을 맞고 절벽에 처박혔다.

이 둘이 아니었다면 즉사했을 일격이었다.

"으으…… 헉, 위험해?!"

절벽에 꽂힌 제로스의 눈에 맹렬히 달려오는 드래곤이 보였다.

공중에서 습격하는 일이 잦은 드래곤이지만, 원래는 땅에 사는 생물인 만큼 지상전도 특기였다.

아니, 오히려 이게 본래 싸움법일 것이다.

"그러게 놔둘 것 같냐, 【궁니르】!"

아도가 기사회생으로 쏜 전격 계열 최강 마법 【궁니르】가 블리자드 카이저 드래곤의 배를 관통해 등으로 빠져나갔다.

—크오와아아아아아아아아아아아아아아아아아아아아아!

고통에 찬 용왕의 포효가 설산에 울려 퍼졌다.

아마 치명상일 것이다. 드래곤이 고통을 참지 못하고 몸부림쳤다.

제로스는 인벤토리에서 대검을 꺼내고는 블리자드 카이저 드래곤의 목으로 찔러 넣었다.

"흐아아아아아아압!"

그리고 힘껏 찢어버렸다.

어마어마한 양의 피가 대지를 새빨갛게 덧칠해 갔다.

"헉, 헉…… 이 녀석이 4신보다…… 강한데? 완전히 세상의 섭리에서 벗어났어."

"이런…… 괴물이, 늘어나고 있다고요……? 진짜 심각하잖아요!"

두 사람은 익숙하지 않은 설산에서 싸우느라 지칠 대로 지쳐 버렸다.

아무리 신을 말살할 힘을 가졌어도 기본 바탕은 인간이다. 죽어도 살아나는 게임과도 달랐다.

생사의 경계를 넘나드는 싸움은 정신적으로나 육체적으로나 부담이 너무 컸다.

튼튼한 장비로 무장했어도 이미 완전히 탈진 상태였다.

"게임이라면 레이드 보스였겠지만, 실제로 싸우니까 죽겠다……. 아저씨는 나이도 있어서 벌써 허리가 걱정이야……."

"돌아가서 자고 싶지만……."

"해체는 해야지……. 밤새 하면 끝나려나?"

"그렇게 오래 걸려요?!"

드래곤을 해체하려면 보통 며칠은 걸린다.

심지어 용왕은 일반 드래곤보다 거대하다. 해체가 끝나려면 적어도 한 달은 걸리리라.

하지만 두 사람은 무식한 괴력의 소유자다. 어떤 몬스터라도 순식간에 썰어버릴 수 있으니 아무리 덩치가 커도 무섭도록 빠르게 처리할 수 있다.

문제는 지금은 그럴 기력도 없다는 것이었다.

"……하하하. 뒤처리도 똑바로 해야지. 드래곤 좀비가 되면 대참사야."

"농담이라도 안 웃겨요……. 과로사하겠네."

"용왕이면 어떤 부위를 팔아도 거금이 들어오지 않을까? 고기는 또 얼마나 맛있으려나. 분명히 고급 소재일 거야……."

"좋았어! 이 녀석을 팔아서 내 집 마련이다! 기다려줘, 유이!"

드래곤 관련 재료는 귀하다. 뼈와 피까지 약재로 쓸 정도로 버릴 부위가 없다.

하지만 아무 생각 없이 팔았다가는 경제에 혼란을 초래한다.

그만큼 시장에서 보기 어려운 물건이다.

"눈보라가 오기 전에 해체가 끝나면 좋으련만……."

뭐, 그것도 제로스와 아도가 가지고 돌아갔을 때의 이야기지만.

두 사람은 겨울의 설산에서 거대한 드래곤을 해체하기 시작했다.

목숨을 걸고…….

◇ ◇ ◇ ◇ ◇ ◇ ◇

『오옷?!』

배양액 속에 둥둥 떠 있는【알피아 메이거스】는 뜬금없이 방대한 에너지가 자신에게 흘러드는 것을 느꼈다.

며칠 전에 흘러든 에너지보다도 더 컸다. 신의 계급으로 따지면 일급 신이 탄생해도 이상하지 않을 정도였다.

달리 말하면 그만한 생물이 이 세계에 있다는 뜻이기도 했다.

어떤 존재가 이 정도의 에너지를 축적해놨는지 모르지만, 적어도 육체를 완전하게 구축할 힘은 모였다.

동시에 세계의 바깥에서 자기 몸으로 흘러드는 에너지도 느껴졌다.

『내 핵도 순조롭게 가동했군. 처리능력도 올랐어. 이러면 아카식 레코드의 정보도 더 많이 볼 수 있겠어. 그나저나 이런 힘이 들어

오다니, 역시 세계가 심각하게 왜곡됐나 보군. 생물의 섭리에서 벗어났을 정도야…….』

아카식 레코드에 접속할 수 있어도 정작 중요한 중추 프로그램은 여전히 4신이 장악하고 있었다. 이 세계를 정상화하려면 4신에게서 관리 권한을 탈환해야 했다.

하지만 중추 프로그램을 되찾을 때까지는 할 일이 없었다.

따분했던 알피아는 시험 삼아 확장된 능력으로 아카식 레코드에 접속해 방대한 정보 집적체에서 특정 정보를 검색해 봤다.

『오오, 이제 다른 세계에서 애니나 전자서적도 마음대로 볼 수 있겠군. 아주 훌륭해! 이세계 엔터테인먼트 최고!』

완전히 잉여 인간— 아니, 잉여신이 되어 버렸다.

자기 역할을 망각해버릴 정도로—.

지구의 오락거리는 이세계의 신도 타락시키는 맹독이었다.

『아차, 이럴 때가 아니지. 신역에 링크하고…… 으음, 프로텍트는 여전히 걸려있군. 대략 45퍼센트인가? 됐어, 당장 이 혹성의 성역 권한에 접속할 수 있으면…….』

성역이란 혹성 관리 및 감시 시스템 영역이다. 생명이 탄생할 가능성을 지닌 혹성에 자동으로 구축되는 관측자 단말기며, 이는 환경 유지와 정보 수집을 위해 존재하면서 연립하는 현상과 시간축까지 관리한다.

하나의 혹성에서 발생한 역사는 다양한 조건으로 분기하여 무한에 가까운 패러렐 월드를 만들어 낸다. 이 영역은 그 세계들의 정보까지도 수집한다.

모 코스믹 호러 신화에 나오는 신과 비슷한 존재인 셈이다. 어디에나 존재하지만, 존재를 인식할 수 없는 그런 장소.

여담으로 그 성역 전체를 관리하는 고차원 영역을【신역】이라고 한다.

이야기를 되돌리자면, 성역에도 예기치 않은 오류가 발생할 때가 있다. 드물게 사신이나 마왕이라고 불리는 존재가 성역과 접촉해서 이레귤러가 탄생하기도 한다.

이런 존재는 이레귤러가 발생한 세계의 섭리로는 없앨 수 없다. 다른 차원의 섭리를 이용해서 상쇄하거나 봉인하는 것이 유효한 수단이다.

이것이 이른바【용사 소환】의 근간이자 세계의 항체 시스템이다.

원래 지켜야 할 세계의 섭리에 맞춰서 조정된 용사들의 힘은 이계의 섭리를 주위에 발산하지 않지만, 그것도 절대적이지는 않다.

그래서 소환된 용사는 어떤 형태로든 역할을 마치면 원래 세계로 돌려보내는 것이 원칙이다.

그런데 이 세계에 소환된 자는 천 명을 가뿐히 넘으며, 원래 세계로 돌아가지 못한 혼이 가진 이계의 섭리가 신역을 침식하여 시스템이 파탄하기 직전이었다.

항체 시스템이 역류해 더 큰 문제를 유발한 것이다.

그들의 혼을 모두 회수하려면 알피아가 완전체가 되어 신역을 장악할 필요가 있었다.

그래서 프로그램을 봉인한 마스터 코드 머테리얼을 4신에게서 회수해야 하지만, 4신은 성역에 틀어박혀 있어서 알피아가 손을

댈 수 없는 상황이었다.

대책을 짜기 위해서라도 상세한 정보가 반드시 필요했다.

『흠…… 녀석들, 성역을 완전히 봉쇄했군. 하지만 이 세계의 시스템이 가동하는 이상, 다 방법이 있지. 지금까지와는 다를 거다!』

용사를 소환하는 항체 시스템은 환경 유지 시스템 중 하나다.

그 항체 시스템이 폭주해서 세계의 섭리를 수정하는 상황인데, 이 원리를 응용하면 성역의 해킹도 가능했다.

『침식 프로그램…… 데이터 해석. 이건 고생깨나 하겠군. 성역을 장악하려면 시간이 걸리겠어. 나를 만든 관측자는 대체 무슨 생각이었지? 이래서는 사고가 났을 때 대응이 늦어지잖아…….』

삼라만상을 완전히 자동 관리하는 세계.

그것은 시스템 관리자가 없는 상황에서 예기치 않은 사태가 발생했을 경우, 아무도 수정하지 못하고 붕괴하는 유연성 없는 세계라는 뜻이기도 했다.

수정을 수행할 시스템 자체가 망가졌으니까 어쩔 도리가 없다.

4신은 혹성 관리에만 중점을 두는지 관리코드가 있어도 섭리를 수정할 힘이 없었다.

정말로 관리자라면 깨닫지 못할 리가 없었다.

『녀석들의 성격이면 힘이 있어도 수정할지 어떨지 의심스럽지만.』

신이라는 이름의 관측자는 기본적으로 제멋대로 행동하는 자가 많지만, 세계 유지에는 본능이라고 해도 좋을 만큼 성실히 임했다. 그런 의미에서 알피아를 만든 창조주는 특수한 부류에 속했다.

『……아마도 이런 시스템을 짠 이유는 스스로 관리하기 귀찮아서겠지. 우리 창조주는 관리 세계가 변경되지 않았다면 게으르게 시간이나 축낼 생각이었나?』

어느 관측자도 기본적으로 하는 일은 같았다.

하지만 관리자의 능력과 성격은 천차만별. 많은 권속, 다른 관측자와 함께 세계를 관리하는 곳이 있는가 하면 혼자, 혹은 최소한의 권속만으로 관리하는 곳도 있었다.

그리고 이 세계의 창조주는 일하기 귀찮아서 관리를 완전 자동화했고, 아이러니하게도 그 세계 구축 능력을 평가받아 승격한 모양이었다.

그래서 급히 후계자가 필요해졌는데, 알피아는 외모가 별로라는 이유로 봉인되고, 임시방편으로 4신이 탄생했다.

과거에서 정보를 끌어낸 결과, 창조주의 대책 없는 성격만 재확인했다. 조금은 기대를 품고 조사했던 터라 실망은 컸다.

『……나는 이따위 이유로 태어났나.』

매일 한 번은 머리에 떠오르는 트라우마로 소녀 신은 고개를 푹 숙였다.

자신의 탄생 비화가 너무 한심해서 화낼 마음도 들지 않았다. 하찮은 데도 정도가 있었다.

그래도 알피아는 성역 시스템 서버에 침입할 바이러스 프로그램을 계속 작성했다. 우울한 감정을 품은 채…….

신들이란 참 제멋대로다.

◇ ◇ ◇ ◇ ◇ ◇ ◇

"좋아, 프로텍트가 45퍼센트 풀렸어."

"긴급 특별 조치, 수락 확인. 이로써 신역 관리자 권한은【알피아 메이거스】에게 이양된다. 우선순위를 —(발음 불가)— 차원 영역, 좌표 R@Σ12b※…… 성계, 제3 혹성. 현상 시스템 수정으로 이행."

"성역은 틀렸어. 저쪽에 관리코드가 있어서 프로텍트를 뚫을 수 없어."

"그래도 진전은 있었어요. 차세대가 각성한 덕분에 이쪽 프로텍트도 해제됐고, 관리자 불신으로 인한 권리 권한 박탈 사항이 정상적으로 발동했어요."

루시펠을 비롯한 백업 요원들에게는 4신에게 맡긴 관리코드가 각각 네 개로 분할된 것이 행운이었다. 작은 구멍으로 신역의 시스템을 장악했기 때문이었다.

알피아 메이거스는 과거에 사신으로 활동하던 때 4신을 집요하게 쫓아다녔다.

그 목적이 관리코드 탈취였다. 당시의 알피아는 관측자의 능력을 갖췄으면서도 그 능력을 완전히 발휘할 수 없었다.

그 이유가 분할된 관리코드와 시스템 접근 제한, 그리고 능력 봉인이었다.

하지만 지금 그녀에게는 봉인이 없었다. 설령 관리코드가 없어도 시간을 들이면 세계를 장악하리라.

그래도 방심할 수는 없었다.

현재 그녀가 있는 혹성 주위는 차원 균형이 불안정해 혹성 하나가 소멸하면 가까운 세계에 막대한 피해를 줄 가능성이 컸다. 심지어 소환된 이세계인의 영혼으로 섭리가 완전히 망가져 버렸다. 시간을 들일 여유는 없었다.

시스템 장악 순서를 조금이라도 틀리면 세계가 전부 붕괴할지도 모르는 외줄 타기였다.

"야! 그거 잘못하면 연립 세계에 영향을 준다고! 애초에 정보 처리 능력이 부족해. 지금 우리로는 안돼. 알피아였나? 그녀가 관리 코드를 찾을 때까지 기다리는 편이 나아."

"현재 작전을 일부 수정. 성역 간섭이 불가능한 경우 관리코드 말소는 불가능. 관리코드 탈취가 현시점에서 가장 유효한 수단이라고 인정한다."

"성가신 곳으로 도망쳤네요. 어쩌면 강제 개입할 수 있을지도 모르고, 하려면 이판사판으로 도박에 나서는 수밖에 없어요."

"쳇! 귀찮게…… 실패하면 감봉이야. 나 참, 왜 마스터 코드를 혹성에서 자연 발생한 신한테 넘긴 거야!"

이 대화에서 벨사시스는 작은 착각을 하고 있었다. 4신은 자연 발생한 신이 아니었다.

자세한 것은 넘어가고 마스터 코드를 4신이 가진 이상, 시간을 들여서 멀리 우회하지 않으면 시스템에 침입할 수 없어서 관리 권한 양도가 어려웠다.

네 명의 신과 사도는 알피아와 같은 결론에 도달했다.

"어쩔 수 없군……. 그럼 빨리 신역을 해방해서 차세대와 완전히 링크하자. 녀석도 처리 능력은 있지만, 시스템의 모든 기능을 쓸 수는 없어."

"너, 태도는 거친데 성실하구나?"

"지금은 그럴 때가 아니잖아! 손을 움직여!"

겨우 혹성 하나. 하지만 혹성 하나다.

그들, 신과 권속들은 혹성 하나의 소멸로 이렇게까지 고생할 줄은 지금까지 생각하지 못했다. 젊은 세대가 이런 긴급한 안건에 투입될 일은 웬만해서 일어나지 않았다.

그래서 대처 매뉴얼 따위는 없고, 수작업으로 사태에 대응한 경험도 적었다.

그들은 최악의 상황도 염두에 두고 필사적으로 해킹을 계속했다.

이 세계가 붕괴할 경우, 가장 먼저 그 처리를 할 사람도 그들이니까…….

◇ ◇ ◇ ◇ ◇ ◇ ◇

"헤헤헤……. 보여, 따뜻한 방과 맛있는 밥이……."

"아도 군! 자지 마, 잠들면 죽어!"

블리자드 카이저 드래곤을 해체하는 도중 아저씨와 아도는 눈보라에 휘말렸다.

적은 마력으로 돔을 만들어 열심히 해체 작업을 진행했지만, 크기가 크기이다 보니 간단히 끝날 리가 없었다. 3분의 2를 해체하고 작업 막바지에 들어갔을 때, 갑자기 눈보라가 거세어졌다. 전투로 초토화된 곳도 있었는데, 눈보라는 불탄 땅을 순식간에 얼려 버렸다.

자연의 위엄 앞에서는 인간이 만든 한순간의 지옥 따위는 미미한 것이었다. 작업을 중단하고 잠깐 피난했지만, 눈보라가 언제 그칠지는 알 수 없었다.

그리고 아도가 위험했다.

"야단났네…… 상황이 아주 안 좋아."

"아아…… 유이가 강 너머에서 손짓해. 가야지…… 죽기 전에."

"아니, 그 강을 건너면 죽어! 그리고 유이 씨는 아직 살아 있어!"

아도의 피로가 한계에 달했다.

3일간 이어진 싸움은 그의 체력과 정신력을 전부 고갈시켰다.

마력도 얼마 없는데 극한의 설산에서 해체 작업을 계속한 탓에 아도의 정신은 열반에 오르기 직전이었다.

"크…… 기온은 떨어지기만 하고, 불을 때자니 태울 것도 마땅치 않아……. 심지어 눈보라로 드래곤 고기가 얼어버리면 해체도 못 해."

"……유이, 거기 있는 나룻배 사공은 누구야? 가밀라○인[#1]처럼 얼굴이 파란데……. 그리고 강 너머 할머니가 왠지 나를 뜨거운 눈빛으로 바라보는데……."

"그거 다츠에바[#2] 아니야? 그리고 왜 유이 씨가 삼도천에 있어?"

아도가 점점 위험한 곳으로 가려고 했다.

환각인지, 아니면 정말로 사후 세계인지 몰라도 이 위험한 징조

#1 가밀라○인 우주전함 야마토 시리즈에 나오는 외계 종족.
#2 다츠에바 삼도천에서 망자의 옷을 거둬간다는 할머니 요괴.

에 아저씨는 아무런 대처도 하지 못했다. 상태이상이라면 얼마든지 방법이 있지만, 마법약으로 어떻게 되는 상태가 아니었다.

"그, 그만……. 오지 마! 그런 소녀 같은 눈으로…… 나를 보지 마!"

"앗, 다츠에바가 반했나 봐. 미안, 나는 너를 구할 수 없어. 용서해라……."

"오, 오오, 옷 벗지 마아! 아니, 할멈! 당신, 나한테 무슨 짓을?! 헉?! 너희는 뭐야, 이거 놔!"

"……망자한테 잡히기라도 했나? 설마 다츠에바랑 한패? 죽은 미남이랑 재미를 보려는 건가? 이야기가 흥미진진해지는걸."

아도는 말 그대로 생사의 갈림길에서 싸우고 있었다.

그런 아도를 보고 아저씨는 『미남도 힘들겠어~』라며 태평하게 담배에 불을 붙였다.

"하, 할멈! 내 옷 벗기지 마! 안 돼…… 거긴……."

"다츠에바는 그게 일이라고 돌아가신 할머니가 말씀하셨지. 여러 의미로 클라이맥스군……."

잠들면 목숨이 끝장.

환각 속에서는 남자로서 끝장.

전개에 따라서는 정신도 끝장.

선을 넘으면 인간으로서 끝장.

돌아오지 못하면 모조리 끝장.

아도 군의 인생 파멸 카운트다운이 시작됐다.

"그, 그만둬…… 유이! 바람이…… 바람이 아니야! 구해…… 으헉!"

"……찔렸나. 설마 유체이탈한 유이 씨의 영혼은 아니겠지? 하하하…… 진짜일 것 같아서 무섭구만."

아도 군은 손가락 하나 움직이지 않았다.

아저씨도 정말로 죽었나 싶어서 덜컥 겁이 났다.

"으아아아아아아아아!"

"엄마야, 깜짝이야……."

아도 군이 갑자기 벌떡 깨어났다.

무사히 지옥에서 생환한 것이다.

"앗…… 위험했어……. 하마터면 삼도천에서 유이한테 죽을 뻔했어……."

꿈속까지 유이가 나타나다니. 유체이탈로 쫓아올 만큼 아도를 사랑하기 때문이겠지만, 아저씨는 뭐라고 말해야 좋을지 알 수 없었다.

지옥까지 쫓아오는 근성은 제로스도 인정하지만.

"의식이 멀어지는 중에 유이가『안 놓쳐…… 토시』라고 했어……. 삼도천에 있는 배에 타고 나타난 건 나를 태우지 않으려고 그런 건가?"

"진짜 유체이탈인가……. 아도 군은 쉽게 죽지도 못하겠어."

"무서운 소리 하지 마요!"

죽어도 유이의 사념이 아도에게 들러붙는다.

이 부담스러운 집념 같은 사랑에 등줄기가 서늘해지는 기분이었다.

아무튼 아도는 죽음의 경계에서 살아 돌아왔다.

"아도 군도 부활했으니까 해체 작업을 계속해 볼까?"

"아니, 죽을 것 같은데요?! 나, 지금 정말로 죽다가 살아났거든요?!"

"작업이 아직 3분의 1이나 남았어. 저승에 떨어져도 유이 씨가 억지로 끌고 오니까 괜찮을 거야."

"나한테 몇 번이나 찔리라고요?! 할멈이 무서워서 지옥에 가기 싫다고요……."

"눈을 감으면 괜찮아. 나도 일주일 동안 안 잔 적도 있어. 죽지는 않아. 아마도……."

"눈보라가 폭풍처럼 몰아치잖아요! 3분의 1 정도는 버리면 어때서요!"

"꼬리곰탕을 만들고 싶어서. 드래곤이니까 맛있을 거야. 유이 씨한테 만들어주면 점수 딸 수 있지 않겠어?"

"좋아, 가 볼까! 아무리 그래도 지옥까지 따라오는 건 아니지. 배에 있는 아이한테도 영양가가 필요하고……."

아도는 혹한 속 해체 작업보다 등 뒤로 느껴지는 정체 모를 무언가가 두려웠다.

아저씨도 아도의 등 뒤에 한순간 식칼을 들고 히죽 웃는 유이의 모습을 본 것만 같았다.

무심코 눈을 비빌 만큼 선명하게.

'자, 잘못 본 거겠지? 제발 그랬으면……'

그 후, 두 사람은 눈보라 휘몰아치는 설산에서 죽자 살자 해체에 매달렸다.

체온이 떨어져 몇 번이나 죽기 직전까지 의식을 잃을 뻔했지만, 끈기와 집념, 그리고 정체불명의 공포로 극복했다.

여담으로 제로스도 세상을 하직할 뻔했을 때, 그의 눈앞에 유이가 나타나서『제로스 씨, 토시를 혼자 두면 안 돼요, 아시죠? 만약 죽으면 절대로 용서하지 않을 거예요. 지옥까지 쫓아갈 줄 알아요』라고 말하며 미소 지었다고 한다.

이 세상에는 과학으로는 설명할 수 없는 일도 있나 보다.

그 후 두 사람은 다음 날 아침까지 작업을 계속했고, 쉴 시간도 없이 만신창이인 몸을 끌고 귀로에 올랐다.

◇ ◇ ◇ ◇ ◇ ◇ ◇

“아저씨는 어디까지 간 거지?”

“몰라. 쉽게 죽을 아저씨는 아니니까 괜찮겠지.”

정권 지르기를 연습하는 이리스의 혼잣말에 쟈네가 답했다.

제로스와 아도가 외출하고 벌써 나흘이 지났다.

해 지는 주홍빛 하늘에는 까마귀 비슷한 새가 요란하게 울며 지나갔다.

제로스의 비상식적인 힘을 조금이나마 알기 때문에 이곳에 있는 여성들은 그다지 걱정하지 않았지만, 그래도 나흘이나 집을 비우면 신경 쓰이기 마련이었다.

“나흘이나 되니 조금 걱정되네요.”

“어머, 루세리스 씨는 솔직하게 걱정하는구나? 쟈네도 이만큼만 솔직했으면…….”

“무슨 뜻이야!”

웬일로 레나도 있었다.

그리고 왠지 모르게 유명 제과점의 케이크를 들고 있었다.

“레나 씨…… 케이크 살 돈은 어디서 났어?”

“용돈 좀 벌었어. 뒤가 구린 돈은 아니니까 신경 안 써도 돼.”

“‘‘…….’’”

레나는 중증 쇼타콤이었다.

그래도 매춘으로 돈을 벌었다고는 생각하지 않지만, 평범하게 일을 할 성격도 아니었다.

이리스와 쟈네는 그런 레나가 어떻게 돈을 구했는지 의아하게 생각했다. 설마 레나가 뒷골목에서 유명한 도박사라고는 전혀 상상도 하지 못했다.

“아무리 두 분이 강해도 인간이에요. 무리하면 목숨에 지장이…… 앗.”

쟈네 일행은 제로스와 아도를 전혀 걱정하지 않았지만, 루세리스만은 달랐다.

그런 그녀가 쟈네 일행을 다그치려고 했을 때, 교회 옆을 비틀비틀 걷는 두 그림자가 보였다.

풀이 바람에 뭉쳐 흙먼지와 함께 굴러갔다.

서로 어깨를 부축하며 닳은 돌길을 한 걸음씩 터벅터벅 걷는 그 모습은 무척 지쳐 보였다.

“어? 제, 제로스 씨?!”

“‘‘‘뭐?!’’’”

걸인 같은 행색이었지만, 틀림없이 제로스와 아도였다.

"……아도 군, 조금만 더 가면…… 쉴 수 있어. 그때까지는……."

"헤헤헤…… 나는 이제 틀렸어요. 두고 가……요. 이미 의식이……."

"이상한 소리 하지 마……. 이런 곳에서 잠들면…… 얼굴에 돌 자국이 남는다고!"

"됐어요…… 나는 그만, 편해지고 싶어……."

무슨 전쟁 영화처럼 비장한 척하지만, 사실 졸릴 뿐이었다.

그들 앞으로 루세리스와 쟈네 일행이 달려왔다.

"제, 제로스 씨?! 괜찮으세요?!"

"아이고, 루세리스 씨. 괜찮습니다…… 요 며칠간 잠을 못 잤을 뿐이에요."

"아니, 그걸 괜찮다고는 안 하지. 게다가 꼴이 엉망이잖아! 뭐랑 싸웠어?"

"잠깐…… 드래곤이랑. 후후후…… 꽤 버겁더군요."

""""""…………드, 드래곤?!""""""

이렇게 제로스와 아도는 무사히 귀환했다.

경악에 휩싸인 가운데, 제로스는 아도를 자기 집 현관으로 끌고 갔고 문을 열어 안으로 들어간 동시에 힘이 다했다.

그 후, 죽은 듯이 잠든 둘은 다음 날 자정을 넘어서 깨어났다.

제2화 아저씨, 또 위험물을 만들다

흐린 하늘을 지배하는 거구.

꽁꽁 언 얼음처럼 빛나는 비늘을 두르고, 그 누구도 범접하지 못할 힘을 가진 절대자.

생물의 정점에 선 그 위압감은 그야말로 왕이라는 이름에 걸맞았다.

드래곤— 그 정상에 존재하는 압도적인 신성함은 용왕이라는 칭호에 부족함이 없었다.

블리자드 카이저 드래곤은 지상에 있는 두 어리석은 자를 내려다보며 몸에 깃든 강력한 힘을 보여줬다.

『젠장! 저 녀석은 땅으로 내려올 생각이 없나!』

『당연하지만, 자기 우위를 버릴 마음이 없겠지. 그나저나 저 커다란 몸으로 잘도 떠다니네. 마력이 무한히 샘솟나?』

싸움이 시작되고 몇 시간 후.

제로스와 아도는 필사적으로 마법 공격을 펼쳤으나, 공중에 있는 드래곤을 지상으로 끌어내리지 못하고 있었다.

문제는 드래곤도 가만히 보고만 있지 않는다는 것이다.

『앗, 저 녀석 주위로 냉기가 모이는구만. 온다! 아도 군, 조심해!』

『으아아아아아아아아아아아아아아아?!』

—두두두두두두두두두두두두두두두두두두두두두두두!

공기 중의 수분을 얼리고 응축해 거대한 얼음 창을 만들어 지상으로 쏟아 부었다.

다져지지 않은 눈이 충격에 흩날려 주변이 새하얀 눈안개로 뒤덮였다.

거의 폭격이나 다를 바 없는 위력이었다.

깨진 얼음이 산탄총처럼 제로스와 아도를 덮쳤고, 적잖은 피해를 입고 말았다.

『당하고만 있을 줄 알고! 받아라!』

아도는 인벤토리에서 쇠말뚝을 몇 개 꺼내며 마법진을 펼쳤다.

손에 든 말뚝은 저마다 마법진 앞에 떠서 자성을 띠었다.

『【초전자포(레일건)】!』

전자기 유도로 고속 발사된 말뚝은 총알이 되어 일직선으로 블리자드 카이저 드래곤에게 날아갔다. 이거면 끝났다고 생각한 아도는 회심의 미소를 지었다.

하지만 그 초고속 총알은 드래곤의 거구로는 상상도 할 수 없는 기동력에 빗나가고 말았다.

그것도 배럴 롤이라는 고급 기동을 구사해서.

『뭐야?! 저 무거운 몸으로 저게 어떻게 가능해!』

『완전히 간파했군. 거기다 마법 장벽도 쳐놨어. 장벽을 뚫어도 단단한 비늘에 강화 마법까지 건 모양이니까 레일건으로도 상처나 날까 모르겠어…….』

『하루종일 싸워서 레이드 보스를 잡은 적은 있지만, 이놈은 그 이상이에요. 현실은 녹록지 않구나…….』

『이러니저러니 해도 【소드 앤 소서리스】는 게임이었으니까 플레이어가 해치우지 못하는 몬스터는 없었지. 이건 꽤 어려운 싸움이 되겠어.』

『이딴 성가신 의뢰를 떠넘기다니……. 저런 괴물한테 정말로 이길 수 있어요?』

폭격기 수준의 거구인데 전투기만큼 기동력이 좋았다.

생물이라는 틀에서 완전히 벗어난 존재에게 손쓸 도리가 없었고, 최대 공격력을 자랑하는 개조 마법도 재빠른 움직임을 포착하기 어려워 함부로 사용할 수 없었다.

무엇보다 제로스와 아도는 지상에 있기에 장애물 없는 공중에서 퍼붓는 공격을 피하면서 블리자드 카이저 드래곤의 마력이 떨어지기를 기다리는 수밖에 방법이 없었다.

장기전은 각오했지만, 예상보다 훨씬 까다로운 전투가 되고 말았다.

『앗…… 이거 위험한데.』

『저건 설마…….』

블리자드 카이저 드래곤은 브레스를 쏠 자세를 잡았다.

하지만 평범한 브레스와 달리 왠지 주위에 얼음으로 만든 거울이 여러 겹 떠있었다.

두 사람은 그 공격 방법에 연상되는 것이 있었다.

—쿠와아아아아아아아아아아아아아아아앙!

포효와 함께 발사된 브레스는 도중에 여러 차례 확산하고 얼음 거울에 반사되어 산을 덮쳤다.

제로스와 아도는 필사적으로 도망쳤다.

그 위력은 막강해서 작은 산 정상이 순식간에 날아가 버렸다.

『이제 다 싫어어어어어! 집에 갈래!』

『저 녀석이 과연 우리를 놔줄까 몰라~. 드래곤은 집념이 강하다던데…….』

『왜 그렇게 침착해요?!』

폭풍에 휘말려 추락하는 두 사람. 방금 두 사람은 정말로 죽음에 직면했다.

조금이라도 잘못 판단하면 죽음을 맞이하는 외줄 타기 상태.

이런 싸움이 몇 번이나 반복됐다.

"—그런 싸움을 하다가 왔죠. 당분간 전투는 하고 싶지도 않아요."

""""보통은 그러면 죽어! 살아서 돌아온 것만으로도 기적이야!""""

블리자드 카이저 드래곤을 퇴치하고 돌아온 다다음 날.

조제와 조합을 하는 사이, 제로스와 아도가 무엇을 하고 왔는지 들은 쟈네 일행은 상상을 초월하는 상황에 입 모아 소리쳤다.

애초에 드래곤이라는 생물에게 단둘이 덤볐다는 점이 자살행위였다.

일반적으로 드래곤 한 마리를 해치우려면 국가 병력을 총동원해야 하고, 그래도 이긴다는 보장이 없을 정도였다.

용왕급이라면 얼마나 많은 병력이 필요할지 짐작도 되지 않았다.

모 사냥 게임처럼 혼자서 거대 몬스터를 잡는 일은 현실적으로 불가능했다.

“후후후…… 처음으로 절망을 맛봤어요. 아도 군이 하도 우는소리를 해대서 반대로 침착함을 유지할 수 있었죠…….”

“아저씨…… 눈이 죽은 생선 같은데?”

“그럴 만도 하지. 그건…… 지옥이었어. 그런 괴물이랑은 다시는 싸우고 싶지 않아……. 헤헤헤, 눈을 감으면 그 녀석이 머리에 아른거려……. 꿈에서도 놈이 쫓아와.”

“아도 씨도 중증이네. 왜 그런 무모한 짓을 했어?”

““…….””

레나의 의문에 두 사람은 대답하지 않았다.

이 시점에서 『신이 의뢰해서 용왕이랑 싸웠습니다』라고 말하면 정말로 제정신인지 의심받는다.

무엇보다 진상을 말할 마음도 없고, 알피아의 존재를 아는 사람은 적을수록 좋았다.

“실수로 녀석의 영역으로 들어가 버렸지 뭡니까. 근데 드래곤이 워낙 집념이 강해서…….”

“아니, 당신들이라면 도망칠 수도 있었을 텐데? 굳이 사흘이나 싸울 이유가 없지 않나…….”

“쟈네 씨 말도 이해는 합니다. 하지만 드래곤은 위협적인 생물을 살려둘 만큼 아량이 넓지 않아서요. 우리가 어중간하게 강하니까 간과하지 못하고 죽이려고 들었겠죠.”

“어중간……? 제로스 씨랑 아도 씨는 인간이라는 범주에서 벗어난 기분이 들어.”

“드래곤은 약하면 단순한 먹이, 강하면 위협으로 판단하지. 뭐가 됐건 들키면 끝이야.”

정석적인 드래곤 지식을 강조하며 이야기의 방향을 조금씩 틀었다.

드래곤은 자기 영역에 침입한 강한 적을 없애려고 든다. 이건 짐승의 습성이며, 종을 보존하려는 행동이기도 하다.

또한, 생태계 정점에 군림한 그들은 외부에서 온 포식자를 달갑게 여기지 않는다. 오히려 집요할 정도로 공격해 자기 사냥터를 지키려고 한다.

관점을 달리하면 생태계의 균형을 조정한다고 볼 수도 있었다.

“설소초 뿌리는 감사하지만, 설마 그런 대모험을 하시리라고는……. 그 드래곤한테는 이기셨나요? 만약 이겼다면 영웅이라고 칭송받을 쾌거인데…….”

“흣…… 이상한 말을 하시는군요, 루세리스 씨…… 그런 괴물한테 어떻게 이기겠습니까? 도망다니면서 나가떨어질 때까지 필사적으로 괴롭혔을 뿐이에요.”

“그랬나요? 저는 해치운 줄 알았어요. 제로스 씨라면 정말로 그럴 것만 같아서…….”

“사람들이 날 뭐로 보고……. 여러분은 저를 어떻게 보시는 거죠?”

“맞아, 루. 아무리 아저씨라도 드래곤을 단둘이 해치우기는 어렵겠지. 만약 가능하면 이미 인간이 아니야.”

“이리스 씨에게 들은 이야기를 듣고 남에게 폐를 끼치든 말든 강한 마물에게 취미 삼아 달려드는 목숨 아까운 줄 모르는 사람이라고 생각했어요. 아니에요?"

여기서 해치웠다고는 말할 수 없었다. 그리고 루세리스의 제로스에 대한 인식은 어느 정도 들어맞아서 부인할 수 없었다.

그런 가운데, 이리스는 굉장히 싸늘한 의심의 눈길을 보내며 진상을 확인하려고 몰래 제로스에게 귓속말했다.

『아저씨…… 사실은 잡았지?』

『무슨 소리인지 모르겠는데요?』

『얼버무려도 소용없어. 드래곤한테서 도망칠 수도 없고, 아저씨라면 오히려 신나서 싸울 거면서.』

『이리스 양은 언젠가 한 번 진중한 상담이 필요하겠네요……. 나는 평화주의자라고요.』

『어딜 봐서?』

제법 날카롭게 지적하지만, 적어도 신나게 싸우지는 않았다.

그 정도의 전투광은 아니고, 무엇보다 이번에는 신의 의뢰였다.

아쉽게도 함부로 까발릴 내용은 아니고…… 하물며 지하 창고에 전직 사신이 있다고 어떻게 말할 수 있으랴.

—펑!

"으악, 뭐야?!"

마법약을 조합하던 아도가 갑작스러운 폭발에 놀라서 소리쳤다.

그 목소리에 모든 시선이 그쪽으로 쏠렸다.

"놀라게 하지 마, 아도 군……."

"식물 영양제를 만든다고 했지? 뭘 섞었어?"

“【우람 나무】 껍질요. 너무 넣었나 봐요. 뭐가 어떻게 됐는지 모르겠네…….”

“감정해보면 어때?”

“이상한 약이 됐으면 위험하겠죠? 확인해 볼까…….”

==============================

【남성 호르몬 강화제】

이것만 마시면 당신도 남자다운 몸으로 변신!

근육 증강제가 아니므로 근육질이 되진 않습니다. 운동하세요.

여성의 음용은 추천하지 않습니다. 위험해요.

『하아…… 마신다고 없는 게 자라지는 않네. 그 아이를 위해서라도 남자가 되고 싶었는데…….』

==============================

“““…….”””

위험한 물건이 생기고 말았다.

“……지금 무슨 목소리가 들린 것 같지 않아요……?”

“가끔 감정하면 들리더라. 그나저나 마침내 이 물건이 등장했나……. 나중에 조합법 좀 알려줘.”

“……여전히 아이템 마니아네요.”

전에 크로이사스가 【여성 호르몬 강화제】를 만들어 낸 적이 있었다.

그리고 그것과 짝을 이룰 약물이 마침내 탄생했다.

“전에는 【여성 호르몬 강화제】였어. 성별을 바꾸는 약이었는데, 아마 이것도 같은 효과가 있겠지?”

“이 아저씨, 대체 뭘 만든 거야…….”

“내가 안 만들었어. 성별 전환약은 만들었지만…….”

아저씨는 크로이사스의 여성 호르몬 강화제를 응용해 풍유약과 성별 전환약을 만들었다.

풍유약은 지속시간이 짧고, 원액으로 마시면 기네스급을 뛰어넘어 자신의 가슴에 압사할지 모를 위험 물질이었다.

성별 전환약은 남자가 여자가 되는 여성화 한정이었다.

원액을 마시고 여성화하면 원래대로 돌아오지 못하고, 희석한 단시간 성별 전환약은 여러 번 쓸 수 있는 예능 아이템이었다. 아저씨는 이것 때문에 호된 꼴을 당했었다.

“남성이 되는 성별 전환약이 완성될지는 모르겠지만, 시험은 해 봐야지.”

“도전정신 넘치네…….”

아저씨는 당장 실험에 들어갔다.

그리고 성별 전환약(남성화 한정)은 생각보다 금방 완성됐다.

그것을 보고 마음이 편치 않은 자가 있었다.

이리스였다.

“왜 그러죠, 이리스 양? 눈을 이리저리 굴리면서…….”

“……아, 아니, 그게~. 전에 이스톨 마법 학교에 갔을 때 아저씨한테 몰래 여자가 되는 약을 먹였거든……. 혹시 복수하려는 건가 해서…….”

“이리스, 너 대체 무슨 짓을…….”

“아저씨가 누나랑 똑닮은 얼굴을 보고는 자살하려고 해서 식겁했어…….”

“……진심으로 누나를 싫어하는구나. 이리스, 세상일에는 넘어서는 안될 선이 있어."

"응, 반성하고 있어. 그래도 후회는 안 해!"

이리스가 이상하게 당찬 표정으로 단언했다. 본인 말대로 후회하는 기색은 털끝만큼도 보이지 않았다.

"그래서, 여성이 된 제로스 씨는 어땠나요?"

"응? 루세리스 씨도 관심 있어? 엄청 미인이었어."

"그래도 자살하려고 한다면서! 레나, 너 방금 자기가 한 말은 기억해?"

어차피 남 일이었다.

실험 기구를 붙잡고 조합에 몰두하던 제로스는 등으로 왠지 모를 뜨거운 시선을 느끼고 『……여성화를 기대하고 있어?!』라고 확신했다.

하지만 여성화는 아저씨에게 죽음을 의미했다.

그녀들의 기대는 제로스에게 죽으라고 말하는 것과 같은 뜻이었다.

'전례가 있으니까 농도 조정하기도 편한걸.'

굳이 무시하고 조합에 집중했다.

전에 여성화 성별 전환약을 제작해서 희석 농도에 관한 데이터는 대강 모여있었다. 그 정보를 바탕으로 조정하며 비교 결과를 노트에 기록했다.

그렇게 여성 호르몬 강화제보다 농도가 높은 몇 개의 샘플을 만들고 감정하며 라벨을 붙였다.

"남성화 성별 전환약은 함부로 팔지 않는 편이 좋겠어. 잘못하면 걷잡을 수 없는 사태가 벌어질 거 같아."

"뭐, 장난으로 끝날 수준은 아니죠. 나한테 먹으라고 하지 마세요?"

"아도 군한테 먹여도 효과는 없겠지. 만약 먹인다면……."

왠지 여성진을 보는 아저씨.

그것은 여성을 피험자로 쓰겠다는 뜻이었고, 그 후보들이 눈앞에 있었다.

가장 겁먹은 사람은 이리스였다.

"……단기간 남성화 성별 전환약, 먹어볼래?"

"이럴 줄 알았어!"

"저는 타고난 성별을 바꾸고 싶지 않아요. 궁금하기는 하지만, 일단 신관이기도 하고……."

"나도 됐어. 남자가 된 나는…… 보고 싶지 않아."

"쟈네, 얼굴이 홍당무야. 뭘 상상해서 그래? 저도 패스할게요. 남자가 되면 귀여운 남자애랑 즐길 수 없는걸……."

루세리스, 쟈네, 레나는 성별 전환약을 거부했다.

이스톨 마법 학교 학생들은 자진해서 마셨지만, 이게 개인의 견해 차이인지 혹은 연구자인 학생들이 별난 건지는 알 수 없었다.

아무튼 아저씨는 실험을 할 수 없어서 아쉬웠다.

"……그렇다면, 아도 군……."

"싫어요! 유이가 착각해서 칼 들고 오면 어떡해요. 유이는 여자 냄새에 민감하다고요. 그리고 그거 지금 만든 성별 전환약이 아니잖아요! 여성화죠? 색부터 다르구만!"

"아니, 여성화한 뒤에 남성화 약을 먹으면 원래대로 돌아올지 궁금해서. 그나저나 성별이 바뀌면 체취도 바뀌는구만. 거기까지는 생각하지 못했어."

"겨우 살아서 돌아왔는데, 또 목숨 걸고 실험할 생각 없어요!"

피험자— 아니, 아도 군에게 거절당했다.

제물— 아니아니, 임상실험을 못하면 안전성과 효과를 확인할 수 없다.

사용하기 까다로운 아이템이고 생산해도 일상생활에서는 의미가 없지만, 어쩌면 필요한 사람이 있을 가능성도 있다.

방금 함부로 팔면 안 된다고 말했으면서 아저씨는 **수상한 행상인**으로서 효능을 확실히 파악해 두고 싶었다.

"이리스 씨, 역시 제물— 아니, 희생— 아니아니, 실험을 도와주면 안 될까요? 전에는 제가 여자가 됐으니까 이번에는 도와줬으면 좋겠는데요."

"제물이니 희생이니 말해놓고?! 인간의 존엄성을 그렇게 막 짓밟아도 돼?!"

"말하는 본인이 저질렀잖아요. 뭐 어때요, 남자애가 되는 정도로. 남한테 시켜놓고 자기는 싫다는 건 너무 이기적이지 않나~?"

"으…… 그렇게 말하면 약해지는데."

이리스가 과거에 저지른 죄가 부메랑처럼 돌아왔다.

그래도 성별 전환에 호기심이 생겨도 실제로 할 용기는 없었다.

'**남자애**?'

그런 이리스 옆에는 눈동자에 위험한 빛이 서린 레나가 있었으나, 아무도 그것을 알아차리지 못했다.

'남자가 된 이리스…… 남자애. 뭘까, 이 매력적이고 감미로운

울림은…….'

레나의 망상 스위치에 불이 들어왔다.

'……만약 이리스가 남자애라면 틀림없이 미소년이겠지? 그래도 싫어하는 사람을 억지로 성전환하는 건…… 나쁘지 않을지도?'

원래 레나에게는 윤리 관념이 없었다. 만약 있더라도 일반 상식에서 크게 벗어났다.

특히 미소년이라는 단어를 들으면 이성이 순식간에 날아가 버린다.

심지어 한 번 노린 사냥감은 놓치지 않는 소년 한정 헌터이기도 했다.

'남자애 몸에 흥미진진한 나이지? 그럼 그 내재된 호기심을 발산해서 미성년자의 비행을 예방할 수도 있어! 이건 이리스를 위해서야! 성적 호기심에 잘못을 저지르기 전에 내가 올바른 길로 이끌어줘야 해!'

레나는 별의별 이유를 갖다 붙여 자기정당화를 시도했다.

전부터 여러 차례 강조했지만, 레나가 하는 행동은 엄연한 범죄였다.

하지만 그녀는 그런 것보다 자기 욕망이 더 중요했다.

"……주륵."

"""……?!"""

아저씨와 쟈네가 사태의 위험성을 드디어 깨달았다.

소녀가 소년으로 변한다면 동성이라는 점을 이용한 변태(레나)의 행동범위가 넓어지고 만다.

"이, 이리스! 레나가 널 노려!"

“뭐, 뭐어?! 나 여자잖아?! 레나 씨 취향이 아닐 텐데?!”

“남성화 마법의 약이 없다면 그랬겠죠. 이리스 양의 나이는 레나 씨 취향과 맞아요. 그런데 만약 성별이 바뀐다면?”

“헉! 레나 씨한테 주면 안 되는 약이잖아?!”

이리스도 뒤늦게 위험성을 깨달았다.

하지만 이미 엎질러진 물. 레나의 눈이 이리스에게 고정됐다.

“제로스 씨…… 아무리 저라도 그렇게까지 분별력이 없지는 않아요.”

“오, 그건 처음 듣는 얘기군요.”

“……그래도 이리스도 여자애니까 이성의 몸에 관심이 있지? 하지만 남자애를 덮치면 그냥 범죄야.”

“레나…… 너, 억지로 구실을 만들어서까지 이리스한테 손대고 싶어? 그 전에, 너도 범죄자거든?”

“사람을 변태 취급하지 마, 쟈네. 나는 그저 이리스에게 깨끗하고 올바른 성교육을 하고 싶을 뿐이야.”

““구체적으로는?””

폭주 직전엔 레나에게 아저씨와 쟈네가 물었다.

“이리스를 남자로 바꾸고 내 한 몸 바쳐서 머리부터 발끝까지 밀착 관리로 생명의 신비를 알려주고 싶을 뿐이야. 건전하지?”

““어디가! 의심의 여지도 없이 욕망 덩어리잖아! 건전은커녕 음탕한 생각뿐이야!””

레나는 아예 철면피를 깔았다.

오히려 당당하게 공언하는 모습이 여자인데도 몹시 남자다웠다.

"레, 레나 씨? 나한테 이상한 짓 하고 싶어서 강제로 성전환을……."

"바보야, 내가 그럴 리가 있니?"

"그치…… 농담……."

"원판이 여자면 범죄가 아니라는 사실을 깨달았어. 같이 목욕도 하는 사이잖아……."

"충분히 범죄라고! 강제로 한 시점에서 엄연한 범죄야! 그런 분별도 없어?!"

"뭐, 어때. 같은 여자끼리."

"성별이 바뀐 순간부터 나는 레나 씨 먹잇감이잖아! 그 시점에서 여자끼리라는 전제가 가루도 안 남기고 박살 난다고!"

폭주한 망념이 천원돌파했다.

아저씨는 굉장히 위험한 인물 앞에서 위험한 물건을 만들었다는 걸 깨닫고 크게 후회했다.

"아, 아도 군! 전부 회수해! 이 악마의 약을 변태에게 넘기지 마!"

"아, 알았어요…….(또 개성적인 변태가 나왔군. 정상인 줄 알았더니…….)"

"어딜 감히! 그 마법약은 무슨 일이 있어도 내가 차지하겠어!"

"그걸 내가 보고만 있겠냐? 이리스를 위해서라도 이곳은 사수한다!"

"크, 쟈네…… 역시 내 앞을 가로막는구나? 좋아, 여기서 결판을 내자!"

변태와 정상적인 윤리 관념을 가진 자의 격투가 지금 시작된다.

"어림없어. 와다다다다! 아무도 나의 뜨거운 파토스를 막을 순

없어!"

"큿, 빨라……. 하지만 나는 무슨 일이 있어도 널 막아야겠어!"

평소보다 더 강해진 변태(레나)는 변칙적인 움직임으로 자네를 농락했다.

완급을 줘서 시각을 속이고, 붙잡으려고 하면 뛰어난 도약력으로 후퇴하여 착지와 동시에 다음 동작으로 넘어가서 눈으로 좇기도 힘들었다.

이런 기동력을 일할 때 발휘한다면 더 높은 랭크로 오를 수 있겠지만, 그녀가 이 포텐셜을 발휘하는 건 욕망에 불이 붙었을 때뿐이었다. 몹시 아쉬운 일이다.

'욕망이 몸의 한계를 해체하나? 이것도 어떻게 보면 야생화라고 할 수 있겠군. 우리와는 다른 방향으로 인간을 포기했어.'

아저씨는 이 판국에 냉정하게 분석하고 있었다.

지금의 레나는 틀림없이 인류 최강일지도 모른다.

"앗!"

"우후후…… 손에 넣었어. 이리스…… 각오는 됐니?"

"싫어어어어어어! 여자가 아니라 남자로 첫경험하기 싫어!"

"괜찮아. 눈 딱 감고 있으면 금방 끝나. 분명히 좋은 경험일 거야…… 아마?"

"내 인권은?! 싫다고 말했잖아!"

"처음에는 다들 그래. 그래도 쾌락 앞에서는 다 무의미해. 모두 쉽게 함락되더라."

"순 범죄자의 논리잖아……. 게다가 익숙해 보여……."

아도와 아저씨는 레나의 기행에 익숙한 느낌을 받았다.

평소에도 이 억지 논리를 늘어놓으며 소년들을 잡아먹었겠지.

범죄자는 경험을 쌓을수록 수법이 교묘해진다고 하는데, 레나가 딱 그랬다.

그리고 이번에는 이리스가 그 피해자가 되려고 하고 있었다.

"아도 군…… 왜 위험물질을 그렇게 쉽게 뺏겨? 호랑이에게 날개를 달아준 격인데……."

"아니, 설마 이렇게 괴물같이 움직일 줄은 몰랐죠……. 심지어 내 손에서 빼갔다고요."

"레나는 손재주가 좋으니까. 나쁜 의미로……."

"놀고만 있지 말고 좀 도와줘! 레나 씨 눈빛이 수상해…… 아니, 얼굴이 무서워……."

""""그건 육식동물이 먹이를 보는 눈이야.""""

"안 돼애애애애애애애애애애! 나 시집 못 가!"

약은 레나의 손아귀로 넘어갔다. 더불어 이성이 날아가서 폭주하는 중이었다.

욕망에 떠밀린 레나는 제로스와 아도도 감당하기 어려웠다.

이리스, 순결의 위기였다.

"괜찮아. 정 안되면 제로스 씨가 받아줄 거야. 제로스 씨도 원인 제공자 중 한 명이니까……."

"은근슬쩍 저를 끌어들이지 말아주실래요? 이리스 양과 결혼이라니, 범죄예요."

"그거, 에둘러 나도 원인이라는 뜻이잖아! 아저씨한테 성별 전환약을 먹이는 게 아니었어!"

"맞아. 그럼 죗값을 치러야겠지?"

"레나 씨는 그 일에 관계없잖아! 단죄를 들먹이면서 욕망을 채울 셈이야?!"

"쳇…… 눈치챘나. 그래도 괜찮아…… 이게 내 삶의 방식이니까."

""""그걸 자랑이라고 해?!""""

이미 말을 나눠봤자 의미가 없었다.

처음부터 의미 없는 짓이었지만, 더는 시간 벌기도 되지 않는다.

레나는 여러 의미로 일을 치를 생각이었다.

"쟈네 씨, 아도 군…… 저 변태를 구속하죠."

"이리스에게 트라우마를 안겨줄 수는 없지. ……최선을 다하겠어."

"제로스 씨, 나는 패스할게요. 조금이라도 여자 냄새가 묻으면 유이한테 죽어요……."

"아도 군은 쓸모가 없나……."

"말이 심하시네……."

아도 군은 싸우기도 전에 탈락. 눈앞의 변태보다 마누라가 무서웠다.

그렇게 레나 체포는 두 용사의 손에 맡겨졌다.

마왕(레나)은 공주(이리스)에게 눈독을 들이고 있었다.

다행히 레나의 손에 있는 단기간 남성 전환약은 한 병뿐.

용사들은 무슨 수를 써서라도 마왕의 침공을 막아야 했다.

"간다, 레나…… 각오는 됐겠지?"

"루세리스 씨는 이리스 양을 데리고 안전한 곳으로 도망가주세요. 여기서부터는 목숨을 건 싸움이 될 겁니다……. 죽지 않을 정도로 조절하기가 어렵지만."

"저기, 그 전에 레나 씨에게 질문이 있는데요……."

"우후후…… 뭐야?"

"이리스 씨를 덮친 뒤에도 지금까지와 마찬가지로 같이 활동할 수 있나요?"

"……?!"

"""……앗."""

루세리스의 질문에 세 사람은 근본적인 문제를 깨달았다.

이리스는 쟈네와 레나의 동료였다.

하지만 개인적인 욕망으로 성별을 바꿀 뿐 아니라 성적인 의미로 덮친다면 틀림없이 트라우마가 남는다.

정신적 타격을 입고 신뢰관계가 깨진 뒤에도 과연 동료로서 용병 활동을 지속할 수 있을까? 아무리 생각해도 불가능하다.

"그게…… 하룻밤만 보고 끝나는 사이와는 달리 세 사람은 앞으로도 용병으로 같이 활동할 생각이죠? 지금 이곳에서 잘못을 저지르면 돌이킬 수 없지 않을까요?"

"어? 그, 그래도…… 나는 지금까지……."

"그건 상대방이 이성이라서 그렇겠죠? 동성이면 정신적 타격이 심할 거예요."

"으?! ……그래도 조금 정도는……."

"루, 무슨 말을 해도 소용없어. 레나는 어린애한테도 손을 대는 답도 없는 변태라고! 무엇보다 누구보다도 욕망을 우선하는 인간이야. 자제하라느니 반성하라느니 떠들어봤자 입만 아파."

"쟈네, 너 나를 그런 식으로 봤어?!"

인생의 분기점이었다. 동료와의 신뢰냐, 자신의 욕망이냐.

전자를 택하면 지금까지와 다를 바 없지만, 후자를 택하면 파티 붕괴로 이어질 가능성이 농후했다.

욕망에 사로잡혔던 레나는 머리를 끌어안고 고뇌했다.

그리고—.

"내가 졌어……."

레나는 혼이 나간 것처럼 바닥에 풀썩 쓰러졌다.

쥐꼬리만한 이성과 상식은 남아 있어서 다행이라고, 다들 한마음으로 생각했다.

무엇에 졌는지는 모르겠지만…….

"루세리스 씨, 대단해! 레나 씨를 말만으로 막았어!"

"그러게, 레나때문에 매번 골머리를 썩였는데 말이야. 그걸 힘도 들이지 않고 제압하다니……."

"저…… 당연한 말을 했을 뿐이지 않나요……?"

"레나는 그 당연함을 쓰레기처럼 내다 버리거든……. 루도 역시 신관은 신관이구나."

이리스는 살아남았다.

하지만 문제의 마법약이 레나 손에 있는 한 다시 폭주할 가능성이 있다는 사실을 모두 잊고 있었다.

과연 이 평화는 언제까지 이어질 것인가.

그건 아무도 모른다.

◇ ◇ ◇ ◇ ◇ ◇ ◇

“리사, 준비는 잘돼가?”

“응…… 샤크티 씨는?”

“세공으로 브로치를 만들어봤어. 팔릴지 어떨지는 모르겠지만.”

“나는 손수건이랑 손바닥 크기 인형. 바자회에 내놓기보다 평범한 노점이 낫겠지?”

“응. 그래도 바자회에도 노점이 나온다니까 괜찮을 거야.”

“그런 정보는 어디서 얻는 거야?”

“교회에서 안내서를 봤어. 거리를 일시적으로 봉쇄해서 대대적으로 열린대.”

리사와 샤크티도 준비를 마쳤다.

이제 남은 것은 바자회 당일을 기다릴 뿐이었다.

제3화 아저씨, 팔아서는 안 될 것을 팔아 버리다

산토르는 상업 중심의 교역 도시다.

많은 가게가 처마를 맞대고 있으며, 많은 기술공이 사는 도시이기도 하다.

일상 잡화부터 무기에 이르기까지 구하지 못할 것이 없다는 말도 있을 정도다.

영주 본인도 장사에 뛰어들어 다른 귀족은 엄두도 내지 못할 만큼 부를 축적했으며, 상인과 기술공이 경쟁하여 나날이 새로운 상품을 만들어 냈다.

상업적으로 본다면 이는 왕도에 버금가는 번영이었다.

그런 활기로 넘치는 산토르에서는 3개월에 한 번, 대로를 봉쇄하고 일반인의 참가를 허용하는 대규모 시장이 열린다.

바자회도 이곳 한쪽에서 이루어지며 필요 없어진 의류나 가구를 팔기 위해 사람이 모인다.

비교적 소득수준이 낮은 계층에게는 이런 행사가 생계에 큰 도움이 된다.

"허어…… 이른 아침부터 많이도 모였군."

"그러게요. 저는 몰라도 제로스 씨가 자리를 잡을 수 있어야 할 텐데요."

거리는 이른 시각부터 노점과 일반가정의 참가자로 북적였다. 차 없는 거리에 옛날 벼룩시장이 열린 상황 같다고나 할까?

어떤 사람은 자기 가게를 열 장소를 확보하려고 뛰어다녔고, 어떤 사람은 이미 준비를 마치고 다른 사람의 상품을 보고 다녔다. 또 어떤 사람은 자기가 가져온 상품과 다른 상품을 비교하고 일찌감치 돌아가려고 했다.

참고로 제로스는 지금부터 자리를 잡아야만 했다.

"평소부터 노점을 하는 사람들은 익숙하겠지만, 일반 참가자는 자리 잡기도 일이네요. 뭐, 이것도 축제의 일환인가."

"큰 길가는 전날에 미리 자리를 확보할 수 없어서 더 그래요. 오늘은 일찍부터 거리가 봉쇄됐으니까 더 빨리 나올 걸 그랬네요."

"사실 저야 구석이라도 상관없어요. 호객용 간판도 만들었으니 올 사람은 오겠죠."

"간판 하나로 가게를 열 수 있나요?"

"예전에 많이 해봤어요. 느긋하게 **장사**나 하겠습니다."

제로스가 말하는 장사란 외진 곳에서 수상한 상품을 파는 행상이었다.

【소드 앤 소서리스】에서 이상한 마법약과 저주받은 무기, 혹은 개조에 개조를 거듭해 성능이 파탄난 아이템을 재고 처리라는 명목으로 팔아치웠고, 감사하는 사람이나 생지옥을 본 사람 등 다양한 의미로 많은 플레이어를 휘저어 놓았다.

그런 과거를 가진 아저씨는 평소의 회색 로브 대신 꾀죄죄한 마을 사람처럼 분장하고 후드 달린 해진 망토를 걸쳤다.

거기에 동그란 선글라스를 쓰니 평상시보다 더 수상해 보였다.

"저기…… 이런 말씀 드리기 굉장히 죄송하지만, 그런 차림새면 손님이 안 오지 않을까요?"

"괜찮아요. 간판만 있으면 의외로 알아서들 찾아옵니다."

"그 간판이란 건……."

"이거죠."

어디선가 나타난 간판에는『손님의 상담을 듣고 가능한 한 요청을 들어드립니다』라고 적혀 있었다.

대놓고 수상했다.

"도저히 접객용 모습으로는 보이지 않는데요……."

"올 사람은 온다니까요? 어차피 심심풀이고, 수익에는 관심 없어요. 손님의 만족감이 제 보수죠. 오호호호호~!"

"뭐예요? 그 이상한 웃음……."

"제 마음의 스승. 수상한 웃음이 매력적인 검은 판매원입죠."

아저씨는 모 외판원[#3]이 된 기분으로 수상한 약을 팔 생각에 신나있었다.

사실 다른 사람을 행복하게 할 생각 따위는 털끝만큼도 없었다.

"루세리스 씨는 어디서 가게를 열죠?"

"저는 대로 중앙에서 다른 사제님들과 합동으로 가게를 내요. 사전에 장소 확보가 된 상태지만, 어느 정도 크기인지는 모르겠네요."

양육원을 운영하는 사제들은 사전에 행정기관에 참가를 통지해서 자리를 확보했다.

단, 공간은 진행 쪽에서 나누므로 상황에 따라서 상당히 좁아질 수도 있었다.

이건 양육원 경영 권한을 가진 행정 기관이 사회 공부의 일환으로 아이들을 바자회에 참가하도록 권장하기 때문이며, 지금은 연례행사로 자리 잡았다.

"바자회라고 불러야 할지 벼룩시장이라고 불러야 할지 고민인걸. 뭐, 하는 일은 똑같으니까 뭐든 상관은 없지만……."

"벼룩시장……이요?"

이 세계에는 벼룩시장이라는 용어가 없어서 기본적으로 바자회라고 불렀다.

그래서 루세리스가 이해하지 못하는 것도 당연했다.

#3 모 외판원 만화 『웃는 세일즈맨』의 주인공.

"집에서 안 쓰는 물건을 가지고 와서 헐값에 파는 바자회라고 생각하면 됩니다. 그럼 저도 슬슬 자리를 확보하러 가야겠네요."

"좋은 자리를 잡기에는 너무 늦지 않았을까요?"

"괜찮아요, 저는 작은 공간만 있으면 가게를 열 수 있으니까. 루세리스 씨도 많이 파세요."

"돈이 목적은 아니지만…… 열심히 할게요."

"하하하, 아이들에게 좋은 사회 공부가 되면 좋겠네요."

아저씨는 손을 휘휘 저으며 터벅터벅 걸어갔다.

제로스와 헤어진 루세리스도 사제들이 기다리는 곳으로 발걸음을 돌렸다.

◇ ◇ ◇ ◇ ◇ ◇ ◇

아도 파티는 대로 중앙 부근에 가게를 냈다.

그들이 파는 상품은 귀금속 장식품이나 레이스 달린 손수건 같은 직물류, 그리고 포션 같은 마법약이었다.

가격대도 저렴하게 책정해 비싸봤자 3천골로, 일반 서민이라도 노력하면 살 수 있는 물건이 대부분이었다.

그 양심적인 가격이 주목을 끌어 가게를 열자마자 상품은 날개 돋친 듯 팔렸다.

"저기요, 이 목걸이 조금만 깎아주시면 안 돼요?"

"으음, 더 깎아주기는 어려워. 그걸 만드느라 쓴 시간이 있어서 말이지."

"아이, 조금만요!"

"시간이 너무 들어서 그거 하나밖에 못 만들었어. 그만큼 비싸게 받아야지."

한편, 샤크티는 가격 흥정에 대응하는 중이었다.

여성 손님은 지갑 사정이 어려운지 어떻게든 깎아 보려고 집요하게 물고 늘어졌다.

그러나 샤크티는 여기 들인 정성과 하나뿐이라는 희소성을 이유로 흥정을 거부했다.

가격 흥정이 가능한 곳이라서 곳곳에서 이런 풍경이 펼쳐졌다.

리더인 아도도 손님을 상대하고 있었다.

"이 포션, 가격이 조금 비싸지 않나?"

"그만큼 효과가 직방이지. 위기에 대비해서 비상수단은 챙겨 다녀. 용병이잖아?"

"그렇기는 한데 우리 사정에 이 가격은 부담스러워."

"중상을 입어도 살아남게 해주는 효능이야. 돈은 저승까지 가져가게? 이 정도면 오히려 싼 편이지."

"하지만 실제로 효과를 본 것도 아닌데 무턱대고 믿기도 어렵지. 마법약은 제작자 실력에 따라서 품질이 바뀌어. 복불복이 심하다고."

용병 손님은 구매를 꺼리고 있었다.

노점에서 파는 마법약은 연금술사의 실력과 재료 비율 및 품질 등 다양한 이유로 성능에 차이가 생기며 실제로 써보지 않으면 효과를 알 수 없기 때문에 경계하는 법이었다.

간혹 물에 포션의 향만 추가해서 파는 사기꾼도 있어서 이런 신중함은 당연한 반응이었다. 누가 뭐래도 포션은 생사를 가르는 물건이니까.

"평범한 포션도 있어. 그래도 강력한 포션 하나쯤은 구비해둬. 사고는 언제 날지 모르니까."

"무슨 말을 하는지는 나도 알아. 그래도 말이야……."

"그럼 평범한 포션을 한 병 서비스로 줄게. 이걸 팔면 그 정도 마진은 나와."

"……그렇게 재료 가격이 비싸?"

"그래……. 솔직히 이런 곳에서 팔 물건이 아니야. 근데 내가 지금 급전이 필요해서……. 곧 아이가 태어나거든."

"그랬군……. 좋아, 한 병 줘. 나도 얼마 전에 애가 생겼어."

"축하해. 그렇다면 나도 한 병 더 줘야지. 애를 위해서라도 힘내."

"이봐, 그래도 돼?! 적자 아니야?"

곧 아이가 태어나는 아도와 이미 아이가 있는 용병은 의기투합했다.

부모가 된 사람밖에 알지 못하는 공감대를 나누고서.

"순조롭게 팔리는군. 리사, 포션 보충해줘. 하급 포션이 얼마 안 남았어."

"생각보다 금방 팔리겠네? 벌써 한 상자 비었어."

"하지만 아도 씨, 잔고 관리를 하지 않으면 나중에 문제 생겨. 왠지 상급 포션이 안 팔리는데……."

"상급은 비싸니까, 용병 수익으로는 큰맘 먹어야 해. 내가 그 생각을 못 했군."

"용병은 돈이 안 되는 직업이구나……."

【소드 앤 소서리스】라는 게임의 초보 플레이어는 자금과 재료를 모아서 장비를 맞춰 간다.

게임에서 토벌 의뢰를 받으면 반드시 목표 몬스터와 싸우게 되므로 재료를 못 얻는 경우는 없지만, 현실에서는 사정이 크게 달랐다.

사냥 목표를 찾을 수 있다는 보장도 없고, 약초 같은 재료도 다른 사람이 먼저 가져가거나 초식동물에게 먹힐 수 있어 쉽게 구하기 어렵다.

의뢰를 달성하고 재료를 구해도 재료의 상태에 따라서 가격이 떨어지기도 한다. 강한 마물을 해치워서 재료를 구해도 반드시 돈이 되는 것이 아니다.

"우리와는 달라. 스킬을 배우는 데 최소 몇 년은 경험을 쌓아야 해. 마스터하려면 한평생을 바쳐야 하고. 현실은 게임처럼 편하지 않아."

"의외로 살기 힘든 세계구나."

"현실이 다 그런 법 아니겠니? 아무리 판타지 세계라도 픽션처럼 편하게 굴러가진 않아. 그런데 제로스 씨는 어디 있어?"

"제로스 씨? 보나 마나 어디 구석에서 **수상한 행상인** 노릇을 하고 있겠지. 늘 그랬으니까……."

""**수상한 행상인**?!""

【소드 앤 소서리스】 플레이어이기도 한 두 사람은 그 소문을 알

고 있었다.

회복약부터 무기까지, 다양한 상품을 취급하는 비밀 상인.

그 실체는 섬멸자들이 재미 삼아 만든 실패작을 팔아치우는 재고 털이였다.

물론 초보에게는 친절하게 서비스하지만, 경력이 있는 유저에게는 몹시 수상한 상품만 권하며 팔아넘겼다.

예를 들면 【회춘의 비약】이나 저주받은 장비, 파격적 성능을 가졌지만 사용 횟수 제한을 넘으면 자폭하는 장식품 등이었다.

이런 위험한 물건을 파는 자들로 유명했지만, 더욱 악질인 점은 의외로 쓸 만한 상품이 섞여 있다는 것이었다.

"괘, 괜찮아? 수상한 행상인이라면…… 불법 거래를 하는 죽음의 상인 아니야?"

"설마…… 아무리 그래도 옛날처럼 위험한 물건을 팔지는 않겠지. 현실에서 그런 짓을 하면 틀림없이 지명수배자 신세야."

"그래도…… 제로스 씨라면 시시덕대면서 할 것 같은데."

""아니라고는…… 못하겠어.""

섬멸자들은 남이 피해를 입건 말건 상관하지 않았다.

난감하게도 제로스는 실제로 그랬던 전과가 있기 때문에 리사의 의견을 부인할 근거는 전혀 없었다.

지금 이 시간에도 도시 어딘가에서 희생자가 나오고 있을 가능성이 있었다.

'……제로스 씨. 제발 조용히 삽시다.'

실제 사례를 많이 아는 만큼 아도는 불안을 씻을 수 없었다.

지금은 그저 아무 일도 없이 넘어가기를 마음속으로 기도할 뿐이었다.

◇ ◇ ◇ ◇ ◇ ◇ ◇

아도의 예상대로 뒷골목 한쪽에 홀로 가게를 연 제로스가 있었다.

다른 노점과는 달리 나무상자와 간판 말고는 아무것도 없어서 얼핏 보면 물건을 파는 가게라고 생각하기 어려웠다. 굳이 따지면 점쟁이와 비슷하지만, 아저씨의 행색이 무지막지하게 수상쩍었다.

누가 봐도 위험인물이었다.

'이것도 나름 축제라서 그런지 가족단위 방문객이 많구만……. 독신에게는 눈부신 광경이야.'

아저씨는 함께 돌아다니는 가족들이 부러웠다.

자세히 보면 일부다처 가족이나 일처다부 가족도 있어서 이곳이 이세계라고 새삼스럽게 느꼈다.

일본에서는 결코 볼 수 없는 모습이었다.

'큭…… 왜 저런 바코드 머리 돼지한테 아내가 여섯이나……. 콱 뒈져 버려라!'

아저씨는 행인을 보며 추하게 질투했다.

아무리 봐도 아내 중 한 명은 10대였다. 외모만 보면 이리스와 또래로 보였다.

그것도 모자라 비슷한 나이의 딸까지 있나 보다. 악의가 스멀스멀 기어 나왔다.

'……훗, 초라하군.'

그리고 자기 신세도 잘 알고 있었다.

자조하면서 허탈감을 잊으려는 것처럼 담배에 불을 붙였다.

담배 연기를 뱉은 제로스의 눈앞으로 이색적이지만 어딘가 낯익은 집단이 지나갔다.

어린아이에게 끌려가는 수척한 남자들이었는데, 그중에 제로스가 아는 드워프가 있었다.

"나구리 씨?!"

"응? 오, 댁인가……. 희한한 복장으로 이런 곳에서 뭐 해?"

"보시다시피 장사하는데요?"

"보시다시피는 개뿔, 상품은 어디 갔어? 누가 이걸 보고 노점이라고 생각해?"

나구리의 의문도 지당하지만, 제로스는 신경 쓰지 않고 되물었다.

"그런데 저 사람들은 누구죠? 굉장히 초췌해 보이는데……."

"응? 저 녀석들은 최근에 들어온 신참이야. 급한 공사가 있어서 어제까지 며칠간 잠도 못 자고 일했거든. 근데 쉴 시간도 없이 아빠 노릇이래."

"……급한 일이었나 보죠?"

"아니. 기한은 남았는데 새 일거리가 들어왔어. 스케줄을 조정하려고 좀 보챘지. 하여간, 요즘 신참은 약골들이야."

"휴일 정도는 주셔야죠! 무슨 놈의 회사가 사람을 쉬지도 않고 굴립니까?"

햄버 토목 공사의 기술자는 일을 위해서라면 가족도 울리는, 중증 일 중독자 집단이었다. 보수가 좋으면 뭐 하는가. 그 돈을 쓸 새도 없이 다음 현장으로 달려가기 바쁜데.

일주일 철야 작업이 일상다반사에 일에서 쾌락을 얻는 답 없는 변태들. 어지간한 악덕 기업은 명함도 내밀지 못할 노동 강도.

노래 부르고 춤추는 현장의 엔터테이너, 그것이 바로 햄버 토목 공사였다.

"바보야, 그러면 공사가 늦어지잖아."

"공사 기간에 여유가 있는데 무리해서 일을 넣는 사람이 할 소립니까? 그러다 과로사하는 사람 나와요."

"무슨 소리야? 일을 못하면 우리가 죽잖아? 현장에서 죽는다면 행복한 삶이지."

"의뢰인한테 피해가 가잖습니까……. 저 사람들은 지금 당장 죽을 것 같은데요."

"댁도 아직 멀었군. 현장에서는 미친 척하고 즐길 줄 알아야지. 그런 식이면 이 일 오래 못 해."

근본적인 가치관이 달랐다. 햄버 토목 공사 사람에게 일이란 쾌락이었다.

성취감이라는 단 하나의 쾌락을 위해서 비상식적으로 몸을 혹사한다.

기술자는 혹독한 수행을 쌓아야 인정받는다는 풍조가 사회 전반에 깔려서 그들에게 휴가란 나약한 인간의 도피이자 기피해야 할 타락이었다.

여기가 일본이었으면 근로기준법 위반으로 진작 망했을 것이다.

이 세계에서는 노동 시간이 법률로 정해져있지 않아서 악덕 기업이라고 말해봤자 의미가 없었다.

'음? 잘 생각해 보니 이거, 장사할 기회 아냐?'

갑자기 하늘의 계시가 떨어졌다.

"헤헤헷. 거기 가는 나으리, 많이 피곤하신가 봅니다? 잘 듣는 약이 있는데 한 병 어떠신지?"

제로스는 곧장 수상한 말투로 녹초가 된 남자에게 접근했다. 그건 또 무슨 연기냐며 나구리가 따지지만 무시하고 호객을 계속했다.

"……나? 됐어…… 돈도 없어."

"하지만 말입죠, 그 피곤한 몸을 채찍질해 가면서 아이들까지 돌보다가는 골병듭니다?"

"아니 뭐, 그건 그렇지만……. 보아하니 당신, 마도사지? 마법약은 비싸서 좀……."

"걱정 마십쇼, 단돈 600골에 모시겠습니다. 거창한 물건이 아니라 단순한 영양제니까요. 그런데 이게 효과는 직방으로 나온단 말씀."

"음, 그래도……."

그는 좀처럼 납득하지 않았다.

하지만 아저씨도 물러날 생각은 없었다.

"나으리, 거울이 있으면 지금 몰골을 한 번 보십쇼. 그 몰골로 정말 아이들을 데리고 오늘 하루를 버티겠습니까? 애들은 저래 봬도 체력 하나는 장사예요. 그러시다 진짜 쓰러집니다?"

"으…… 그렇게 말하니 마음 약해지는데."

그렇다. 남자는 보기 안쓰러울 정도로 지쳐서 초췌해져 있었다.

그만큼 햄버 토목 공사의 일이 고되다는 뜻이었다.

신참이 베테랑 나구리처럼 처음부터 노래하고 춤추며 일할 수 있을 리 없었다. 무리하게 일을 계속하면 당연히 골골대는 사람도 나오게 마련이었다.

아직 사망자가 나오지 않은 게 신기할 정도였다.

제로스도 경험했기 때문에 햄버 토목 공사의 비상식적 행보는 잘 알고 있었다.

"헷…… 어쩔 수 없구만. 서비스로 샘플을 하나 드립죠. 시음하고 효과가 있으면 사십쇼. 그쪽 분들도 괜찮을깝쇼?"

""""""……흐음.""""""

호구 하나 잡아보려는 노름판 타짜 같은 말투였다.

동료들이 지켜보는 가운데, 수척한 남자는 쭈뼛쭈뼛 영양제를 받았다.

"그 말투 좀 안 쓰면 안 돼? 왠지 이상한 느낌이 드는데……."

"영업용이에요. 신경 쓰지 마세요."

"그 꼴로 장사할 생각이 있는 거야? 무슨 약팔이 같잖아."

나구리는 어이가 없다며 걸고넘어졌다.

하지만 아저씨는 한쪽 귀로 흘리고『단번에 쭉 들이켜요, 쭉. 나중에는 없어서 못 마셔~』라며 수상쩍게 영양제를 마시도록 권유했다.

그 모습을 보던 남자들은 병을 든 채로 머뭇거렸다.

불신감이 철철 흘러넘쳤다.

"아빠, 언제까지 여기 있을 거야?"

"빨리 가자. 재미없어~!"

"으으……."

사랑하는 자식이 재촉해서 마음이 흔들렸다.

자신을 보며 히죽대는 상인이 밉살스러웠다.

"크…… 마셔보는 수밖에 없나. 마, 마신다……?"

그는 떨리는 손으로 병뚜껑을 따고 내용물을 한 번에 들이켰다.

그러자 효과는 즉시, 그리고 극적으로 나타났다.

"힘이이이 솟아난다아아아아아!"

외침과 함께 상의가 부풀어 오르는 가슴을 버티지 못하고 터졌다.

피곤해서 야위었던 몸이 몰라보게 튼실해지고, 근육에는 주체하지 못할 활력이 끓어올랐다.

그의 몸이 일하는 남자의 몸으로 돌아왔다.

"""""오, 옷이 터졌어어어어?!"""""

"헤헷…… 이게 제 특제 영양제의 위력입죠. 어때요? 이제 좀 살 마음이 드셨나?"

"""""제발 우리한테도 팔아줘! 솔직히 죽을 것 같아!"""""

"아이고, 감사합니다~♪"

남자들이 아저씨에게 몰려들었다.

그리고 다들 영양제를 벌컥벌컥 들이켰다.

"""""슈퍼어, 빌드으으, 워커어어어어어!"""""

"어디서 들어본 구호네……."

"……이거 쓸만하겠는데?"

영양제를 마신 남자들이 모두 근사하게 벌크업. 조금 전까지 몸을 짓누르던 피로는 씻은 듯 가셨고 보디빌더 저리 가라 할 불끈 불끈한 건설 노동자로 거듭났다.

그들은 일사불란하게 포즈를 잡으며 흘러넘치는 활력에 취했다.

지친 남자의 육체는 군더더기가 없었고, 단련된 근육은 실로 아름다웠다.

"……이봐, 이 영양제 얼마나 있어?"

"꽤 많은데요?"

"나한테 전부 팔아. 이거 현장에서 요긴하게 쓰이겠어."

"저, 전부?!"

아저씨는 여기서 큰 실수를 깨달았다.

햄버 토목 공사의 작업은 굉장히 힘들다. 그런 악덕 기업에 이 영양제를 팔면 노동자들은 지금까지 혹사당한 이상으로 소처럼 부려 먹힐 것이다.

가뜩이나 노동량이 많은 현장이 더욱 지옥으로 변하고, 이윽고 일밖에 생각할 수 없게 되어 노래하고 춤추는 노동자가 양산되리라.

"저기…… 수는 많지만, 햄버 토목 공사 사람들이 모두 마실 양은 없는데요?"

"상관없어. 나가떨어지는 얼간이들에게 쓸 거야. 기술자는 현장을 많이 겪어야 성장하니까."

"아니, 육체 피로는 사라져도 정신적 피로는 못 없앤다구요?!"

"괜찮아. 그건 세뇌로…… 아니, 교육의 일환이라고 생각하면 허용 범위야."

"세뇌? 지금 세뇌라고 하신……."

"잔말 말고 팔라면 팔아! 이게 있으면 내일부터 당장 일할 수 있어."

"그러다 진짜 죽는다니까요?! 적어도 한 주에 이틀은 쉬게 해줘요!"

난감하게도 규제가 없는 이 세계의 사람들은 현재 상황을 당연하게 받아들였고, 나구리도 자기 직장이 악덕 기업이라고는 생각하지 않았다.

노동자를 조금이라도 빨리 키워서 제 몫을 하는 기술자로 성장시키는 데 집중하여 개인의 가정사나 인권 따위는 일절 고려하지 않았다.

제로스처럼 노동자의 인권을 생각하는 쪽이 오히려 상식에서 벗어난 별종이었다.

문화의 차이란 무서운 것이다.

'팔아서는 안 될 사람에게 팔아버렸어…….'

나구리의 윽박에 못 이겨 결국 영양제를 몽땅 넘겼다.

장사라는 측면에서는 성공이지만, 죄책감으로 마음이 굉장히 불편했다.

"좋은 물건을 건졌어~. 으하하하하!"

호쾌하게 웃으며 떠나는 나구리의 뒷모습을 보면서 아저씨는 후회 속에서 흐느꼈다.

노동자들에게 구원의 손길이 내려오기를 기도하면서.

춤추는 노동자는 늘어난다. 무모한 노동과 교육이라는 이름의 세뇌로…….

아저씨는 거기에 가담하고 말았다.

제4화 아저씨는, 가끔 사람을 돕는다

늦은 점심을 먹은 아도는 제로스를 찾아다녔다.

상품이 금방 동나서 가게를 일찍 접은 탓에 할 일이 없었기 때문이었다.

마법약 수요는 예상보다 훨씬 많았고 다소 가격이 높아도 구매자는 끊이지 않았다.

"그런데…… 왜 일반 가정에서도 포션을 사지? 상비약으로 충분하지 않나……."

아도는 작은 착각을 하고 있었다.

【소드 앤 소서리스】에서는 전투에서만 회복 포션을 사용하지만, 이 세계에서는 병이나 상처가 났을 때 사용하는 상비약으로 인식했다.

물론 가격은 다소 비싸지만, 일반 가정에서도 평범하게 구비해 둔다.

이 세계에서는 불을 지필 때도 장작이나 숯을 쓰기 때문에 장작을 패다가 다치기도 하고 불을 다루다가 데기도 한다. 사고가 나지 않는 날이 없을 정도다.

하지만 전생자인 아도는 그런 문화에 대한 이해가 조금 부족했다.

"제로스 씨는 어디 있으려나……."

대로는 사람으로 북적거려 특정 인물을 찾기는 어려웠다.

하지만 아도는 【수상한 행상인】으로 분장한 제로스의 행동 패턴을 잘 알고 있었다. 찾아야 할 곳은 좁은 뒷골목으로 통하는 길모퉁이였다.

이번에는 위험한 상품은 팔지 않겠지만, 누가 뭐래도 제로스 또한【섬멸자】였다. 예상하지 못한 짓을 아무렇지 않게 벌이므로 방심할 수 없었다.

혹시라도【성별 전환약】을 팔 수도 있었다.

"저 좁은 골목이 의심스럽군. ……앗, 찾았다."

세련된 옷 가게 앞에 상인 몇 명이 가게를 차려 놓았다.

그 구석에 나무상자를 쌓고 간판만 대충 세워둔, 아도에게는 익숙한 가게가 있었다.

제로스는 한 남자를 상대로 상품을 보여주고 있었다.

"……이게 효과가 죽입죠. 일단 먹으면 오늘밤 잠은 다 잤다고 생각하십쇼."

"그, 그렇게 대단해?"

"식어버린 관계도 이거 두 알이면 순식간에 버닝! 사모님도 보는 눈이 달라지실 겁니다. 헤헤헤……."

"……사, 사볼까? 요즘 그 사람이 쌀쌀맞거든."

"빠른 효과를 약속드립죠. 먹는 순간 아주 짐승처럼……."

'이보셔, 제로스 씨…… 대체 뭘 파는 거야!'

다른 의미로 수상쩍은 약을 팔고 있었다.

아도는 제로스가 정력제를 만드는 모습은 본 적도 없었다.

"남용은 금물입니다요. 그리고 음주 후에는 먹지 마십쇼. 심장에 안 좋아요."

"그, 그래……. 술 마신 날에는 안 된다, 이거지? 과음하지 않게 조심해야겠군……."

"이 약은 어디까지나 계기를 만들어줄 뿐입죠. 부부관계는 결국 사랑 아니겠습니까? 남자의 매력은 다정함입죠."

'독신 주제에 누구한테 사랑을 논해! 게다가 약팔이에 이상하게 익숙해 보이잖아!'

수상한 행상인은 【밤의 활력 충전제】를 판 돈을 가죽 주머니에 넣으며 『또 오십쇼~』라고 손님에게 인사했다.

다른 의미로 수상했다.

"제로스 씨…… 왜 구석에 박혀서 이상한 약을 팔고 있어요?"

"오, 아도 군. 가게는 어쩌고 여기 있어?"

"포션이나 마법약은 금방 팔렸어요. 그보다 수상한 약 팔지 마요. 사기꾼 같잖아요."

"누가 들으면 오해할라. 평범한 약이야. 정상적으로 쓰면 심장 질환에도 효과가 있지."

"누가 봐도 잘못된 사용법이잖아요! 비아○○를 파는 거로밖에 안 보여요."

"다 쓰기 나름이지. 그런 효능도 있다는 것뿐이야."

"아니, 노골적으로 그쪽 용도로 팔았잖아요……. 다 봤어요."

"아이고, 들켰어~? 창피하네~."

창피해해도 귀여운 맛이라고는 전혀 없었다.

안 그래도 수상하게 생겼는데, 선글라스가 화룡점정이었다.

"설마 그럴 리는 없겠지만, 성별 전환약은 안 팔았죠? 아니면 회춘의 비약이라거나……."

"회춘의 비약을 내가 어떻게 팔겠어? 그건 사람의 인생을 망가뜨리는 물건이야.”

“앗, 그런 양심은 있었네요?”

“카논이랑 똑같이 취급하지 말아줄래? 나는 그 사람보다는 양심적이야.”

“내 눈에는 거기서 거기인데…….”

【흰 섬멸자】 카논.

제로스의 동료 중 하나이며 마법약의 궁극을 추구하는 탐구자다.

효능을 1퍼센트라도 높이기 위해서 최선을 다하고, 필요하다면 재료를 구하기 위해 대형 몬스터 사냥도 주저하지 않는다.

제로스는 왜 그녀가 약에 그토록 매달리는지 의문이었다.

『약학은 예술이야!』라며 주먹을 치켜들어 외치고, 히죽거리며 동료를 인체실험에 이용한다.

더 위험한 부분은 실패작을 비밀리에 팔아서 처분하는 점이었다.

뭐, 그건 제로스도 똑같지만…….

“회춘의 비약을 만들었을 때, 【망치 공방】의 나보 씨한테 먹인 거 기억해?”

“아…… 그 비극이요? 우락부락한 마초가 애기로 변했던가…….”

“나는 말렸어. 모르는 사이도 아니었고, 카논한테도 여러 번 당부했어.”

“근데 차에 타서 먹였지…….”

“일주일 뒤에는 근육이 온데간데없이 사라졌어. 애초에 감정으로 효능이 뻔히 보이는데 보통 그걸 남한테 먹이나? 끝내는 아바타가 소멸할 줄 누가 알았겠어.”

"처음으로 캐릭터 소멸이 확인된 사건이었죠……. 그 뒤였나요? 【좀비 드링크】인지 뭔지를 만든 게."

"정확히는 【리플레시 에너지 드링크 시험작 93호】……. 설마 언데드 몬스터가 될 줄이야……."

회춘의 비약을 만든 섬멸자, 카논.

그녀가 재고 처분으로 풀어버린 그 비약 때문에 많은 희생자가 나왔다.

어쩔 수 없이 비약 효과를 상쇄하는 마법약을 만들었지만, 결과는 레벨1 좀비를 대량으로 낳았고 자포자기해서 좀비로 플레이하려던 유저는 모조리 전멸해 버렸다. 비약을 판 곳이 중급 모험가 도시라서 당연히 출현하는 몬스터도 강했기 때문이었다.

심지어 소지 아이템도 전부 소멸하는 부작용까지 있어서, 피해자들은 캐릭터를 새로 만들어서 첫 마을부터 다시 시작하게 됐다.

섬멸자들의 지인도 적지 않았던 탓에 뒷수습으로 꽤 고생했다.

주로 레벨을 올려주느라…….

"카논 때문에 많은 상위 유저가 게임을 처음부터 하게 됐지……."

"남의 이야기를 듣지 않는 점은 제로스 씨랑 똑같잖아요? 조금 나을 뿐이지……."

"내가 케모 씨나 테드와 동급이라고? 너무하네~. 내가 그 정도는 아니지."

"피해 보상으로 힘들었다면서요?"

피해를 입은 지인에게는 강력한 장비를 무상으로 넘기고 스킬 습득과 사냥을 도우며 용서를 받으려고 무진장 애를 썼다.

그 후, 게임 내에서 회춘의 비약에 관한 이야기는 금기가 되었다.

"나는 주위에 피해를 주지는 않았어. 레이드나 PK 플레이어를 상대할 때는 봐주지 않았지만."

"팀으로 행동하는데 누가 그런 사정을 알아줘요? 그리고 위험한 물건 만들 때 도와줬잖아요."

"도와는 줬어도 판 사람은 다른 네 명이야. 나는 조금 성가신 장난감뿐이었어. 뭐, 열받는 인간들한테 몰래 소매넣기를 한 적은 있었지."

"……거봐요, 했잖아요. 그 장난감도 심각한 저주 아이템이었으면서."

겨 묻은 개가 똥 묻은 개 나무라는 격이었다.

아무리 부정해도 섬멸자들은 어차피 다 그 나물에 그 밥이었다.

겉으로도 당당히 행동하는가, 몰래 수작을 부리는가의 차이뿐인데 본인만 그걸 모르고 있었다.

"이제 와서 따져도 무슨 소용이겠어……. 그보다 장사는 좀 돼요?"

"그냥저냥~. 손님은 제법 있어. 방금 본 그런 손님만 있지는 않아."

"간판에는 『상담을 듣고』라고 적혀있던데, 이런 글을 보고 손님이 와요?"

"저기요~."

"……오네."

아도 뒤에 곱상한 청년이 서 있었다.

이런 가게에 손님이 온다는 게 믿기지 않았다.

"어서 옵쇼! 뭐로 드릴깝쇼!"

"무슨 시장 생선가게야?"

아저씨는 영업 모드로 들어갔다.

"저…… 간판을 보고 왔는데요, 상담에 맞춰서 물건을 판다는 이야기인가요?"

"그럼요! 이것도 장사니까 손님이 원하신다면 상품을 준비하고 말고요~. 그래서 어떤 상품을 원하시는지?"

"……성별을, ……성별을 바꾸는 약 같은 건…… 없겠죠?"

"……있죠."

"이, 있다고요?!"

아도는 영업 모드 아저씨를 말리고 싶었지만, 지금은 성별 전환약을 원하는 손님이 있다는 사실에 대한 놀라움이 컸다.

제로스도 놀라면서 기뻐하는 청년에게 관심이 생겼다.

무언가 심각한 사정이 있다고 직감적으로 알 수 있었다.

"……일단 고민을 들어볼까요? 이게 위험한 약이라서 말입죠. 그냥 넘길만한 물건이 아니에요."

"네…… 말할게요."

그의 이야기를 정리하면 이랬다.

청년은 10살까지 평범한 아이와 똑같이 자랐다.

하지만 사춘기에 들어갈 무렵, 자신이 다른 사람과 다르다는 사실을 알았다.

동성을 사랑하고, 여성복이나 장식품에 관심이 생겨 부모가 집을 비웠을 때 여장을 하게 되었다.

귀엽고 아기자기한 것을 좋아하는 남자는 있지만, 어디까지나 취향에 머무르는 경우가 많다. 하지만 그는 자신이 남자라는 인식을 갖지 못했다.

그것도 모자라 자신의 육체를 혐오하고, 최근에는 자살 시도를 하기에 이르렀다.

정신적 고통을 견디지 못하고 부모 가슴에 못을 박은 자신이 한심했지만, 그래도 청년은 자신이 남자라는 현실을 받아들이지 못했다.

결국 그는 이 출구 없는 지옥에서 헤매며 지금도 괴로워하고 있었다.

"아버지가 데리고 온 신관은 악마에 씌었다며 고액의 퇴마 의식을 치렀는데 전혀 나아지지 않았어요. 오히려 억압되면 마음이 더 힘들어서……."

"……흠, 성 주체성 장애인가? 아직 확정 지을 수는 없지만, 심각한 문제군요. 이 분야의 지식과 이해가 없으면 종교에 기댈 만도 해~. 악마에 씌었다면 자존감은 더 박살나겠지."

"……육체와 정신적 성별이 일치하지 않는 현상. 고통스럽겠어. 과학 지식도 없으니까 정신병자 취급이었겠지. 이 세계는 문화 수준이 낮으니까 미신도 쉽게 믿는군."

"이렇게 부탁드릴게요! 여성이 되는 약이 있다면 제발 팔아주세요!"

꽤 심각한 고민을 가진 손님이었다.

제로스에게는 분명히 청년의 바람을 이뤄줄 약이 있다.

하지만 이걸 사용하기에 앞서 큰 문제가 있었다.

"가게는 제대로 찾아오셨군……. 그런데 이게 간단한 문제가 아니거든요. 부모님은 당신 고민을 알아요?"

"네…… 어머니는 금방 이해해 주셨지만, 아버지한테는 여러 번 얻어맞았어요……."

"그렇겠지. 이런 문제는 아무래도 민감하니까……. 제로스 씨, 어떡할래요?"

"돈은 얼마든지 드릴게요! 제발 부탁해요……."

심각한 이야기였다.

진지하게 한 사람의 인생이 걸렸다.

"아니, 돈 이야기가 아닙니다. 이 약은 한 번 쓰면 다시는 돌아올 수 없어요. 나중에 되돌려 달라고 해도 소용이 없다고요. 내 책임 문제로 번질 수 있어요."

"제로스 씨, 단기간 성별 전환약도 있지 않았어요? 일단 그것부터 써보고 정신이 안정된 뒤에 진짜 약을 쓰는 건 어때요?"

"그래도 일단 동의서를 받아둬야겠어. 아니, 잠깐! 의사도 아닌데 마음대로 의료 행위를 해도 되나? 고소당하는 거 아니겠지……."

"쓸게요! 이 고통에서 해방된다면 저는……."

성별 전환약은 팔아도 되지만, 그것으로 모든 문제가 해결되리라고는 생각하지 않았다.

무엇보다 『아버지에게 여러 번 맞았다』라고 하지 않았던가. 아버지는 아들의 고민을 전혀 이해해 주지 않았다.

퇴마 의식을 치를 정도라면 오히려 그의 말을 믿지 않을 가능성이 클 것이다.

"이 사람 집에 가서 부모님과 상담하는 편이 나으려나? 이건 나 혼자 정할 수 있는 문제가 아니야. 가족의 문제지."

"그렇죠……. 근데 가면 싸움 날 텐데요."

제로스와 아도는 아버지의 승낙을 얻기는 어려울 것으로 점쳤다.

그래도 여성화 약을 쓰려면 청년의 부모님과 대화할 필요가 있었다. 그리고 아버지는 틀림없이 아들에게 손찌검할 것이다.

"그러지 말고 제가 여성이 되면 다 해결되지 않나요……?"

"그렇게 간단한 이야기가 아니에요. 당신 아버지는 적어도 당신이 남자이기를 바라죠? 어쩌면 이 문제를 심각하게 받아들일지도 모릅니다."

"가능성은 있네요. 여성복이나 귀여운 액세서리를 모으는 아들을 보면서 『사내놈이 약해빠졌어!』라고 생각하는지도 몰라요. 이런 유형의 부모는 지독하게 고집스러우니까."

"그러다 결국 악마의 소행이라고 믿었나. 자기 생각이 틀렸다고는 절대로 생각하지 않는 옹고집인가 보구만."

"아버지는 혼자 힘으로 가게를 차릴 정도로 의지가 굳은 분이세요. 아마 그럴 가능성이 크겠죠."

"제대로 설득하지 않으면 아버지도 끝까지 안 받아주시지 않을까요? 그래도 말로 설득될 사람이 아닌 건 확실해 보이는군요……. 이거 골치 아프구만."

"그때는 제가 집을 나오면 그만이에요. 이미 참을 만큼 참았어요……. 이대로 남자 몸으로 있을 바에야 차라리 죽고 말래요."

상당히 중증이었다.

정신적으로 시달리다가 겨우 희망이 보였는데, 그 희망이 부정당하면 너무 불쌍하다.

게다가 청년은 진심으로 죽을 각오까지 했다. 자살이라도 했다가는 밤에 잠도 못 잔다.

"별수 없군. 저도 설득해 보죠……. 이미 관련되어 버렸으니까."

"나는 패스. 가도 도움이 안 되고 귀찮은 일에 가담하기 싫어요."

"아도 군, 정이 없네……. 같이 설득해주면 어디 덧나?"

"싫어요! 제로스 씨를 따라가면 무조건 사건에 휘말리잖아요. 나는 산책하면서 유이한테 줄 선물이나 고를래요."

"칫…… 마누라 있다고 유세는! 콱 찔려 버려라……. 그게 네 유언이 될 거다!"

"본인 앞에서 재수 없는 소리 하지 마요!"

은근히 행복을 드러내는 아도에게 아저씨는 추악한 질투심을 감추지 못했다.

오히려 적반하장으로 욕을 했다. 언제나 자기 자신에게는 솔직한 사람이다.

아도는 저주를 퍼붓는 아저씨의 시선에도 아랑곳하지 않고 「그럼 나는 이만 갈 테니까 잘해 보세요」라며 손을 흔들고 인파 속으로 사라졌다.

"……그렇게 됐으니까 저도 당신의 아버지를 설득해 보겠습니다. 비약을 만든 사람 중 한 명으로서 설명할 필요가 있으니까요."

"저…… 정말로 괜찮을까요? 아버지가 꽤 감정적인 분이라서……."

"하하하, 오히려 대화가 아니라 폭력으로 덤비면 좋겠네요. 정당방위가 성립하니까 봐주지 않아도 될 테니까요."

"의외로 호전적인 성격이에요?!"

설득은 하지만, 폭력을 쓰면 반격할 생각이었다.

아버지가 몸의 대화를 원한다면, 반대로 비참한 결과를 맞이하리라.

제멋대로 남의 가정 문제에 끼어들면서 무자비한 결심을 하는 글러먹은 제로스였다.

"그러면 갈까요. ……그러고 보니 성함을 못 들었군요."

"크리스티안이에요. 아버지를 잘 설득해주세요."

'이 이름, 어디서 들은 것 같은데…….'

제로스는 그의 이름을 마음속으로 되뇌면서 크리스티안의 집으로 갔다.

◇ ◇ ◇ ◇ ◇ ◇ ◇

크리스티안의 집은 대로에서 벗어난 곳에 있는 잡화점이었다.

각지에서 모인 다양한 잡화와 식기, 수는 적으나 가구도 취급하는 중소 점포였다.

솔리스테어 상회와 비교하면 작은 가게지만, 이 이세계에서 가게를 열려면 만만치 않은 사업 수완이 필요했다. 그런 점으로 미루어 볼 때 크리스티안의 아버지가 재능 있는 사람이란 것은 확실할 것이다.

그런 그가 지금 제로스와 아들 앞에서 팔짱을 끼고 언짢게 앉아 있었다.

옆에는 어머니로 추정되는 여성도 있지만, 대화에 끼어들지 않고 묵묵히 상황을 지켜봤다.

아무래도 가부장적인 집안 같았다.

"—그래서? 그 수상한 인간이 네 문제를 해결할 수 있다, 이 말이냐?"

"응. 이스톨 마법 학교에서 만든 비약이 있는데, 그걸 먹으면 내 고통도 해결된대."

"그건 네 정신적 병을 고치는 비약이냐? 설명해봐, 거기 수상쩍은 상인 양반."

"문제는 해결되겠죠~. 아드님은 선천적인 병이 있는 모양이고, 지금 이대로 있으면 조만간 돌이킬 수 없는 사태가 벌어지겠던데요? 듣자 하니 자살 시도까지 했다죠? 위험 징후예요."

"어떻게 선천적인 병인지 알지? 행상인이 왜 그런 지식을 가졌어?"

"그야 제가 마도사니까 그렇죠. 그렇지 않으면 비약을 구할 수도 없어요."

제로스는 실실 웃으며 긴장감 없는 태도로 말했다.

그런 제로스의 태도에 중년 남성은 불신밖에 생기지 않는 모양이었다.

"그래서, 그 비약의 효과는?"

"성별이 변해요. 까놓고 말해서 남자인 몸이 여자로 바뀌는 거죠~."

"뭐가 어쩌고 어째?! 크리스티안은 집안의 대를 이을 후계자다! 그걸 여자로 바꾼다고?!"

"다른 방법이 있나요? 남자의 몸에 여자의 정신이 있다는 것만으로도 지금 같은 문제가 생기지 않습니까? 보통은 나이를 먹으면서 육체와 정신의 균형이 자연스럽게 어우러지지만, 아드님은 반대로 불쾌감이 커진다고 합니다. 더는 지금 몸을 견딜 수 없다는군요."

"그런 어처구니없는 얘기가 어딨어! 남자로 태어났으면서 마음이 여자?! 그딴 병은 듣도 보도 못 했어!"

아들의 사정을 설명해도 크리스티안의 아버지는 믿으려고 들지 않았다.

성 주체성 불쾌증은 예로부터 선천적으로 존재하는 장애였지만, 이는 시대가 지나면서 의료기술이 발달하고 심리학과 생리학이 확립되었기 때문에 밝혀진 증상이었다.

그러나 이 이세계의 의료 지식은 지구의 중세 수준에 머물러 있다. 이해하지 못하는 사람에게는 정신이 나간 것으로 보이리라.

"그 분야의 지식이 없으면 그냥 미쳤다 생각하고 넘어가버리죠. 하지만 아드님과 같은 장애를 앓는 사람은 생각보다 많아요."

"흥! 그렇게 말하면서 진짜 목적은 돈이겠지. 그 사기꾼 종교쟁이처럼!"

"아뇨, 그냥 쓸 일 없는 비약이라서 이 기회에 유용하게 써먹으려는 것뿐인데요?"

"장난쳐?!"

"전 아주 진지해요. 아드님의 경우는 마음이 여성인데 육체가 남자라서 문제인 거라 여성화하면 안정될 겁니다. 시험 삼아 단기간 성별 전환약을 먹어보고 상황을 지켜본 다음 나중에 성별을 고정하죠."

아저씨가 친근한 어조로 말하지만, 그게 아버지의 신경을 벅벅 긁었다.

사실 제로스도 이 아버지의 심정은 모르는 바가 아니었다.

아무리 사랑스러운 아들이라도 어느 날 갑자기 딸이 된다고 하면 졸도할 것이다.

만약 아들이 있고, 몇 년 집을 비웠다가 돌아왔더니 『아빠, 나…… 내일 여자 돼』라고 말하면 괴로울 것이다. 화도 나겠지.

유일한 구원은 성전환 수술이 아니라 마법약으로 완벽하게 여성으로 변한다는 것이었다.

"내 집에서 나가! 말이 안 통하는군!"

"말이 안 통하는 건 당신이죠. 꼭 있더라, 죽을 만큼 힘든 사람한테 다 안다는 얼굴로 『마음먹기 나름이야』라거나 『괴로운 건 지금뿐이야』라고 말하는 사람. 당사자도 아니면서 그 고통을 어떻게 압니까? 그런데 자기 가치관으로 남의 생각을 부정하고 자기 의견만 밀어붙여요. 심지어는 그게 잘못이라고 밝혀져도 아무런 책임도 안 지려고 해. 저야 돌아가도 상관없죠. 그런데 최악의 사태가 벌어지면 어쩔 생각이실까 몰라?"

"하, 하고 싶은 말이 뭐야……?"

"남자 몸을 끔찍하게 싫어해서 자해하며 사는 아들이 최악의 선택을 했을 때, 당신은 책임을 질 수 있느냐는 얘깁니다. 당신은 그저 안 된다고만 할 뿐이고 아무런 해결책도 내놓지 않아요. 본인의 고통은 무시하고 아무 생각 없이 방황이라는 한마디로 둘러댈 뿐. 얼마나 심각한 문제인지는 이해하려는 시늉도 하지 않고 말이죠."

"나, 나는 틀린 말 한 적 없어!"

"그걸 정하는 건 당신이 아니라 괴로워하는 아드님이에요. 댁은 그냥 자기 가치관을 우격다짐으로 주입하고 싶을 뿐이겠죠. 여러 번 말하지만, 이건 댁 문제가 아니라 아드님의 문제라고요. 거기에 당신의 의지가 끼어들 여지는 없어요. 그리고 맞는지 아닌지 해보지 않고 어떻게 압니까?"

"윽……."

아버지에게는 소중한 아들이었다.

그런데 정체도 모르는 약을 먹어 성전환을 한다면 보통은 찬성하지 않는다.

부모 입장에서 보면 부정적으로 나오는 것도 이해할 수 있었다.

하지만 괴로움은 크리스티안의 몫이고, 그 고통이 얼마나 큰지는 본인이 아니면 알 수 없다. 아버지도 아들을 자기 뜻대로 억압한다는 자각은 있었다.

그래서 눈앞에 있는 수상한 남자가 아니꼽게 지적해도 반박하지 못하는 것이었다.

"……여보, 시험이나 해 봐요."

"당신까지 무슨 소리를……."

"제일 힘든 사람은 크리스예요. 저는 이 아이가 괴로워하는 모습을 더는 못 보겠어요……. 구할 방법이 있다면 다 해봐야죠."

지금까지 말이 없던 어머니가 대화에 끼어들자 아버지는 놀란 표정이었다.

그에게 아내는 언제나 곁에서 자신을 받쳐준, 세상에서 가장 사랑하는 여성이었다. 게다가 지금까지 이렇게 자신의 뜻을 내비친 적은 한 번도 없었다.

아마 제 자식이 고통 속에서 자해한 탓에 어떻게든 편하게 해주고 싶었으리라. 하지만 그 방법을 몰랐다.

"크리스가 스스로 방법을 찾아왔잖아요. 지금은 그냥 지켜보는 게 부모의 역할 아닐까요? 적어도 퇴마는 아무런 효과도 없었으니까……."

"큭…… 알았어. 하지만 이것도 효과가 없으면 바로 고소할 줄 알아!"

"아, 예에……. 이제 시험은 할 수 있겠네요?"

"아아…… 고마워요. 아버지, 어머니……."

기회를 얻은 크리스티안은 매우 기뻐 보였다.

그 옆에서 아저씨는 인벤토리에서 여성화【단기간 성별 전환약】을 꺼냈다. 처음부터【완전 성별 전환약】을 주는 것보다 시간을 들여서 상황을 봐야 한다고 생각했다.

"일단 단기간 여성 전환약을 마셔요. 이 약은 효과가 나타날 때와 효과가 끊길 때 몸에 격통을 동반하니까 주의하시고요."

"겨, 격통이요?"

"남성과 여성은 장기나 골격 구조가 다르니까 몸을 재구성하면서 격통이 발생해요. 일단 한나절은 효과가 지속되는 타입을 준비했습니다."

"며칠 동안 지속되는 약은 없나요?"

"효력이 끊기기 전에 오래 지속되는 약을 먹으면 돼요. 그러다 마지막에 완전히 여성화하는 원액을 먹고요."

"아, 알겠습니다……."

크리스티안은 단기간 여성 전환약을 들고 어머니와 함께 방 안으로 들어갔다.

남은 사람은 제로스와 고집불통 아버지, 둘뿐이었다.

굉장히 거북했다.

'일단 퇴마사까지 부른 걸 보면 아들을 걱정하긴 하나 보군. 문제는 자기가 이해되지 않는 생각을 고집스럽게 거부하는 점인가…….'

거북함을 잊으려고 다른 생각을 해보지만, 이 어색한 침묵 때문에 입을 떼기 주저됐다.

물론 분위기를 띄울 대홧거리도 없으므로 애써 어색한 분위기를 깰 이유도 없었다.

『으아아아아아아아아아아아아아아악!』

『크, 크리스?! 정신 차려, 괜찮니?! 아…… 신이시여!』

곧 크리스티안의 절규와 쩔쩔매는 어머니의 비명 같은 목소리가 들렸다.

그 소리를 듣고 제로스가 「시작됐나……」라고 중얼거렸다.

크리스티안이 겪는 육체적 고통은 아저씨도 경험한 적 있어서 잘 알고 있었다.

"이, 이 자식아, 저게 정말로 괜찮은 거냐?! 병을 고친다더니 사람 잡을 일 있어?!"

"저 고통…… 한 10분은 이어져요. 솔직히 말씀드리면 죽을 맛이죠. 육체가 변하는 과정이니까 당연한 거예요. 고통 없이는 아무것도 얻을 수 없다고 하잖아요?"

"허, 헛소리도 작작해! 크리스티안!"

"자자, 아버님, 진정하세요. 지금 아드님한테 가도 할 수 있는 일은 없어요."

"이, 이거 놔! 내 아이라고! 네가 무슨 권리로……!"

고함치며 몸부림치는 아버지를 뒤에서 붙잡아두면서 비명이 잦아들기를 기다렸다.

비록 10분이건만, 그들에게는 그 시간이 너무나도 길게 느껴졌다.

물론 아이가 괴로워하는 시간과 아버지를 말리는 시간이라는 차이는 있지만…….

"……멈췄군요."

"크리스티안!"

아버지는 급한 마음을 주체하지 못하고 달려갔다.

언제나 걸어 다니는 집안 복도가 천릿길처럼 느껴질 만큼 아버지의 체감 시간은 느리게 흘렀고, 그동안에도 속은 계속 타들어갔다. 한 걸음 한 걸음이 슬로모션처럼 보일 정도였다.

이윽고 짧으면서도 긴 시간이 끝을 맞이하고, 그는 겨우 아들의 방 앞에 도착했다.

그리고 힘껏 방문을 열었다.

"허억?!"

그곳에서 그가 본 것은 거울로 여자가 된 몸을 확인하며 기쁨의 눈물을 흘리는 크리스티안이었다.

바꿔 말하면 알몸이라는 뜻이지만, 달라진 아들의 모습은 아름다웠고 아버지는 자기도 모르게 할 말을 잃었다.

“아…… 신이시여……. 저는, 저는 드디어…….”

“크리스…… 예뻐. 마침내 진짜 자기 모습을 찾았구나.”

“어머니…… 저…….”

“아무 말도 안 해도 돼. 너는 앞으로 여자로서 당당히 살아가렴.”

감동적인 어머니와 딸의 대화였다.

그 광경을 보고 아버지는 제자리에 굳어 있었다.

“그런데…… 여보?”

“으응?”

“언제까지 보고 있을 거예요? 아무리 우리 아이라도, 크리스는 지금 여자예요.”

“아, 아니, 나도 걱정이 돼서…….”

“변명은…… 끝인가요?”

“잠깐, 말로 해…… 끄아아아아아아아아아아아아아아아아아아!”

아버지는 어머니 손에 응징당했다.

정확하게 급소를 노린 주먹이 무자비한 폭풍처럼 몰아쳤다.

그 처참한 광경을 목격하고, 아저씨는 완벽하다고 짧게 중얼거렸다.

어느 세계에서든 어머니는 강한 모양이다.

◇ ◇ ◇ ◇ ◇ ◇ ◇

“감사합니다. 이제…… 이제야 저는 진짜 여자로 살아갈 수 있어요.”

“뭘요, 이것도 다 장사인데요. 감사할 필요 없습니다.”

저녁, 한 가정의 불화를 해소한 아저씨를 가족이 총출동해서 배웅해줬다.

아버지는 붕대에 칭칭 감겨 보기 안쓰럽지만, 솔직히 알 바 아니었다.

우연히 여자 알몸을 본 자는 얻어터진다. 이건 불변의 법칙이다.

“……어이, 장사꾼.”

“왜 그러죠?”

“……딸도 나쁘지는 않군. 일단은 도움이 됐어. 고마워.”

‘이 인간, 자기 자식이 여성화해서 좋아하잖아?!’

아버지는 볼을 붉혔다.

훈남이 미녀로 변신했으니까, 그 마음을 모르는 바도 아니지만.

그래도 나이도 먹을 만큼 먹은 사람이 볼을 붉히고 쑥스러워하는 모습은 여간 기분 나쁘지 않았다.

“저는 장사를 했을 뿐입죠. 감사할 필요는 없어요. 인연이 있으면 또 만날 일도 있을 겁니다. 그럼 저는 이만…… 행복한 하루 되십쇼~.”

돌아보지 않고 손만 흔들고 떠나는 제로스.

평소 복장으로 돌아와서 좋은 일이라도 했다는 양 기분 좋게 담배를 꺼내고 불을 붙였다.

오늘따라 담배가 맛있다.

하지만 그런 그를 지켜보는 사람이 있다는 사실을 제로스는 아직 깨닫지 못했다.

"……찾았다, 사토시!"

바로 그의 친누나인 샤란라, 레미였다.

길거리에서 우연히 동생을 발견한 그녀는 몰래 제로스를 뒤쫓았다.

하지만 역시 남매는 남매인지 샤란라도 자신을 지켜보는 사람이 있다는 사실을 깨닫지 못하고 있었다.

"……찾았다, 샤라."

몹시 초췌하여 인상까지 변한 자봉이었다. 퀭하게 패인 눈에는 말로 하기 힘든 위험한 안광이 깃들었다.

그는 우연히 이 도시에서 그녀를 발견하고 미행하고 있었다.

옆에서 본다면 이렇게 우스꽝스러운 광경도 없을 것이다.

제5화 아저씨, 피해자를 만나다

사람은 때로 만나고 싶지 않은 사람과 우연히 마주치는 경우가 있다.

그리고 만나고 싶지 않은 사람일수록 집요하게 쫓아오기도 한다.

제로스, 【오사코 사토시】를 찾는 샤란라가 바로 그랬다.

그녀는 【회춘의 비약】의 효과를 없앨 마법약을 찾고 있지만, 안타깝게도 그런 약은 존재하지 않았다. 그런데도 그녀는 있지도 않은 물건을 구하려고 동생을 찾아다녔다.

한때는 메티스 성법 신국의 이단 심문부에 소속했으나, 임무 중에 상식을 박살 내는 생물과 마주쳐 목숨만 부지한 채 겨우 도망쳤다.

샤란라에게는 마음 편한 곳이었지만, 이제는 돌아가고 싶어도 그럴 수 없었다.

이미 샤란라는 공작가의 후계자를 죽이려고 한 죄인이며, 각국에서 지명수배가 떨어진 몸이기 때문이었다.

이단 심문부는 단 한 번의 실수도 용서하지 않는 비정한 부서였고, 샤란라가 속했던 부대는 【그레이트 기브리온】을 솔리스테어 마법 왕국으로 떠넘기는 임무에 실패했다.

어차피 범죄자라서 이용당하고 버려질 운명이란 것은 알고 있었지만, 이렇게 빨리 거점을 잃은 것은 뜻밖의 타격이었다.

심지어 그 사건으로 적반하장은 더욱 심해졌다.

'사토시…… 항상 내 인생을 방해해? 두고 봐! 반드시 복수할 거니까…….'

앞을 걷는 제로스를 미행하면서 속으로 욕을 퍼부었다.

아무리 생각해도 자업자득이건만, 안타깝게도 샤란라는 한없이 자기중심적인 인물이었다. 그리고 자기가 나쁘다고는 생각은 눈곱만큼도 하지 않았다.

왜 친동생에게 이토록 미움받는지도 이해하지 못했고, 이해하려고도 하지 않았다.

'저 녀석은 왜 집에 안 돌아가고 싸돌아다녀! 집만 알아내 봐, 내 돈도 돌려받을 거야!'

세상이 자기를 중심으로 돌아간다고 믿어 의심치 않는 샤란라에게 동생의 돈은 자기 돈이었다. 제로스의 재산은 자기 것이라고 진심으로 생각하는 것이 무서울 지경이었다. 어떻게 살면 이런 인간이 되는지 의문이다.

하지만 정작 본인은 악의 없이 순수하게 자기만의 원칙대로 살고 있었다.

자기 외의 사람을 도구로밖에 생각하지 않으며, 거기에 의문을 품지 않는다.

그녀에게는 그것이 당연한 세상의 이치였다.

그런 샤란라를, 지금 누군가 미행하고 있었다.

바로 자봉이었다.

'샤라, 역시 나는 속은 거야? 게다가 저 남자를 미행하는 것 같은데, 누구지?'

그는 사랑에 모든 것을 바친 사람이었다.

샤란라에게 이용당했다는 사실도 모르고 그녀를 진심으로 사랑해 전 재산을 털린 피해자였다.

산토르에 올 때까지 수도 없이 자문자답하며 정신을 위험한 곳까지 몰아세워 몰라보게 피폐해져 버렸다.

어부의 건장한 몸은 앙상했졌고 눈은 푹 꺼졌으며 피로 탓인지 자꾸만 휘청거렸지만, 그래도 집념으로 샤란라의 뒤를 쫓았다.

샤란라가 지금의 그를 봐도 절대로 자봉이라는 것을 알아채지 못할 것이다.

물론 샤란라는 이미 자봉에 관해서는 깨끗하게 잊어버렸지만…….

'설마 저게 새 남자?! 그렇다면, 아니, 저 남자한테 속았을 가능성도 있어. 샤라…… 내가 널 구해줄게…….'

끝까지 사랑을 믿고 싶은 사내는 제로스에게 살의를 품었다.

하지만 그 살의가 제로스에게 감지당했다.

"응?"

제로스가 갑자기 돌아봐서 샤란라는 퍼뜩 골목으로 숨었지만, 자봉은 반응하지 못하고 그곳에 남겨졌다.

자봉은 제로스가 자기를 봐서 당황해서 도망치려고 하나— 어째선지 몸이 움직이지 못했다.

'뭐, 뭐야…… 몸이…… 안 움직여?'

자봉은 동요했다.

마치 가위에 눌린 것처럼 손가락 하나 까딱할 수 없었다.

제로스가 돌아본 순간 살기를 내뿜어 자봉의 몸을 경직시켰기 때문이었다.

마물이 사용하는 【위압】이라는 능력과 같은 원리이며 무술에서 일정 경지에 도달한 자가 사용하는 기술인데, 실제로 그 경지에 도달한 자는 그리 많지 않았다.

그런 공격을 받은 자봉은 무슨 일이 벌어졌는지 이해하지 못하고 혼란에 빠졌다.

'뭐야?! 대체 무슨 일이…….'

"당신…… 괜찮아요? 왠지 얼굴이 사색인데."

'……?!'

자신이 살의를 품었던 남자가 어느새가 코앞에 와 있었다.

심장이 경종처럼 울리고 떨림이 멈추지 않았다.

"굉장히 쇠약해진 모양인데, 괜찮습니까? 몸도 떨리고, 밥은 제대로 먹고 다니는…… 것 같지 않군. 딱할 정도로 야위었어……."

"……어, 얼마간…… 아무것도 못 먹었어. 돈이…… 없어서……."

"흠…… 지금부터 한잔하러 갈 건데 따라올래요? 뭔가 사정이 있나 본데 남한테 털어놓으면 마음이 가벼워지기도 합니다. 어때요?"

자봉은 당혹스러웠다.

하지만 이건 반대로 기회이기도 했다.

"……술은, 안 돼. 지금 마셨다가는 그대로 뻗을 거야……."

"그런가요……. 돈도 없다고 했으니까 식사는 제가 쏘죠. 저한테 하고 싶은 말도 있어 보이고 말이에요."

자봉의 등을 타고 식은땀이 흘렀다.

지금까지 살면서 만난 그 누구보다 **위험한 인물**이라고 이해했다.

허세 가득한 동네 양아치와 달리 그 강인함과 관찰안은 숙련된 용병을 연상케 했다. 거스르면 무슨 짓을 당할지 모른다……. 하지만 이 남자와 사랑하는 샤라의 관계가 궁금했다.

자봉은 이 권유를 받아들이기로 했다.

"……괜찮겠어?"

"오늘은 돈이 좀 들어왔거든요. 한 사람 식사비 정도는 낼 수 있어요. 뭔가 큰 고민이 있어 보이니까 술자리에서 상담도 해줄게요. 단순한 변덕이니까 어려워하지 마세요."

"그럼…… 고맙게 얻어먹을게. 또 쓰러지고 싶지는 않으니까……."

이리하여 자봉은 예상하지 못한 사태에 동요하면서도 제로스와 함께 근처 술집으로 들어갔다.

한편, 그 광경을 보던 샤란라는…….

"……아잇, 놀랐잖아! 그런데 어쩌지……. 저런 술집에 들어가면 숨을 곳이 없어. 가게에 들어가지도 못하고, 그렇다고 사토시를 놓칠 수도 없는데…… 저 남자는 뭔데 끼어들어서 방해야!"

아니나 다를까 자봉을 알아보지 못했다.

'어쩔 수 없지……. 근처 가게에서 상황을 살필까? 어차피 당분간은 나오지 않을 테니까 식사라도 하면서 기다리자.'

그리고 샤란라는 맞은편 카페에 들어갔다.

혹시 몰라서 지갑을 확인하자 아슬아슬하게 싸구려 숙소에 묵을 돈밖에 남아 있지 않았다.

원래 낭비벽이 있는 샤란라가 계획적으로 돈을 쓸 리 없었고, 자봉의 집에서 훔친 돈은 다 써 버린 지 오래였다.

궁상스러운 생활을 버틸 수 있는 성격은 아니지만, 살기 위해서라면 얼마든지 추해질 수 있고 남은 수명도 얼마 남지 않은 그녀에게 다른 선택지는 없었다.

그래서 홍차 한 잔으로 두 시간을 버텼다.

진상 손님이었다.

◇ ◇ ◇ ◇ ◇ ◇ ◇

제로스는 자기에게 살기를 보낸 사내에게 호기심이 생겼다.

이 세계에서 원한을 산 기억은 없다. ……아니, 어디선가 샀을지도 모르지만, 제로스 본인은 기억나지 않았다.

사내의 행동은 초보적이라서 용병처럼 험한 일을 하는 사람 같지는 않았다.

이러니 그의 정체가 궁금할 수밖에 없었다.

두 사람은 자리를 잡고 탁상에 있는 메뉴를 펼쳤다.

"좋아하는 요리를 시키세요. ……음?【보로모로 새 매콤 튀김】이 있군요. 궁금했는데 잘됐네요~♪ 이거 시켜야겠다."

"나는…… 똑같은 거면 돼. 이 지방 명물도 모르니까……."

"흐음…….(이 지방? 그렇다면 산토르 사람은 아니라는 말인가. 어디서 원한을 샀는지 더 모르겠는데?)"

이런저런 의문이 떠오르지만, 겉으로는 드러내지 않고 잠시 상황을 보기로 했다.

일단 술집에서 일하는 종업원 아가씨를 불러서 시원한 에일 맥주와 보로모로 새 매콤 튀김, 그리고 수프와 빵을 주문했다.

요리는 금방 나오지 않았지만, 술집이라서 에일 맥주는 바로 나왔다.

"크으으~! 이 한 잔을 위해서 산다! 그렇게 생각하지 않아요?"

"이해는 하지만, 이 상황에서 술이 잘도 넘어가는군."

"용건이 있는 건 그쪽이잖아요? 저는 당신을 모르고, 당신에게 살기를 받을 만큼 원한을 산 기억도 없어요. 어떤 사정이 있는지 조금 궁금하지만, 억지로 캐물을 정도는 아니고요. 저한테는 그저 그뿐인 이야기예요."

"그래……?"

사내는 그 말을 끝으로 입을 다물었다.

어둡다.

음울하다.

시끌시끌한 술집에 어울리지 않는다.

주변 소음에서 혼자 떨어져 나왔다.

"아차, 그러고 보니 이름을 못 들었네요. 저는 제로스입니다. 흔해빠진 마도사죠. 그쪽은요?"

"……자봉. 어부야."

"어부…… 더 모르겠네요. 어부에게 원한을 산 기억이 없는데. 그렇다면…… 제삼자가 관련됐겠군요. 누구죠?"

"……."

자봉은 입을 걸어 잠그고 더는 말하려고 하지 않았다.

솔직히 감질나지만, 여기서 억지로 캐묻는 건 피하고 싶었다.

이런 유형의 인간은 옹고집이 되기 쉽다고 판단한 까닭이었다.

'이걸 어쩌지? 보아하니 고지식한 성격인데 어떻게 운을 뗄까……. 뭔가 큰 고민이 있는 눈치인데.'

이야기를 나눌 만한 상태가 아닌 듯했다.

마주 앉았을 뿐인데도 분위기가 무거운 것이 꼭 아내에게 버림받은 남자 같았다.

어떻게든 사정을 듣고 싶지만, 도저히 그럴 분위기가 아니었다.

'여자한테 속기라도 했나……. 응? 잠깐만, 여자한테 속아?! 설마…….'

이것과 비슷한 상황을 전에 본 적 있었다.

옛날 지구에서 사회인으로 일할 때, 누나 레미의 암약으로 해고 당했다.

이유는 개발 중인 프로그램이 타사로 유출됐기 때문이었다. 그 주범이었던 남자와 지금 자봉의 분위기가 무척 흡사했다.

믿었던 사람에게 배신당해 정신이 피폐해진 사람. 딱 그런 분위기였다.

'아니…… 그 쓰레기가 또 일을 저질렀어?! 그럼 피해자가 더 있을 것 같군. 그런데 어떻게 나를 찾아냈지? 그 인간은 지명수배자고 나와 남매라는 사실을 알려지지 않았을 텐데.'

원인이 누나 레미에게 있다고 추측할 수는 있어도 자신과 연관이 있다고는 생각하기 어려웠다.

지명수배는 됐어도 가족 정보는 밝혀지지 않아서 제로스를 찾아낼 가능성은 낮았다. 제로스도 일부 사람에게 누나가 있다는 말은 했어도 공공연하게 떠벌리고 다니지는 않았다.

어느 정도 사정을 아는 이리스를 통해 쟈네와 레나에게 알려지고, 다른 용병에게 정보가 전해졌다고 해도 제로스의 개인 정보까지 퍼지지는 않았을 텐데 어떻게 자봉이 자신을 찾아왔는지 신경 쓰였다.

"음식 나왔습니다."

"앗, 고마워요."

고민하는 사이에 요리가 나왔다.

칠리새우풍 튀김 요리와 토마토를 끓인 야채수프.

조금 딱딱하게 구운 빵이 따뜻한 김을 피우고 먹음직한 냄새가 식욕을 돋웠다.

“아니?! 빵도 술집에서 구워……? 게다가 이게 소문으로 듣던 보로모로 새 매콤 튀김인가! 『매콤』이라고 하기에는 많이 매워 보이는데, 어디…….”

“으음…… 정말로 이거 먹어도 돼? 이건…… 나한테는 너무 사치스러운데?!”

“걱정하지 마세요. 가격도 양심적이고 배가 고프면 이야기도 제대로 못 하잖아요. 그나저나 이거 냄새만 맡아도 술이 당기네!”

은근하게 코를 간지럽히는 허브 향이 자꾸 침샘을 자극했다.

쫄쫄 굶었던 자봉도 군침을 삼켰다.

“보로모로 새가 과연 어떤 맛인지 확인해 보실까.”

“왜 그렇게 호들갑을 떨어?”

자봉은 배가 고팠지만, 제로스처럼 호들갑을 떨 정도는 아니었다.

배만 채우면 그만이라고 생각해서 맛 따위 기대하지 않았다.

그런 두 사람은 포크로 보로모로 새 튀김을 찍어 조용히 입에 옮겼다.

““……?!””

한마디로 말하면 『맵다』.

하지만 고기를 씹은 순간, 그 매운맛 속에서 새고기 특유의 감칠맛과 단맛이 흐르는 육즙이 흘러나와 입 안 가득 퍼졌다. 허브가 고기의 단맛을 높은 차원으로 끌어올리고 한입 먹었을 뿐인데 제로스와 자봉은 도취감마저 느꼈다.

언뜻 보기에는 칠리새우를 닮았지만, 전혀 다른 요리였다.

"""…………맛있어."""

이 한마디밖에 나오지 않았다.

아니, 『맛있다』라는 말 외에 다른 말이 필요 없다고 해도 과언이 아니었다.

그런 수준의 맛이었다.

"이, 이럴 수가……. 이게 계절 한정 새고기의 맛인가!"

"이렇게 맛있는 새고기가 세상에 존재했다니! 내가 지금까지 먹은 새고기는 대체 뭐였던 거야!"

【보로모로 새】. 겨울이 되면 북쪽에서 겨울을 나려고 솔리스테어 마법 왕국 근교를 찾아오는 철새다.

정확하게는 새 형태의 마물이지만, 육질이 고급스럽고 단맛이 감도는 지방이 많은 미식가의 입맛을 사로잡았다. 번식력이 강한 것도 특징이었다.

하지만 이【보로모로 새】는 무리로 행동하고 성질이 거친 잡식성 마물.【하늘의 고블린】이라는 별명으로 불리며 떼를 지어 습격하면 용병이라도 살아남기 힘들었다.

더군다나 도망치는 속도도 빨라서 사냥이 어려웠다.

"""……."""

두 사람은 말없이 천상의 맛을 즐겼다.

정신을 차리고 보니 술집에서는 어느샌가 소음이 사라지고 말없이 요리를 맛보는 사람만 남아 있었다.

들리는 소리라고는 추가 주문을 하는 목소리와 희미하게 울리는 식기 소리가 전부였다.

식사를 마쳤을 무렵에는 두 사람 모두 행복에 빠진 웃음을 띠고 있었다.

"……살아있어서 다행이야."

"그래……."

제로스와 자봉은 세상을 다 가진 듯, 이제 아무런 미련도 없는 듯 웃었다.

【식(食)】, 그것은 사람의 원초적 행복을 채우는 근원적 본능. 설령 시대가 변해도 생물인 한 본능에 거역할 수 없다.

두 사람은 바로 지금, 그 욕구가 충족되었다.

【보로모로 새】의 여운에 잠겨 아무 말 없이 술잔을 비웠다.

"……맛있었다."

"만족했어……."

이보다 만족스러울 수는 없었다.

처음 목적도 잊을 만큼 두 사람은 행복했다.

다른 손님도 똑같이 행복에 취해 있었다.

시간은 조용히 흘러갔다. 언제 왔는지 햄버 토목 공사의 나구리도 보였지만, 그도 흡족한 표정을 하고 있어서 말을 거는 것도 눈치 없게 느껴져 아저씨는 침묵을 고수했다.

"그럼 배도 채웠으니까 본론으로 넘어갈까요."

"……그건 상관없지만, 시간이 얼마나 지났지?"

"그 맛 앞에서는 사소한 문제죠."

벌써 두 시간이 지났지만, 맛의 황홀경에 빠진 두 사람에게는 짧게 느껴졌다.

맛있는 음식을 먹으면 누구나 맛에 취하는 법.

이건 진리다.

"거두절미하고 묻죠. 아까는 왜…… 저한테 살기를 보냈죠?"

"이제 와서는 아무래도 좋은 일이지만…… 나는 어떤 여자를 찾고 있어."

"여자? 여자…… 여자라……."

"그 사람 이름은 샤라…… 결혼을 약속한 사이였어."

"샤라?! 혹시나 해서 묻는데…… 집을 비운 사이에 그 여자가 금품을 가지고 도망가지 않았나요? 마치 도둑이 든 것처럼 위장해서."

"……어떻게 알았어?"

"그 인간이 자주 쓰던 수법이죠. 귀찮은 일은 나한테 떠넘기고 말이죠…… 남매라는 이유만으로."

제로스—【오사코 사토시】가 고등학생 시절, 친한 여자애가 있었다.

당시에는 그 나이대의 소년답게 사귀고 싶다는 은근한 기대도 품었지만, 하필이면 그 소녀의 오빠와 레미가 관계를 가져 돈을 바치게 했다.

사토시의 친구였던 소녀에게도 교묘하게 접근해서 곧 당당히 집에 드나들 정도로 친해졌고, 때가 무르익었다고 판단하자 귀금속이나 돈을 조금씩 빼돌리기 시작했다.

종국에는 열쇠를 복사해 집이 비었을 때를 틈타 침입하는 대담한 행각도 벌였다.

그러고도 성격은 치밀해서 증거는 남기지 않았다. 여벌 열쇠를 만들 때도 주도면밀하게 다른 지역까지 나갔을 정도였다.

아울러 자기 죄를 남에게 떠넘기기 위해서 평소 행실이 나쁜 양아치와도 관계를 맺어두었는데, 자기가 털어먹은 집에 그를 침입시킨 뒤 경찰에 신고해서 현행범으로 체포당하게 만들었다.

그리고 자기는 협박당해서 도와줬으며 자기도 어디까지나 피해자였다고 주장해 교묘하게 수사에서 빠져나갔다. 요컨대, 양아치는 희생양이었다.

그렇게 모두 그녀의 말을 믿었다.

실제로 그 양아치는 절도를 저지른 전과가 있었으니까.

사토시는 레미를 믿지 말라고 충고했으나, 사이가 좋았던 소녀는 『그런 좋은 사람을 못 믿어? 너나 잘해!』라며 들으려고 하지 않았다.

진실을 말해도 나쁜 사람이 되는 건 오히려 사토시였다.

결국 그 소녀와는 친구 이상의 관계가 되기는커녕 레미 때문에 원망만 사고 말았다.

그 후로 여자와는 인연이 없는 인생이 이어졌다.

"—그렇게 옛날부터 사고만 일으키는 인간입니다. 저는 그냥 빨리 죽어버렸으면 좋겠어요. 뭐, 조만간 진짜로 죽겠지만……."

"남매…… 못 믿겠어. 아무리 봐도 당신보다 연하라고! 신빙성이 없어!"

"그게 바로 조만간 죽는 이유죠. 그 여자는 누군가를 죽이고 【회춘의 비약】이라는 마법약을 빼앗아서 마셨어요. 그 덕에 20대 외모로 돌아갔죠. 문제는 이 약에 부작용이 있어서 시간이 지나면 젊어진 햇수의 두 배만큼 늙습니다."

"잠깐만! 그러면…… 샤라는 지금 몇 살이야?"

"마흔여섯…… 아니지, 올해로 마흔일곱이 됐나? 관심이 없어서 잘 기억이 안 나네요."

"그 말은…… 아흔넷이 된다는 거야?!"

"그래서 그 여자가 죽자 살자 저를 찾으려고 해요……. 저는 해독약 같은 거 없는데 남의 말을 도통 믿어야 말이죠. 죽어도 자기한테 유리한 부분밖에 모르는 사람이에요."

"……당신이 먹인 건 아니겠지? 게다가 그 이야기가 진실인지 증명할 방법도 없잖아."

"딱히 믿든 말든 상관없습니다. 어차피 그 여자는 지명수배자라서 현상금 사냥꾼들도 노리고 있어요. 살아남아도 노파로 변해 죽을 뿐이고요. 자업자득이니까 제가 신경 쓸 이유도 없죠."

"큭…… 샤라…… 이럴 리 없어…… 그런 여자였다니."

자봉은 아직 미련이 남아서 감정이 제로스의 이야기를 받아들이지 못했다.

자기 기억에 있는 샤라가 샤란라임을 믿지 못하고 행복했던 과거의 시간에 매달리려고 했다.

그리고 이게 샤란라와 연관된 많은 피해자가 겪는 고통이었다.

그래서 더 안타까웠다.

'매번 용케도 이토록 자기에게 의존하는 피해자를 만드는구만. 그게 무서운 점이지만, 처음에 접근할 때 빼고는 점점 수법이 엉

성해지지…….'

안타깝지만, 이런 마음의 문제에는 제로스가 무슨 말을 해도 소용이 없었다.

결국은 스스로 이겨내야만 한다.

"후우…… 일단 당신이 믿는 샤라라는 사람이 제 누나와 동일 인물이라고 가정합시다. 그다음은 어떻게 할래요? 개한테 물렸다고 생각할래요? 아니면…… 복수?"

"그, 그건……."

"이야기를 듣는 한 아주 좋은 추억인가 보군요. 그게 전부 거짓이라고 가정하고, 당신은 이다음에 어떻게 행동할 건지 말씀해보시죠."

자봉의 기억에 있는 샤라는 그야말로 성녀였다.

하지만 그 모습이 자신을 속이기 위한 연기였고, 본질은 추악한 범죄자일 줄은 꿈에도 생각하지 못했다.

복수심은 켜켜이 쌓인 행복한 시간들에 막혀 싹조차 나오지 못했다.

하지만 격렬한 독점욕은 지금도 뜨겁게 타오르고 있었다.

"……나는 확인하고 싶어. 정말로 샤라가 그런 지독한 여자인지……."

"흠…… 좋아요. 조금 도와드리죠."

"뭘 하려고?"

"여기에 어떤 비약이 있습니다. 이걸 해독약이라고 말하고 보여주세요. 시나리오는 대충 이런 식으로…… 속닥속닥."

"그, 그건 너무 악랄하지 않아?"

"저는 100퍼센트 걸릴 거라고 생각하는데요? 그 여자는 저를 찾고 있으니까 미끼를 뿌리면 덥석 물 겁니다."

"……이해했어. 하지만 어떻게 행동할지는 내가 판단해도 되겠어?"

"상관없어요. 그 전에 건네줄 물건이 이것저것 있지만."

제로스는 샤란라를 속일 계획을 그에게 전했다.

모든 이야기를 마친 뒤, 자봉은 시간을 두고 술집에서 나가기로 했다.

'이야기를 듣기를 잘했어. 내가 방심했지……. 설마 그 인간이 미행하고 있었을 줄이야. 유인할 수고를 덜었다고 생각할까…….'

술집을 나온 제로스는 당장 주변 기척을 살폈다.

그러자 아니나 다를까, 술집 맞은편 카페에서 시선이 느껴졌다.

'있군……. 딴에는 기척을 지웠지만 허술해. 왜 이걸 눈치채지 못했지…….'

상당히 끈적한 시선이었다.

보통은 알아차리는 게 당연할 만큼 끈적거리고 혐오감을 일으키는 시선.

그런 기운을 알아차리지 못한 자신의 둔감함을 반성했다.

◇ ◇ ◇ ◇ ◇ ◇ ◇

"드디어 나왔네……. 몇 시간을 기다리게 하는 거야!"

샤란라는 몸을 숨기면서 오랜 시간 술집에 죽치고 있던 제로스에게 짜증을 냈다.

하지만 지금 나가봤자 죽거나 현상수배범임을 발각당해 체포당할 뿐이었다.

아직은 참아야 할 때라며 급한 마음을 달랬다.

'그럼 계속 미행해볼까! 집을 찾아서 일단 돈 되는 물건부터 싹 쓸어 버려야지.'

샤란라는 단단히 벼르면서 카페에서 나왔다.

그 모습을 보던 여성 종업원은『이제야 갔어. 홍차 한 잔으로 몇 시간을 버티는 거야……』라고 혀를 찼다나 뭐라나.

그런 가게 사정은 알지도 못한 채 샤란라는 제로스를 미행했다.

그리고 술집 입구에서 상황을 살피던 자봉이 또 그 뒤를 미행했다.

'샤라…… 네가 무슨 생각인지 알아야겠어.'

악녀에게 이용당한 사내는 그 마음을 지키기 위해 다른 결심을 품기 시작했다.

제6화 아저씨, 남매 싸움의 사전 준비에 들어가다

제로스는 등에 꽂히는 시선을 느끼면서도 산토르의 거리를 걸었다.

솔직히 집으로 초대하고 싶지는 않지만, 이 기회를 놓치면 언제 다시 나타날지 장담할 수 없었다.

'……무슨 수를 써서라도 끝장내야 해.'

이미 마음가짐은 사냥꾼이었다. 철저하게 구석으로 몰아서 확실하게 숨통을 끊을 작정이었다.

아름답도록 우애 넘치는 남매지간이었다.

"앗, 아찌다."

"오, 죠니 군. 외식해?"

"맞아! 오늘은 열심히 했으니까 양육원 할머니가 용돈을 줬어."

"죠, 죠니 군?! 할머니가 아니라 사제장님이라고 해야죠!"

이동하던 중에 우연히 마주친 죠니가 말을 걸었다.

루세리스를 포함해 평소 멤버도 함께 있었다.

바자회 뒤풀이를 하고 있는지 식당 야외석에서 식사를 즐기고 있었다.

"오늘은 수고하셨어요. 돈 좀 버셨나요?"

"아뇨, 저희는 봉사활동의 일환이라서 상품 가격을 낮게 잡아요. 장사는 잘됐지만, 수익은 도외시해요."

"성직자면 어쩔 수 없죠. 돈을 우선하면 어떤 나라처럼 될 테니까요. 그 나라는 인간성부터 글렀어."

"아저씨, 메티스 성법 신국을 정말 싫어하는구나……."

"솔직히 말하면 4신의 첨병 따위 빨리 멸망했으면 좋겠어요. 다만, 개중에도 정상적인 신자는 있으니까 빨리 개종하라고 설득하고 싶네요."

이리스의 직설적인 감상을 아저씨는 당당히 긍정했다.

사신이 부활한 이상, 4신의 영광은 풍전등화였다.

다른 신들도 간섭하기 시작했고, 혹성 관리신의 자리에서 끌어내릴 준비도 진행 중이었다.

무책임한 여신들의 악행이 세상에 알려지면 신성함은 사악함으로 역전되리라.

언젠가 다가올 그날이 몹시 기대됐다.

“바자회 뒤풀이라고 생각했는데…… 쟈네 씨 파티는 오늘 뭘 했죠?”

“우리? 일에 필요한 도구를 찾았어. 마법약은 이리스의 【감정】으로 품질을 조사할 수 있으니 예산 안에서 알차게 쇼핑했지.”

“【감정】 스킬은 편리한걸. 도박에 써먹으면 떼돈 벌겠어.”

“……이리스 씨? 설마 카지노에서…….”

“나는 카지노 안 가! 도박으로 돈을 벌다니, 막장 인생이나 할 짓이잖아!”

레나에게는 비수 같은 말이었다.

레나는 뒷골목에서 이름 떨친 도박사이며, 그쪽 방면에서는 인정받는 사람이었다.

어디 사는 사제장과는 반대 의미로 유명인이었다.

“그, 그러게……. 즐길 뿐이라면 몰라도 도박에 빠지는 사람은 최악이지…….”

“레나, 왜 그렇게 필사적이야?”

“그냥 그렇다고. 단지, 가끔 이리스의 순수함이 마음에 꽂힐 때가 있어. 신경 쓰지 마…….”

“뭐라고 하는 거야?”

쟈네는 고개를 갸웃거리지만, 레나는 이 주제를 피하고 싶었는지 대화를 끊고 홍차를 마셨다.

자기가 카지노에 드나든다는 사실은 비밀로 하고 싶었다.

이것도 다 아이들을 배려해서였다.

“제로스 씨는 지금까지 뭘 하셨죠? 아도 씨는 손님과 어디로 갔다고만 하던데요…….”

“그게, 장난으로 만든 마법약이 팔렸거든요. 상품을 설명하러 손님의 자택까지 다녀오는 길입니다. 강력한 마법약인지라 가족의 동의가 필요하다고 생각해서요.”

“아저씨…… 무슨 마법약 팔았어?”

“……여성화【완전 성별 전환약】.”

“““““그게 팔렸어?!”””””

루세리스 일행은 여러모로 까다로운 마법약이 팔렸다는 소식에 놀라서 소리쳤다.

단기간 전환약조차 사용하면 격통이 있어서 그 마법약을 원하는 사람이 있으리라고는 생각하지 못했다. 하물며 완전판 성별 전환약이 팔렸다니…….

완전판은 사용하면 다시는 남자로 돌아갈 수 없는 위험한 약이었다. 여자가 되고 싶은 남자가 있다고는 상상도 하지 못하는 그녀들에게는 충격적인 현실이었다.

“만인에게 팔릴 약이 아니기는 하죠.”

“당연하지. 그걸 살 정도면 우리로선 상상하지 못할 사정이 있을 거야.”

“……맞아. 우리는 모르는 심정일 거야.”

“그런 약을 누가 산 거야?”

“죄송하지만 프라이버시를 침해할 우려가 있어서 자세하게는 말씀드릴 수 없군요. 굉장히 절박했다고만 말해두겠습니다. 자살 미수라지 뭡니까~."

이리스는 자세한 사정을 알고 싶은 눈치였지만, 자살 미수라는 말까지 나오니 차마 물어보지 못했다.

그러다가 문득 이리스의 머리 한쪽에 성 주체성 장애라는 단어가 떠올랐다.

"그럼 저는 돌아갈 테니까 천천히 드시고 오세요."

"뭐야. 아찌, 벌써 가게?"

"같이 밥 먹자."

"카이가 고기 먹고 싶다는데 안 사줄 거야?"

"고기이이이~!"

"희미하게 술 냄새가 나는군……. 이미 식사를 하셨겠지. 억지로 붙잡지 마라."

여전히 영악한 아이들이었다.

하지만 아이들은 평소대로 대화하면서도 제로스가 온 방향을 신경 쓰는 기색이었다.

아마 미행자를 알아차린 모양이었다.

'오…… 따라오는 두 사람을 눈치챘나? 예상보다 성장이 빠르구만. 무서운 아이들이야.'

솔직하게 성장을 기뻐해야 할지, 아니면 급속 성장을 무서워해야 할지 고민이었다.

어쨌거나 지금 미행자에게 관심을 가지면 곤란하다.

특히 카에데는 【하이 엘프】였다. 샤란라가 알면 납치해서 노예

상인에게 팔지도 모른다.

거리가 멀어서 말소리가 들리지는 않을 테니까 주의해두기로 했다.

“아, 맞아. 조만간 여러분 앞에 제 누나가 나타날지도 몰라요. 절대로 마음을 열지 말고 경계하세요.”

“““““““““““누나?!”””””””””””

“사실 술집부터 미행하고 있어요. 지금도 이쪽을 살피고 있죠. 지명수배자니까 붙잡아서 경비대에 넘기면 현상금이 나올 겁니다. 쟈네 씨 파티는 도전해 보는 것도 나쁘지 않겠네요. 다만, 루세리스 씨는 조심하세요. 그 인간이라면 인질로 잡으려고 술수를 부리거나 생활비를 훔칠지도 몰라요. 절대로 경계를 늦추지 마십시오.”

그 자리에 있는 사람이 모두 당혹감을 내비쳤다.

이곳에 있는 사람들은 제로스의 지인 중에서 가장 파고들 틈이 많은 사람들이기도 했다.

착한 척 접근하면 쉽게 받아들일지도 몰랐다.

하지만 제로스는 누나의 범행 수법을 잘 알고 있었다. 그 경험을 먼저 전해서 경각심을 키우고 샤란라의 계략을 미연에 방지한다.

같은 여성끼리 공감대를 키워서 허무하게 함락될 우려도 있기 때문이었다.

“……아저씨, 이번 기회에 누나를 처리할 생각이지?”

“그 인간은 이미 범죄자예요. 츠베이트 군의 목숨을 노렸고, 상인도 몇 명 죽였죠. 죗값은 치러야 하지 않겠어요~?”

“그러고 보니 전에 수배서 초상화를 그렸지?”

"그렸죠. 현상금도 제법 짭짤해요. 보세요, 여기 수배서."

술집에도 현상수배 전단이 놓여 있었다.

거기서 가지고 온 몇 장을 쟈네 파티에게 건넸다.

"현상금이…… 천만?!"

"뭐야뭐야? 엄청난 금액이잖아?!"

"공작의 후계자를 죽이려고 했으니까 그 정도 현상금은 붙겠지. 아저씨 가족인데 너무하네……."

"전에 수배서를 봤을 때는 잠복 장소를 알아낼 자신이 없어서 포기했지만, 상대가 제 발로 온다면 얘기가 다르지. 안제, 어때? 우리가 붙잡아 버릴까?"

"그럴까~? 현상금 사냥에 도전해 볼까, 죠니?"

"암살자라고 하니까 신중하게 행동하지 않으면 위험하다구. 상대방도 경계하고 있을 거고."

"라디의 말도 일리가 있지만, 본인은 도전하고 싶군. 베어버려도 죄가 되지 않는다는 것이 아주 좋아. 사실 전부터 생각하고 있었어. 제로스 공의 누나라면 실력도 만만찮을 테니까."

"이 여자, 고기를 주게 생기지는 않았네. 고기이이이~!"

이렇게 지인을 설득해 포위망이 완성되어 갔다.

하지만 이것만으로는 부족한 느낌이 들었다.

'아도 군 파티도 끌어들여야 하나…….'

친하고 실력도 좋은 아도가 있으면 훨씬 든든할 것이다.

그들도 생활에 쪼들려 당장 먹고살 돈이 필요한 극빈층이었다.

지금은 공작가의 손님으로 대우받지만, 너무 신세만 져서 양심의 가책을 느끼고 있었다.

문제는 그들을 이번 사건에 끌어들이면 아도의 목숨이 위험해진다. 주로 약혼자인 유이 때문인데, 여자 현상수배자를 쫓는다는 이야기만 들어도 아도를 찔러버릴지도 몰랐다.

그만큼 유이의 질투심은 병적이었다.

'관두자. 아도 군도 살아야지…….'

그래도 사정은 설명하고 주변 경계를 당부해야 했다.

칼에 찔릴까 봐 겁난다는 것이 가장 큰 이유지만.

"식사 중이었는데 미안하네요. 저는 먼저 갈 테니까 사기 방지 차원에서 이 틈에 그 인간 얼굴을 봐두세요. 반드시 이 가게 앞을 지날거니까 들키지 않게 조심하시고요."

"친누나를 교수대로 보내는데 전혀 망설임이 없구나?"

"역시 아찌야."

"베어버리면 안 되오?"

"우리 실력으로 싸울 수 있을지 궁금해. 이것도 좋은 훈련이겠어."

"현상금으로 고기 얼마나 살 수 있어?"

"너희는 정말 한결같구나……."

쟈네 파티보다 아이들이 더 의욕적이었다.

제로스는 그들을 보며 쓴웃음을 짓고 손을 흔들며 떠났다.

제로스가 지나간 뒤, 조금 거리를 두고 여자가 걸어왔다.

지명수배 때문일까, 얼굴을 후드로 감추고 주변을 경계하면서도 행동에는 일절 빈틈이 없었다. 도망칠 준비도 되어있는 모양이었다.

하지만 반대로 그 행동이 일반인과 달라서 수상하다고 느껴졌다.

"……저거군."

"저거네요, 제냐 씨."

"저거구나. 어쩔래? 우리도 현상금이나 벌어봐?"

"그 사람이 제로스 씨 누나인가요……. 남매 사이도 복잡하네요."

루세리스도 최근 친언니와 만나서 자매나 남매라는 관계에 조금 관심이 생겼는데, 아저씨와 샤란라의 관계는 너무 극단적이라서 당혹스러운 수준이었다.

"초보군. 저러고도 들키지 않을 거라고 생각한다면 우리도 쉽게 이길 수 있겠어."

"저렇게 경계하면 오히려 눈에 띄는데? 라디 말대로 별거 아닐지도."

"아니, 단순히 미행이 서투를 뿐일지도 몰라. 아찌 누나라는 사실을 잊으면 안 돼. 아찌 말이 맞다면 조만간 우리 앞에 나타날 테니까 기회를 엿보다가 사냥하자."

"우리라도 저 정도로 노골적이지는 않아. 나무를 숨기려면 숲에 숨기라잖아. 오히려 당당하게 있으면 몰랐을 거야. 그럼 현상금 사냥에 참가하는 거다? 고기…… 고기……."

"지금 베어버리면 안 되나?"

"""애들이 더 무서운데……."""

과거에 도둑질로 먹고살던 부랑아들의 평가는 매우 신랄했다.

범죄에 관한 소양은 그들이 더 뛰어난 모양이었다.

일반 시민은 모를 미세한 거동만 보고도 제로스를 경계하는 샤란라의 심리를 간파했다.

그 관찰력을 칭찬해야 할지, 뒷골목 생활에서 벗어나지 못한다고 꾸짖어야 할지, 루세리스는 고민이었다.

어쨌거나 샤란라가 사냥꾼들에게 찍혔다는 점에는 변함이 없었다.

◇ ◇ ◇ ◇ ◇ ◇ ◇

얼마 전.

동생의 거점을 알아내려고 미행하던 샤란라, 【오사코 레미】는 사토시가 아는 여성들과 식당에서 이야기 나누는 모습을 목격했다.

'딱 걸렸어. 이 세계에서도 사람을 사귀었나봐? 예상 밖의 행운이야.'

사란라는 옛날부터 사토시의 인간관계를 이용해서 자신의 이익을 취했다.

그녀의 수법은 이러했다.

우선 사토시 주변에서 쓸만한 인간을 표적으로 삼아 정보를 수집하고 접근해 친목을 다진다. 그리고 충분한 신뢰관계가 쌓인 타이밍에 방해꾼이 될 사토시에 대한 불신을 심는다.

그러면 표적은 사토시에게 나쁜 인상을 가지고, 그녀의 말을 믿게 된다.

그렇게 표적과 사토시의 관계를 파탄내고, 표적을 철저하게 빨아먹는다.

그리고 이용 가치가 사라지면 결국 버린다.

이번에도 지금까지 했던 것처럼 사토시와 대화하는 사람들이

『쓸만한지』 찬찬히 살펴봤다.

'……저 여자들은 용병인가? 검사가 둘에 마도사, 게다가 사제…… 완전 RPG 게임이네.'

샤란라도 절대로 바보는 아니었다.

용병은 생활고에 쪼들리는 경우가 많고 고액 의뢰는 매우 드물다는 현실을 안다.

솔직히 저들도 돈이 있어 보이지는 않았다.

'대신에 노예 상인에게 팔면 비싸게 팔리겠어. 저 몸매에 외모…… 짜증나.'

샤란라는 루세리스와 자네, 그리고 레나에게 악의를 보냈다.

그녀의 실제 나이는 46세. 젊고 아름다운 여성은 질투의 대상이었다.

그녀는 젊어지기 위해서【회춘의 비약】을 손에 넣었다. 그 결과는 다시 말할 필요도 없으리라.

자업자득이지만, 샤란라의 사전에 반성이라는 두 글자는 없었다.

자기가 잘못되면 남 탓이라고 진심으로 믿었다.

'마침 잘됐어. 사토시의 지인이라면 나를 위해서 희생시켜도 되겠지. 왜냐면 친구가 될 거니까…… 후후후.'

감탄스러울 만큼 썩어빠진 사고방식이었다.

하지만 일하지 않고 남을 희생시키면서 살아온 샤란라에겐 평범한 일이었다.

그리고 친부모와 동생이 뭐라고 하건 그녀는 절대로 이런 행동을 고치려고 하지 않았다.

좋든 나쁘든 참 초지일관된 인생이다.

여기서 냉정한 성격이었다면 신념 있는 악당이라고 볼 수도 있겠으나, 애석하게도 샤란라는 속물근성밖에 없는 범죄자였다. 결코 고결함을 바라서는 안 됐다.

'그래…… 필적만 알아내면 마음대로 벗겨먹을 수 있겠어. 어차피 과학수사 같은 것도 없으니까. 정말 살기 좋은 세상이야.'

이 세계에서는 대부분의 계약서에 친필 사인이 들어간다.

지문감정도 없어서 설령 계약한 상대가 다른 사람이라도 필적이 같다고 판단되면 계약은 성립된다.

즉, 호적과 필적만 알면 본인이 아니어도 돈을 빌리는 등의 계약이 가능하다.

그래서 범죄자에게 악용당하는 사례가 많았다.

'그나저나 언제까지 떠들고 있을 거람! 그만 좀 움직여!'

가게 야외석에서 이야기하는 사토시와 여성들, 거기에 시건방져 보이는 꼬맹이들까지.

짜증이 났다. 샤란라는 어린아이도 질색이었다.

사토시의 대화는 그다지 길지 않았지만, 샤란라는 팔짱을 끼고 손가락으로 제 몸을 툭툭툭 두드리며 노골적으로 짜증을 드러냈다.

그녀는 기다리는 것도 질색이었다.

심지어 샤란라는 지금 지명수배자였다. 이러는 사이에도 어디에서 현상금 사냥꾼이 나타날지 몰랐다.

그렇게 얼마간 기다린 끝에, 마침내 제로스가 손을 흔들며 자리를 떠났다.

'……내가 왜 남을 기다려야 해! 하여간, 동생 주제에 도움이 안 돼.'

겨우 움직임이 보인다고 안도하며 서둘러 사토시를 쫓았다.

물론 얼굴이 보이지 않게 후드를 쓰고 주변을 경계하며 언제든 도망칠 준비를 하면서.

'두고 봐! 네 재산은 전부 내가 가져갈 거니까…… 우후후.'

얼굴은 숨겼으나, 그 아래에는 악랄한 웃음이 걸려 있었다.

하지만 그녀는 잊고 있었다.

자신을 가장 잘 아는 사람이 사토시이며, 자기 행동까지 예측할 수 있다는 것을—.

그리고 식당 앞을 걷는 샤란라를 마치 사냥감처럼 바라보는 아이들이 있다는 것도 알아차리지 못했다.

◇ ◇ ◇ ◇ ◇ ◇ ◇

"응?"

""""꼬꼬?!""""

교회 옆을 지나서 집 앞까지 오자 검은 꼬꼬 세 마리가 보였다.

산토르에 돌아올 때 헤어진 우케이, 잔케이, 센케이였다.

"와 있었구만. 소득은 있었나요?"

"꼬끼, 꼬꼬댁.(아주 좋은 수행이 되었습니다, 사부.)"

"꼬꼬댁.(음, 우리도 아직 부족하다고 알았습니다. 더욱 수련에 매진할 터이니 가르침을 주십시오.)"

"꼬꼬, 꼬끼.(사냥감을 놓치는 실수를 범했지만, 그것은 소인들이 미숙한 탓. 소인들도 아직 멀었습니다.)"

"사냥감을 놓쳐? 너희가? 믿을 수 없군요……."

제로스는 그들의 비상식적인 힘을 누구보다 잘 알았다.

이미 와이번 정도는 적수가 되지 못할 것이다.

그런 꼬꼬들이 적을 놓쳤다니 믿기 어려웠다.

"대체 어떤 마물과 싸웠죠? 드래곤이라도 있었나요?"

"꼬꼬께.(검은 녀석이었죠.)"

"꼬끼끼.(음, 모습은 풍문으로 들은 드래곤에 가까웠지. 하지만…… 이질적이었어.)"

"꼬끼꼬끼꼬.(기이한 마물이었습니다. 털이나 깃털이 없는 곳에 인간의 얼굴이 무수히 붙어 있었지요.)"

"……그런 마물이 있었던가~? 신종? 희귀종? 모르겠네……."

꼬꼬들의 이야기를 들어도 짐작이 가지 않았다.

【소드 앤 소서리스】 지식에서도 그들이 묘사하는 듯한 마물은 없었다.

이세계에만 있는 마물인가, 아니면 모종의 이유로 태어난 마물인가. 판단하기에는 정보가 너무 부족했다.

'인면이 덕지덕지 붙었다……. 해당하는 마물이 있다면…….'

기억에 있는 것은 최종 보스였던【사신】이었다.

안 그대로 소름 끼치는 모습이었는데, 그 표면에는 고통에 일그러진 인간과 동물의 얼굴이 무수히 떠올라 있었다.

형태를 바꿔도 그 특징은 사라지지 않았고 공격할 때마다 귀에 거슬리는 절규를 터뜨린 기억이 있었다.

"생각해도 소용없겠지. 그보다 오랜 여행으로 지쳤죠? 천천히 쉬세요."

"꼬끼.(마음 써주셔서 감사합니다.)"

"꼬끼꼬꼬.(오늘 밤은 편히 쉴 수 있겠군.)"

"꼬꼬꼬.(요즘 제대로 쉬지 못했지. 돌아올 곳이 있다는 건 참으로 행복하군.)"

"당신들 대체 어디까지 간 거예요?"

뭔지는 몰라도 꼬꼬들이 대자연의 흉악함을 겪고 왔음은 알 수 있었다.

그 후 꼬꼬들은 닭장으로 돌아가자마자 다른 꼬꼬들에게 둘러싸였다. 오늘 밤은 동료들과 무용담을 나누게 생겼다. 그들은 아직 쉴 수 없을 것 같았다.

"그럼…… 만에 하나를 위해서 준비라도 해둘까."

집 안으로 들어가서 거실에 방치했던 실험 기구를 찾았다.

그리고 인벤토리에서 【슬라임 핵】과 【백양수(白陽樹)의 수액】, 기타 등등을 꺼냈다.

그중에는 철괴까지 있었다.

"음냐? 제로스 씨, 왔어요……? 늦었네요?"

"아도 군, 얼마나 잔 거야? 하루라도 유이 씨를 보러 가지 않으면 없는 의혹까지 만들어서 칼에 찔린다?"

"무서운 소리 하지 마요! 진짜 그럴 가능성이 있어서 무섭다고요!"

"두 번이나 말하는 것 보면 무섭긴 무섭나 보네."

"실제로 몸이 불편하지 않았으면 찌를 거라고요, 그 녀석…….

그보다 돌아오자마자 조합이에요? 이번에는 어떤 위험한 물건을 만들려고요?"

"재료를 보면 알잖아?【목공 접착제】와【쇳가루】야. 필요한 순간이 올 것 같거든."

"그런 걸 어디에 쓰게요?"

아저씨는 아도에게 설명했다.

말로만 듣던 제로스의 누나가 이미 이 도시에 침입했다는 이야기에 아도는 보란 듯이 인상을 찌푸렸다.

"솔직히 말해서…… 끔찍한 남매 관계네요. 그래도 다른 사람한테 폐를 끼친다는 점에서는 비슷하잖아요?"

"그렇게 평가하니까 기분이 별로인걸. 그런 인간과 비슷하다니, 굴욕이야. 나는【소드 앤 소서리스】에서는 마음대로 설쳤지만, 현실에서는 그런 짓 안 해."

"안 하기는 뭘 안 해요……. 요란하게 사고치고 다녔으면서."

"그래도【소드 앤 소서리스】때에 비하면 양반이잖아? 방어전에서 아군을 날려버리거나 흉악한 마법약을 풀어서 광란의 파티를 벌이지는 않았어. 그리고 솔직해져 봐, 너도 내가 모르는 곳에서 사고 쳤지?"

"윽…… 알려지기 싫은 일을 안다는 말투인데."

제로스는 다리 공사 현장에서 마물과 싸웠을 때를 떠올렸다.

그 마물을 해치웠을 때,【사신석】을 회수했다.

상식적으로 생각하면 독기를 뿜는 돌을 좋아서 들고 다니는 사람은 없다. 마물이나 사람을 실험에 사용했는지는 모르겠지만, 뭔가 인위적인 느낌을 받았다.

거기에 【플레이어】가 관련됐다면 가장 의심스러운 사람은 아도였다. 이사라스 왕국에 소속했기에 군사 목적으로 실험했을 가능성이 다분하다고 생각했다.

그리고 아도도 그때 제로스와 싸웠던 일을 떠올렸다.

전투 시에는 복면을 써서 정체가 들키지 않았지만, 생각해 보면 제로스와 호각으로 싸울 사람은 이 세상에 많지 않았다.

소거법으로 눈치챘을 가능성도 부정할 수 없었다.

'이 이야기는…… 진짜 무덤까지 가져가자. 만약 알려지면 앞으로 얼마나 부려먹을지 감도 안 잡혀……. 이 사람한테는 절대로 알려지면 안 돼. 무슨 일이 있어도 잡아떼자.'

미래의 안녕을 위해서 이번 건은 누구에게도 발설하지 않기로 결심했다.

"나도 딴 나라 정치에 끼고 싶지 않으니까 캐묻지는 않을게."

"그래주면 고맙죠……. 잘못하면 위험해져요. 유이를 남기고 감옥에 들어갈 수는 없어요."

"……지금 말도 못 들은 셈 칠게. 의혹이 확신으로 변했지만."

"……진짜로, 고맙습니다.(이, 이놈의 입방정!)"

아는 사이라고 방심했는지, 아도가 바로 말실수를 하고 말았다.

제로스도 지인을 감옥에 넣고 싶지는 않았고, 무엇보다 유이에게 찔리고 싶지 않았다.

얀데레의 원한은 피하고 싶었다.

"그나저나 제로스 씨의 누나라……. 궁금했는데, 게이머였어요?"

“그럴 리가. 먹고 자고 싸는 한량에 돈이 있으면 낭비하지 못해 안달난 여자라고. 방에 틀어박혀서 온라인 게임을 할 성격이 못 돼.”

“저도 제로스 씨 이야기를 듣고 그렇게 생각했는데, 그럼 왜【소드 앤 소서리스】에…….”

“아마 돈이 떨어져서 어디 있는 동포(오타쿠)를 속이고 안방에 눌러앉았겠지. 거기서 심심하니까【소드 앤 소서리스】에 손댔지만, 협조성이 없어서 파티 플레이는 못하고 PK나 하고 다녔을 거야.”

“아…… 대충 알겠네요.”

“아마 우리는 게임에서 그 쓰레기를 처형한 적이 있을 거야.【섬멸자】라는 이름을 들었을 때 묘하게 무서워하는 낌새였어.”

“게임과 현실에서 얼마나 골육상잔을 벌이는 거예요?”

현실에서나 사이버 세상에서나 이 남매는 서로를 끌어당기는 운명 같았다.

마치 자석처럼 부정한 인력으로 이끌리고 투쟁이라는 반발력으로 떨어지기를 반복한다.

한쪽이 소멸할 때까지 절대로 끝나지 않는 저주받은 운명. 이용하려는 자와 진심으로 혐오하는 자는 물과 기름처럼 절대로 섞일 수 없었다.

“이번에야말로 끝장내주지. 크크크크…….”

“살벌하네. 뭐, 어쨌거나 이 세상은 편리하네요. 누나에게는 범죄를 저지르기 최적인 세상이고, 제로스 씨는 그 누나를 처리하기 좋고. 게다가 제로스 씨한테는 정의 실현이라는 대의명분까지…….”

“정말로…… 아주 좋은 세계야. 지구에서는 과학수사가 발달해서 아무리 미운 인간이라도 인권이란 놈이 방해했지. 죽이면 내가 죄인이 돼……. 계획은 세웠지만, 증거가 남을 것 같아서 실행하지는 못했어."

"제로스 씨에게 망설임이 없다는 게 무서워……. 이미 수를 썼을 거 같아."

"당연히 썼지! 이때를 위해서 여러 방면에서 협력자를 모았어. 공작가 후계자를 암살하려던 시점에서 게임은 끝났어. 생사 불문 지명수배자 신세가 됐으니까."

"의도적으로 정보를 누설했죠? 지구에서 못 이룬 꿈을 이 세계에서 이루려고."

"후후후, 당연하지. 그 인간의 존재를 안 내가 이 호기를 놓칠 줄 알아?"

제로스는 악랄한 웃음을 지었다.

그 얼굴을 보고 아도는 몸이 떨릴 만큼 두려웠다.

유이의 공포와는 전혀 다른, 인간의 증오라는 순수하게 정제된 새까만 감정은 보기만 해도 등줄기가 얼어붙는 기분이었다.

'나…… 이 사람은 절대로 적으로 만들고 싶지 않아. 원한을 샀다가는 땅끝까지 쫓아오겠어.'

【소드 앤 소서리스】의 제로스가 어디로 튈지 모르는 어린애 같은 무서움이라면 지금 제로스는 사악한 망집에 사로잡힌 무서움이었다. 공포의 질이 너무나 달랐다.

이 흉악한 마도사와 원수진 누나에게도 다가가고 싶지 않았다.

"아 참, 뭣하면 아도 군이 직접 해치워도 돼. 신혼이고 아이도 태어나는데 생활비까지 빠듯하지?"

"은근슬쩍 내 손을 더럽히려는 수작 아니에요?!"

"핫핫핫, 현상금이 들어오면 생활이 안정되는데? 나쁜 이야기는 아니잖아. 생사 불문이고, 지금까지 죽인 도적이랑 별반 다를 게 없어."

"그러니까 처리할 수만 있으면 그 자리에서 죽이든 처형대로 끌고 가든 상관없다고요?"

"전 세계의 행복을 위해서 죽는 거니까 오히려 그 인간에게도 명예로운 죽음 아닐까? 어차피 세상에 해만 되는 독 같은 여자니까……."

"나한테는 제로스 씨가 맹독 같은데요……. 연관되기 싫어요."

악마는 사람의 마음에 산다.

아도는 이때, 진심으로 그렇게 생각했다.

◇ ◇ ◇ ◇ ◇ ◇ ◇

"잊고 있었어……. 저 괴물들을……."

샤란라는 제로스의 거점을 발견했지만, 마당에는 흑백의 악마들이 있었다. 심지어 전에 만난 세 마리가 전부가 아니었다. 당장 보이는 것만 병아리를 포함해서 스무 마리는 됐다.

가령 【섀도 다이브】로 그림자에 들어가도 감이 좋은 악마들이라면 눈치챌 우려가 컸다.

도망치지도 못하고 몰매 맞는 미래가 머리에 비디오처럼 그려졌다.

세 마리만 있어도 성가신 괴물들이 떼거리로 마당을 거닐었다.

이러면 집에 침입해서 금품을 훔치지도 못한다.

'그래도 사토시라면 돈 되는 물건은 어딘가 밖에 보관할 가능성이 있어…….'

레미는 사토시의 회사원 시절에 사택에 눌러앉았다.

하지만 통장을 찾지 못해서 돈을 빼내지 못한 기억이 있었다.

사토시는 틀림없이 여러 대책을 세워뒀을 것이다.

'귀찮네……. 집에는 접근하지 못하고, 만약 침입해도 금품을 어디에 보관하는지 몰라. 아마 인벤토리 안이겠지만, 순순히 내주지 않을 건 확실해. 실력도 저쪽이 압도적 우위라서 얼굴을 보는 순간 죽이려 들 거야.'

망집에 사로잡혀 미행했으나, 잘 생각해 보니 전에 제로스와 만났을 때 사용한 【마인형】은 없고, 고레벨인 제로스를 상대하기는 솔직히 힘들었다.

저번 전투에서 전부 썼다고 생각했던 【대역 인형】과 【제물 넋전】이 조금 남아있는 것이 불행 중 다행이지만, 그래도 방심할 수는 없었다.

함부로 모습을 드러내면 눈 깜짝할 사이에 살해당한다.

'사람 귀찮게 하네! 이렇게 되면 쓸 수 있는 수단은 하나뿐이야……. 사토시, 네 생활을 망쳐주겠어. 나를 적으로 삼은 걸 후회해!'

적반하장도 이쯤 되면 예술이라는 말밖에 나오지 않았다.

남은 수명을 생각하면 샤란라는 지금 당장 행동에 나서야 했다.

이리하여 레미— 샤란라는 움직이기 시작했다.

그런 자신을 바라보는 한 남자가 있다는 것도 모르고—.

제7화 샤란라, 불에 뛰어드는 벌레

샤란라는 요 며칠 동안 주변 사정을 조사해서 사토시의 인간관계를 파악했다.

공작가와 친분이 있다는 점은 문제였지만, 딱히 소속된 것은 아니라서 벌집을 건드리는 사태는 벌어지지 않을 듯했다.

그렇다면 다음 문제는 교우 관계였다.

수시로 만나는 사람은 양육원을 겸한 교회의 관리자인 신관과 거기 사는 아이들이었다.

그 신관의 친구가 여성 용병 파티이며, 현재 이 교회에 얹혀산다는 것이 판명됐다.

'사제장을 이용하는 건 위험해. 메티스 성법 신국에는 내 기록도 남아있고, 소문에 따르면 정치적으로 주변국에 밀리는 상황. 조금이라도 비위를 맞추려고 내 정보를 팔지도 몰라.'

산토르에 있는 양육원을 총괄하는 사제장은 메티스 성법 신국에서 파견된 정식 사제였다. 아울러 그 아래에는 수습을 포함해 많은 신관이 있었다.

최근 북쪽 변경 평원의 전투에서 대패했고, 엎친 데 덮친 격으로 천재지변을 겪어 국내 정세는 불안정했다. 타국의 지원이 간절할 것이다.

솔리스테어 마법 왕국에 【그레이트 기브리온】을 떠넘기려던 행각이 들키기라도 하면 지원 요청은커녕 상황이 더 악화된다.

무엇보다 샤란라는 그 작전에 참가했다가 실패했다. 표면상 이

단 심문관이지만, 공작원이었다는 것이 알려지면 그녀의 입장이 굉장히 위태로워진다.

'이제 와서 그 나라에 있었다는 사실이 발목을 잡을 줄이야……. 그렇다면 그 용병들에게 접근하는 편이 나을까? 쓸데없이 가슴 큰 여자와 꼴 보기 싫게 요염한 여자, 덤으로 꼬맹이. 멍청해 보이니까 속이기 쉽겠지만, 사토시가 어디서 끼어들지 미지수야. 그 전에 회유하는 게 관건이겠어. 그나저나 왜 하필 이웃사촌이야!'

인근 주민에게 들은 이야기로는 제로스는 교회에 자주 음식을 나눠준다고 한다. 재수 좋게 교회에 파고들어도 금방 발각돼서 전투가 벌어질 게 확실했다.

그리고 싸우면 샤란라의 패배는 안 봐도 뻔했다.

누가 뭐래도 친동생은 그 유명한【섬멸자】였다. PK 유저를 무자비하게 실험체로 사용하고 웃으면서 절망의 늪에 빠뜨리던 흉악한 집단 중 한 명이었다.

딱 한 번【섬멸자】파티에게 PK를 걸었지만, 결과는 비참했다.

강제로 저주 아이템을 장비시키고 세계수에 거꾸로 매단 것도 모자라 죽을 때까지 흉악한 마법의 표적으로 사용됐다.

사람을 죽이고 다닌 레드 플레이어였던 터라【섬멸자】에게는 아무런 페널티도 주어지지 않았다. 게임 시스템을 파악하지 못했던 레미는 불공평하다며 소리지르고 히스테리를 부렸지만, 남을 이용할 뿐 아니라 자기가 잘못해도 다른 PK 동료를 비난하는 제멋대로인 성격 때문에 PK 플레이어도 모두 그녀를 무시했고, 그 이후로는 게임 내 왕따가 됐다.

놀이에서도 실수를 인정하지 않을 만큼 자기중심적이니 당연한 결과였다.

'……뭐, 상관없지. 어차피 사토시라면 내 얘기를 했을 거야. 하지만 아무리 조심해도 조금만 인식이 어긋나면 쉽게 믿어버리는 게 사람이야. 사토시도 제 딴에는 애썼나 보지만, 아직 멀었어. 이 정도로 나를 막을 수 있다고 생각해?'

몇 번이나 성공한 전적이 있기에 이번에도 자기 승리를 확신했다.

일을 끝마친 뒤에는 샤란라의 피해자도 이미 죽었거나, 정서불안이 생겨 복수하러 오려면 시간적 여유가 있었다.

그동안 자기는 다른 나라로 달아나 버리면 그만이라고 생각했다.

이건 경험을 통한 추측이었다.

'우선 저 성녀인 척 얌전빼는 신관을 속이는 거야. 그러려면…….'

샤란라는 자기가 입은 옷을 일부러 더럽혀 행색을 초라하게 꾸몄다.

다행이라고 해도 될지 모르겠지만, 최근 며칠 동안 제대로 된 식사도 하지 못해서 누가 봐도 박복한 여인 같았다. 지금 가진 것을 최대한 이용하는 부분은 남매 모두 똑같았다.

샤란라는 첫 목표인 신관을 미행했다.

신관은 지금 장을 보는 중이었고 그 옆에는 용병 중 하나인 거유녀가 있었지만, 이쪽은 이쪽대로 써먹을 방법이 있었다.

'앞질러 가서…….'

배가 고파서 몸을 가누기 힘든 것은 정말이었다.

그것을 계산에 넣고 뒷골목에서 두 사람이 오는 타이밍을 기다렸다가 신관 앞에서 호들갑떨며 쓰러졌다.

바로 일어나면 부자연스러우니까 힘없이 느릿하게 몸을 일으키는 연기도 넣었다.

"……앗."

"어, 어머나?! 자네, 짐을 맡아주세요!"

"그래……."

몸을 일으킨 뒤에도 바로 서지 않고 현기증이 난 것처럼 행동하는 게 포인트였다. 이러면 몸이 약해진 연기에 신빙성이 더해진다.

사전 정보로 두 사람이 배려심 강한 성격임은 알고 있었다. 첫 작전이 성공했다고 속으로 회심의 미소를 짓지만, 그 속내를 절대로 겉으로 드러내지는 않았다.

"괜찮으세요?! 정신 차리세요!"

"죄, 죄송해요……. 저는…… 괜찮아요……."

"제대로 일어서지도 못하시면서 뭐가 괜찮아요! 어디 쉴 곳을 찾아서……."

인간의 선량함을 역이용해서 상대방의 마음으로 파고든다.

아무리 사토시가 주의해도 사람은 겉모습과 며칠 동안 보여주는 행동으로 인간성을 판단한다.

심지어 같은 여성이라면 쉽게 동정심을 자극할 수 있다.

남은 것은 이용할 상대의 심경이나 언동에 맞춰 공감을 사도록 유도할 뿐.

동성의 심리를 역이용하는 수법이었다.

여기에는 사토시의 가족이 아니라는 인식을 만드는 계산도 포함

되어 있었다.

"저, 저는…… 정말로 괜찮아요…… 아앗."

"무리해서 일어나면 안 돼요! 어디 쉴 만한 곳이……."

"바로 앞에 용병 길드가 있어. 거기로 옮기는 건 어때?"

"그게 좋겠어요. 쟈네도 도와줘요."

"알았어. 힘쓰는 일이라면 나한테 맡겨."

이리하여 샤란라는 목표와 인연을 만드는 데 성공했다.

이제는 세 치 혀로 속여서 신뢰를 쌓기만 하면 된다.

◇ ◇ ◇ ◇ ◇ ◇ ◇

"……몸이 많이 쇠했는데, 무슨 일이야? 이야기를 들으면 힘이 되어줄 수…… 있다고 말하는 건 무책임하군. 우리가 할 수 있는 일은 많지 않으니까."

"그러네요……. 사정에 따라서 다르지만, 가능하면 상담해 드릴게요. 다만…… 너무 심각한 사정이라면 저희도 도움을 드릴 수가……."

"……아니에요. 마음만으로도 고마워요. 지금까지 상담할 사람이 없었거든요……."

용병 길드 식당에서 루세리스와 쟈네는 방금 도와준 여성의 이야기를 들었다.

그녀의 말에 따르면 남편이 가게 돈을 들고 다른 여자와 어딘가로 도망쳤다고 한다.

계약상 반드시 매입할 상품이 있어서 가게를 담보로 빚까지 냈지만, 매출이 늘지 않아서 이자만 늘어나다가 결국 가게를 포기하는 지경에 이르렀다.

판에 박은 듯한 몰락 인생이었다.

“이거 참…… 상상보다 훨씬 무거운 이야기군.”

“그러게요……. 그런데 그런 가게가 산토르에 있었나요?”

“……다른 도시에서 재기해 볼까 해서 일이 있을 법한 산토르까지 왔지만…… 부끄럽게도 노잣돈이 떨어지는 바람에…….”

“그러면 앞으로 생활은 어디서 하시게요?”

“그건…… 창부로 어떻게든…….”

“이 도시는 창부 관리도 엄격해. 가끔 범죄자가 창부 속에 숨어들기도 하니까. 어느 창관도 그 부분은 과하다 싶을 만큼 철저하게 조사하지. 하물며 다른 도시에서 왔다면 고용하는 가게는 적을걸? 전에 살던 도시의 호적이나 가맹점 창관의 소개장이 있다면 몰라도.”

“그, 그럴 수가……. 그럼 다른 일할 곳을 찾아야겠네요…….”

토지를 다스리는 영주에 따라서 도시의 법도가 달랐다.

특히 산토르가 엄격한 편이며, 창관은 도시에 성병을 퍼뜨리는 온상이 될 수 있어서 다른 도시에서 온 여자를 고용하지 않았다.

그리고 창관은 절도 같은 경범죄를 저지른 여성 노예가 갱생 목적으로 일하며 직업 특성상 사건에 휘말리는 경우가 잦았다. 그래서 일반인이 창부가 되려면 상인과 행정 기관에서 엄정한 심사를 거쳐야 했다.

요컨대 호적으로 신분 증명과 범죄 경력 유무, 전 직장의 평가와 가정 사정, 병력(病歷) 따위를 상세하게 조사한다.

과거가 불분명한 사람은 창관에서도 고용하지 않을 만큼 신원 확인이 철저한 도시였다.

"어, 어쩜 좋죠……. 저는 그이와 결혼하려고 도망치다시피 이 나라로 와서 이곳 호적이 없어요. 남편이 그런 준비는 해주지 않았나 봐요. 아아, 앞으로 어떻게 살길을 찾을지……."

"그건 처음부터 버릴 생각이었다는 뜻이잖아! 지독한 남자군……."

"그래도 난감하네요. 입장상 저도 고용할 수는 없는데……."

"아니에요, 이렇게 한 끼 대접해 주신 것만으로도 고마워요……. 앞일은 제가 해결할게요."

"무슨 수로? 호적이 없으면 고용해 주는 곳 따위 없어."

"어떻게든 해 볼게요. 따지고 보면 남편 같은 나쁜 사람을 만난 제 잘못이니까……."

같은 여자로서 의분을 금치 못할 이야기였다.

그래도 일을 알선할 수는 없었다.

기껏해야 용병이 되는 수밖에 없지만, 용병은 랭크가 낮을 때 돈이 안 벌린다.

뭐가 됐건 당장 생활비를 마련할 수 없었다.

"루, 어떡할래? 여기서 못 본 척하면 뒷맛이 씁쓸한데……."

"그러네요……. 사제장님이 말씀하셨어요. 책임질 수 없다면 처음부터 동물을 줍지 말라고. 여비가 모일 때까지라도 우리 교회에서 일하게 도와드릴까요?"

"그런 말 했었지……. 근데 그건 개나 고양이 얘기였는데……."

"의미는 같잖아요? 생활이 어려운 사람이라도 마지막까지 책임질 수 없다면 손을 내밀지 말았어야 했겠죠. 반대로 도움을 받고 자립하지 못하는 사람도 무책임하다는 말이지만."

"남의 호의에 기대서 기생하려는 인간은 도울 가치도 없지. 그렇다면 밭일이라도 맡길 거야?"

"그래야죠. 약초 재배로 생활이 나아졌지만, 그렇다고 살림이 넉넉하지는 않으니까요."

"그건 임시로 고용은 하겠지만, 생활비가 모일 때까지 일자리를 구하라는 뜻인가요?"

"네. 교회는 나라의 보조금으로 운영되지만, 유복하지는 않아요. 짧은 기간이나마 우리 교회에서 일해보실래요?"

여자는 잠시 고민하는 모습을 보였다.

교회는 고아들을 돌보는 곳이기도 해서 그다지 자금적 여유가 없었다. 약초는 비싼 편이지만, 전부 고가에 팔리지는 않았다.

그리고 수확한 약초도 성장 속도가 제각각이라서 생육 상태를 판별하는 안목이 필요했다. 고품질 약초는 시기를 놓치면 가격이 폭락한다는 것은 상식이었다.

"……네. 신관님의 은혜에 꼭 보답할게요……."

"아니에요, 저희도 마침 일손이 부족했어요. 도와줄 분이 계시면 좋죠."

"야…… 우리도 시간 날 때 도와주잖아?"

"그래도 매일은 안 되잖아요? 약초는 빨리 자라서 제때제때 수확해야 해요. 너무 크면 팔지도 못하니까."

"비정기적으로만 도와줘서 미안……."

용병인 쟈네 파티는 매일 약초 수확을 도울 수 없었다.

때로는 의뢰를 받아서 며칠 동안 교회를 비울 때도 있었다.

교회 아이들도 저마다 자립하기 위해 일하느라 약초의 일부는 수확 시기를 놓쳐서 팔지 못하기도 했다. 이렇게 상품 가치가 없는 약초는 루세리스가 약으로 조제해서 손해를 메우려고 하지만, 그래도 전부 처리하지는 못했다.

버리는 것보다는 나으나, 조제한 약은 상품 가치가 낮으며 그마저도 팔리지 않으면 악성 재고가 된다.

장점이 있다면 가공해서 오래 간다는 정도밖에 없으리라.

그런 이유로 효능이 가장 좋은 시기를 판단해서 수확하려면 언제든지 도와줄 일손이 필요했다. 루세리스 혼자서 감당하기에는 약초의 양이 너무 많았다.

"그런데 성함을 여쭈어도 될까요?"

"네? 아차, 이름도 말하지 않았네요. 저는 샤디라고 해요."

"4신교 수습 사제인 루세리스예요. 당분간 잘 부탁드릴게요."

"저야말로 잘 부탁드려요."

이렇게 교회에 새로운 일손을 들이게 됐다.

용병 길드를 나와서 교회로 가는 동안 루세리스와 쟈네는 목소리를 낮추고 속닥거렸다.

『저 사람…… 제로스 씨 누나일까요?』

『뭐?! 아니, 인상이 수배 전단과 많이 다른데…….』

『쟈네…… 정말로 용병이에요? 어딜 봐도 닮았잖아요. 저게 연기라면 솔직히 무서워요.』

『그렇군……. 아저씨한테 들은 인상과는 딴판이야. 저렇게 힘없고 소박해 보이는 여자가 범죄자라니, 믿기지 않아.』

『그래서 더 무서운 거예요…….』

『본인인지 아닌지 아직은 알 수 없군. 일단 상황을 지켜보자.』

『네……. 다른 사람이라면 좋겠네요.』

의심은 들지만, 가급적이면 사람을 의심하고 싶지 않은 두 사람이었다.

◇ ◇ ◇ ◇ ◇ ◇ ◇

'뭐야, 이 신관! 신에게 봉사하는 신관이라면 잔말 말고 도와주기나 할 것이지! 심지어 나한테 일을 시키려고 해? 순진하게 생긴 주제에 아주 약아빠졌어!'

샤란라는 속으로 루세리스를 씹어대고 있었다.

마냥 사람 좋은 성격인 줄 알았더니 의외로 고리타분하고 현실감각이 있었다.

원래 샤란라— 레미는 노동 따위 할 생각이 없었다. 일은 패배자나 하는 거라고 진심으로 생각했다.

그녀의 눈에는 편의점 아르바이트조차 끔찍한 노역이었다.

'……그래도 침투는 성공했어. 예상보다 힘들겠지만, 내 편으로 만들면 전부 끝이야. 지금은 참자…….'

샤란라도 남이 쉽게 자신을 믿을 거라고는 생각하지 않았다.

의외로 현실주의자여서 짜증났지만, 계획은 순조로웠다.

'이 왕가슴은 속이기 쉽겠어. 남은 둘은 불분명하지만…….'

쟈네의 동료는 두 명.

트윈테일 꼬마 계집이야 별걱정 없지만, 문제는 쟈네와 동년배인 여자였다.

샤란라는 그 여자가 네 사람 중 가장 까다로운 상대라고 직감했다.

'……그 여자는 틀림없이 나와 비슷한 부류. 잘 속아 넘어가면 좋겠지만, 만약 잘못되면…….'

몰래 살해할 계획도 미리 짜뒀다.

이 세계에서도 증거가 없으면 범죄를 입증할 수 없었다.

그래도 과학수사가 없어서 지구보다 훨씬 빠져나가기 쉬웠다.

하지만 지금부터 속일 상대는 더 성가셔서 용병 3인조를 신경 쓸 여유는 없었다.

루세리스가 의외로 고지식해서 조그만 실수 하나로 계획이 무너질 가능성도 컸다.

샤란라에게 계획의 차질은 말 그대로 생사가 걸린 문제였다.

'무슨 수를 써서라도 이 녀석들을 이용할 수 있을 때까지 믿음을 심어줘야 해…….'

이미 주사위는 던져졌다.

지금부터 가는 곳은 적지이며, 자신을 잘 아는 사람이 함정을 팠을 것은 자명한 사실.

그 아성을 어떻게 무너뜨리느냐가 관건이었다.

'드디어 거점으로 들어가는구나. 사토시…… 여자들의 공감 능력을 우습게 봤다가는 큰코다쳐. 후후후…….'

교회에 도착한 샤란라는 몰래 히죽 웃었다.

실패한다고는 눈곱만큼도 생각하지 않았다.

하지만 교회 안으로 들어가자마자 그게 잘못된 생각이었다고 판명됐다.

"여러분, 오늘부터 당분간 여기서 일하실 샤디 씨예요."

"잘 부탁드려요."

""""""흐으으으음……."""""""

'짜증나는 꼬마들! 나도 여기 오래 있을 생각은 없지만, 적어도 지금은 들키지 않게 잘 처신해야지…….'

아이들의 반응이 냉랭했다.

루세리스의 소개 따위는 귓등으로 흘리던 중, 샤란라의 눈이 한 소녀에게 멈췄다.

그 소녀는 옛날 만화나 게임에서 보던 엘프였다.

'오…… 엘프가 있어? 노예 시장에서 비싸게 팔린다고 들었는데. 이 애를 팔면 얼마나 나오려나.'

"수녀님……."

"왜 그러니, 카에데?"

"이 여자…… 지금 베어버리면 안 되오?"

'뭐?!'

마치 샤란라의 생각을 들여다본 것처럼 카에데가 뜬금없이 무서운 말을 입에 담았다.

그 언동에 샤란라의 등으로 오한이 퍼졌다.

"카에데, 아무리 그래도 교회 안에서 칼부림은 좀……."

"그런가……. 뭔가 추잡한 기운이 느껴져서 베어버리면 기분이 나아질 줄 알았소."

"얘는 여전히 성미가 급하네. 조금만 마음의 여유를 가지면 좋겠는데……."

'아니야! 이 꼬마, 내 생각에 반응한 것 같잖아! 대체 뭐 하는 꼬맹이야!'

이 엘프 소녀는 샤란라에게 노골적으로 살기를 드러냈다.

다가가는 순간 칼이 날아들 것 같은 강렬한 죽음의 기운이었다.

도저히 어린애 같지 않았다.

"칼은 사람을 베는 것이 본연의 역할. 소인은 악의가 있는 자에게 자비를 베풀지 않소. 일전에 마물을 벤 감촉이 아직도 손에 남아 있소. 약해빠진 좀비보다 짜릿한 느낌이었지. 또 베고 싶군……."

"사람을 훈련용 짚단처럼 쓰면 안 돼요. 죄를 지으면 그만큼 업보를 짊어져야 해요."

"오히려 소인은 그 길을 걷고 싶소. 검의 길은 수라도."

'……감도 좋지. 엘프는 그냥 숲에 사는 시골뜨기 아니었어?!'

생각보다 훨씬 살벌한 소녀였다.

소녀는 어느샌가 칼집을 잡고 있었고 칼집과 코등이 사이로 날이 번뜩거렸다. 괜한 생각을 계속하면 틀림없이 몸이 두 동강 날 것이다.

이 소녀에게 악의를 가진 자는 진검의 예리함을 시험할 고기에 불과했다.

오히려 악의를 가져줬으면 한다는 점이 무섭다.

"카에데…… 그럼 안 되지. 여기서 썰어버리면 뒤처리가 힘들잖아."

"그래. 바닥에 묻은 피는 쉽게 안 지워져. 명색이 교회인데 사람이 죽으면 남들이 뭐라고 하겠어? 한동안 썩은 내도 날 테고 대량 출혈로 핏자국이 남으면 교회 평판이 떨어져."

"맞아맞아, 수녀님한테도 피해가 가. 지금은 참아."

"사람 고기는 못 먹어. 듣기로는 냄새가 고약하대……."

""""먹으려고 했어?!""""

"그 말은…… 보이지 않는 곳에서는 베어도 된다?"

""""""응, 맞아!""""""

"그 나이에 살인은 안돼요. 아직 업보를 지기에는 너무 일러요."

'그게 아니잖아?! 사람을 죽이는 게 시기의 문제야?! 이 인간, 교육을 어떤 식으로 하는 거야?!'

이 교회가 정말로 양육원인지 의심되기 시작했다.

그리고 살인 선언에 이해심을 보이는 아이들도 정상이 아니었다.

기분 탓인지 동족의 냄새가 났다.

"……쳇. 아깝군."

'혀 찼어……. 뭐 이런 것들이 다 있어!'

양육원이란 보통 연고가 없는 아이들을 사회에 진출하기 전까지 교육하고 양부모를 찾는 사회복지 시설이었다. 하지만 이 교회에서 자란 아이들의 사고방식은 굉~장히 피비린내를 풍겼다.

그리고 한없이 악즉참에 가까웠다.

덧붙이자면 카에데는 명백히 샤란라보다 강했고 약간의 살의를 내비쳤을 뿐인데 몸이 떨려서 멈추지 않았다.

어느 세상에 『칼은 사람을 베라고 있는 거다』라고 발언하는 아이가 있겠는가.

'어딜 봐서 교회야! 무슨 놈의 양육원이야! 아무리 봐도 마굴이잖아!'

불에 뛰어드는 나방. 그런 말이 샤란라의 머리를 스쳤다.

그리고 『그래서 네가 멍청하다는 거다!』라며 폭소하는 사토시—제로스의 모습이 보인 기분이었다.

완전하고 완벽한 죽음의 땅.

함정에 빠진 쪽은 대체 누구인가.

'날 속였겠다…… 사토시!'

피해망상에도 정도가 있다.

하지만 이게 교회의 일상임을 모르는 샤란라는 적반하장이 더 심해졌다.

언제나 자기 입장에서밖에 생각할 줄 모르는 여자였다.

◇ ◇ ◇ ◇ ◇ ◇ ◇

"유파, 명경사수는!"

"용사의 열풍이요!"

"인귀참멸!"

"신마멸살!"

""보라! 서방은 피로 붉게 물들고 있다!""

이른 아침부터 쉿소리가 울려 퍼졌다.

대치한 사람은 카에데와 제로스였다.

부딪치는 진검에서 격렬한 불똥이 튀고 마지막에 공중에서 날아차기가 교차했다.

일격필살, 즉사의 참격이 오가고 바보 같은 대사를 떠들어대면서도 훈련은 계속됐다.

그리고 주변도 미쳐 돌아갔다.

“카에데가 오늘따라 분발하네…….”

“우리도 질 수 없지.”

“우리는 아직 저건 못하지만.”

“훈련과 일을 끝내고 먹는 고기는 꿀맛. 고기고기♪”

늘 있는 일이라서 아이들도 전혀 놀라지 않았다.

게다가 꼬꼬들도 돌아와서 훈련은 격렬함을 더했다.

그리고—.

“흐아아아아아아아아아아아아아아아앙!”

오늘도 이리스가 기운차게 하늘을 날았다.

“아직 멀었어!”

“꼬끼!(그 기개야! 나약함을 한탄하기보다 도전하는 마음을 키우렴!)”

순백의 꼬꼬 메이케이에게 지도받아 완전히 운동부 스타일에 물든 이리스.

샤란라는 그런 광경을 교회 안에서 엿보고 있었다.

‘저게 뭐야……. 뭐냐구, 저것들은?! 웬 괴물만 모아 놨어!’

지피지기면 백전백승이라고 하지만, 반대로 너무 위험해서 어디에도 허점이 보이지 않았다.

분석하면 분석할수록 그것이 얼마나 비상식적인지 알게 되어 자기가 돌이킬 수 없는 실수를 저지른 게 아닌가 하는 생각에 사로잡혔다.

무시무시한 참격과 타격을 선보이는 아이들.

그 훈련에 낀 용병 소녀와 아직 대화조차 하지 않은 성가셔 보이는 여자.

그리고 이 이상한 광경에 아무렇지 않게 받아들이는 루세리스.

상대적으로 쟈네가 굉장히 정상인처럼 보였다.

'이건…… 예상 이상으로 어렵겠어. 그보다 애들한테 뭘 가르치는 거야, 저 녀석은!'

평소대로 잘 풀릴 거라고만 생각했다.

하지만 동생 사토시는 이 세계에서 상식을 내다 버렸다.

지구의 법률이라는 고삐에서 풀려난 그를 이제 누가 막을 수 있겠는가.

샤란라가 이세계를 편하게 여긴 만큼, 사토시도 이세계에 적응해있었다.

지구의 법이 자신을 지켜주고 있었다는 것을 새삼스럽게 깨달았다.

무엇보다 샤란라는 범죄자였다. 생사 불문 지명수배에 걸려 머리만 가져가도 거액의 현상금이 지급된다.

자업자득이지만 죽어서 남 잘되는 꼴은 볼 수 없었다.

'대책을 강구해야 해…….'

시간이 지날수록 자기가 불리해진다고 이해한 순간이었다.

◇ ◇ ◇ ◇ ◇ ◇ ◇

아이들의 훈련에 어울려준 뒤, 제로스는 아침 식사를 만들어 접시에 담았다.

그리고 한 손에 쟁반을 들고 뒷문으로 나가서 창고로 향했다.

"아침 먹어요. 남정네가 만든 요리니까 맛은 기대하지 마시고."

"아니…… 챙겨주는 것만으로 고마워."

창고에는 자봉이 숨어있었다.

그는 조그만 채광창으로 교회를 엿보며 샤라로 추정되는 여성을 관찰했다.

"이따가 갈아입을 옷을 가져올게요. 여기저기 손을 본 옷이지만요."

"당신은…… 대체 무슨 일을 꾸미는 거지?"

"제 목적은 예나 지금이나 오직 하나. 저 악녀를 처리하는 거죠. 하지만 당신이 희생할 필요는 없다고 보는데요……."

"이건 내 마음을 정리하기 위한 문제야……. 속았다고 해도 함께 한 시간은 분명히 행복했어……."

"저승길 길동무로 데려가게요? 솔직히 말하면 당신과 같은 심경에 빠졌던 피해자가 제법 있습니다. 목숨을 걸 가치는 없다고 생각하는데요?"

제로스는 이토록 일편단심으로 남을 사랑한 적이 없었다. 그래서 그의 마음이 이성적으로 이해되지 않았다.

그딴 인간은 죽여서 물고기 밥으로 던져주면 그만이라고 진심으로 생각했다.

하지만 자봉은 지금도 그녀를 사랑했다.

속인 건 용서할 수 없지만, 그래도 미련이 남는다. 그 한결같은 감정은 위험한 영역에 도달했다.

제로스는 샤란라 때문에 목숨까지 버릴 필요는 없다고 여러 차례 설득했으나, 그는 완강하게 거절했다.

"단단히 각오하셨군……. 그래도 살해당할 텐데요?"

"상관없어. 이미…… 살아갈 의미를 잃었어. 가짜 행복이었어도 이 마음은 진짜니까. 당신한테 폐를 끼쳤군."

"가족이 폐를 끼쳐서 저야말로 죄송하지만, 마음이 착잡하네요. 당신 같은 사람일수록 살아야 한다고 보지만, 각오가 이렇게 굳으니 제가 할 말이 없군요. 그래도 협력은 해줘야 합니다?"

"그래……. 반드시 흉계를 꾸민다고 했지? 나도 샤라가 더 죄를 짓도록 내버려둘 생각 없어."

"그 인간은 죄라고 생각하지도 않겠지만요. 그래도 벌은 받아야죠. 살아있는 동안……."

죄인이면서 아직 뻔뻔하게 살아있는 샤란라를 용납할 수 없었다.

죗값을 치르기 위해서라도 그에 걸맞은 절망을 맛보여줘야 했다.

40년간 고통받은 분노를 갚아줄 때다.

"……조만간 움직일 겁니다."

"남매라서 알아?"

"아뇨, 경험했으니까요. 저…… 아니, 나도 한때는 희망을 품었어. 언젠가 정신 차릴 거라고. 하지만 그 녀석은 부모님이 돌아가셔도 그대로야. 오히려 유산을 받았다고 기뻐하던 쓰레기지. 그마

저도 2년 만에 탕진했지만. 그것도 모자라서 그 녀석은 내가 상속한 재산까지 탐냈어. 그밖에도 말하자면 끝이 없지. 이래 보여도 나는 지금 이 악물고 참고 있어. 그래도 선약은 너야. 내가 죽이러 가기 전에 먼저 네 문제를 해결해."

"……?! 아, 알았어……. 그런데 요 며칠 야밤에 거리로 나가던데 무슨 일 있어?"

"살짝 뒷공작을 했지. 장난질이라고 해도 되고. 아직까지는 예상대로 순조롭게 움직이는 중이야. 크크크…… 녀석을 낭떠러지 끝까지 몰아세워 주지…… 크하하하하!"

자봉은 제로스 안에 잠든 어둠을 보고 말았다.

무섭도록 깊은 어둠. 무슨 일이 있었으면 피가 이어진 가족을 이토록 원망할 수 있을까?

그는 이해했다. 제로스는 이 어둠을 걷어내지 않는 한 어디에도 가지 못한다고.

"……후우. 저도 모르게 감정이 격해졌네요. 자봉 군, 저는 지금부터 지인이 피해를 보지 않게 움직일게요."

"당신…… 굉장히 인내심이 강하군. 조금 존경스러워."

"그러지 마세요. 저는 남에게 존경받을 위인이 못 됩니다. 그냥 집에 틀어박혀서 취미생활이나 즐기는 평범한 아저씨죠."

그렇게 말한 제로스는 돌아서서 창고를 나갔다.

지금부터 뒷공작 준비를 시작하려는 모양이다.

"……평범하긴 뭐가."

듣는 이 없는 곳에서 자봉은 조용히 중얼거렸다.

제로스가 가진 증오라는 이름의 어둠은 깊이를 헤아릴 수 없었다.

◇ ◇ ◇ ◇ ◇ ◇ ◇

자봉에게 식사를 가져다준 뒤, 제로스도 식사를 마치고 바로 외출했다.

물론 샤란라에게 들키면 안 되기 때문에 뒷문으로 나가 집 옆의 수풀을 통해 솔리스테어 공작가 별장으로 향했다.

꼬꼬 병아리가 무술 수련을 하고 있었지만, 지도는 하지 않고 길을 재촉했다.

계획을 진행하기 위해서—.

"수위분 계신가요?"

별장을 둘러싼 담장. 정문의 반대편에 위치한 뒷문에도 기사와 수위가 대기하며 교대로 경비를 서고 있었다.

오랜 뒷문 경비로 지루했는지, 한 기사가 문 안쪽에서 금방 모습을 드러냈다. 제로스로서는 고마운 일이었다.

"일하느라 수고가 많으시네요."

"제, 제로스 님 아니십니까? 무슨 일이시죠?"

"다른 게 아니라, 이웃 교회에 지명수배자로 보이는 인물이 들어왔는데 아직 확증이 없어서 신고만 해두려고요. 아마도 본인이라고 생각하지만요."

"지명수배자요?"

"네. 츠베이트 군을 습격했던 그……."

"뭐라고요?! 지금 당장 체포하러……."

기사는 말이 끝나기가 무섭게 출동하려고 했다.

하지만 지금 그들이 움직이면 샤란라가 도망쳐 버린다.

"진정하세요. 아직 확신도 없고, 만약 지명수배자 본인이라면 보자마자 도망칠 거예요. 지금은 신중하게 가죠. 다행히 제가 감시하고 있으니까요."

"하지만 츠베이트 님을 노린 흉악범이잖습니까? 지켜만 보다가 놓칠 수는 없는 노릇입니다."

"그러니까 미리 퇴로부터 차단하자는 겁니다. 무슨 목적인지는 몰라도 이 도시에 제 발로 기어들어 왔어요. 산토르는 그 사람한테 적지일 텐데 말이죠. 도주 수단도 이미 여러 개 준비해뒀을지 몰라요."

"그렇군요……. 그래서 포위망부터 깔자는 말씀인가요?"

"바로 그거죠. 자세한 사항은 이 편지에 적어놨으니까 크레스톤 씨에게 건네주실래요? 저는 녀석의 수배서를 각지에 뿌릴게요."

"그러면 오히려 도망가지 않을까요?"

그 말대로였다. 갑자기 온 도시에 수배서가 뿌려지면 샤란라가 낌새를 알아차릴 것이다.

하지만 그렇게 되지 않도록 여러 방안을 생각해놨다.

"도시 외곽부터 수배서를 뿌리고, 녀석이 있는 주변을 마지막으로 갈 예정입니다. 저한테 게시판이 많이 있으니까 재고 처분도 할 겸 여기저기 설치하고 오겠습니다."

"게시판? 그런 걸 왜 대량으로 가지고 계시죠?"

“옛날에 의뢰를 받아서 준비했는데 너무 많이 만들었지 뭡니까. 의뢰를 끝내니까 재고만 남았어요. 그래도 포위망을 완성하려면 이걸로도 부족할 테니까 필요해지면 더 만들죠.”

“아, 네…….”

“아무튼 크레스톤 씨에게 보고부터 해주세요. 퇴로를 차단하려면 우선 선착장부터 가야겠군요. 신중하게, 신속하게, 그리고 대담하게 움직이죠.”

“알겠습니다. 지금 바로 이 편지를 크레스톤 님께 전달하겠습니다.”

“부탁드릴게요. 그럼 저는 이만 갈게요. 지금은 한시가 아까우니까.”

“조심하시기 바랍니다.”

기사가 서둘러 크레스톤에게 가는 모습을 확인하고 제로스도 초인적인 체력을 이용해 배가 정박하는 부두로 향했다.

많은 사람이 오가는 부두는 추적자를 따돌리기 쉽기 때문이었다.

이날, 부두를 포함한 외벽 쪽 거리에는 샤란라의 수배서가 붙은 게시판이 대량으로 내걸렸다.

제8화 아저씨의 악의

교회에 샤란라가 침투한 지 일주일째.

샤란라는 정보 수집에 매진했으나 유익한 정보를 얻지 못하고, 결국 인내심이 바닥나서 행동을 개시하기로 했다.

지금 샤란라에게는 남은 시간이 얼마 없었다.

'꼬맹이들은 위험해. 항상 교회에 있고 행동을 예측할 수 없어. 주의하지 않으면 내 무덤을 파게 될 거야. 그래도 거유녀는 쉽게 속였지. 떠날 때 노예 상인한테 팔아넘길까? 반면에 다른 두 명은 잘 모르겠어. 레나라는 여자는 교회에 오더니 다음 날 사라지고, 꼬마 계집은 말을 거의 안 걸어.'

불확정 요소가 많지만, 임기응변으로 대응할 수밖에 없었다.

이런 때일수록 샤란라는 냉정한 판단을 내렸다. 자각은 없어도 그녀는 확실히 범죄의 프로였다.

'정 안되면 신관을 인질로 삼을까? 그래, 아무것도 안하고 넘어갈 순 없지. 나한테 노동을 시켰으니까.'

샤란라는 제로스와 접촉하지 않게 주의하고 있었다.

제로스는 이른 아침부터 점심까지 밭일을 하기 때문에 식사 준비나 청소를 핑계로 교회 안에 머물면서 가급적 창가에서 상황을 살폈다. 발견당하면 살해당할 게 뻔하니까.

사람을 속이기 위해서라면 노력을 아끼지 않는 샤란라는 의외로 집안일 전반에 능했다.

물론 평소에는 거들떠보지도 않지만.

'열받으니까 신관이랑 거유녀는 노예 상인한테 판다 치고, 그래도 도주 자금도 필요해. 대부업자한테 최대한 당길까? 그러려면 두 사람의 필적을 조사해야 해……. 어떻게 구하지?'

루세리스와 쟈네 명의로 돈을 빌려 모르는 사이에 빚쟁이로 만든다.

샤란라는 숨 쉬듯 당연하게 선량한 사람을 나락으로 떨어뜨렸다.

양심이 아프다는 감정 자체가 없으며, 지금까지 수도 없이 남의 인생을 망치며 살아왔다.

생각나면 즉시 행동한다. 이런 점은 역시 남매답게 제로스와 닮았다.

'다행히 지금 꼬마들은 밖에 있어. 이거, 기회 아니야?'

샤란라의 직업은 어쌔신. 은밀 행동이 특기이며 일반인은 기척을 느끼지 못한다.

하지만 사토시가 단련한 아이들은 쓸데없이 감이 좋았다.

샤란라는 기척을 지우면서도 신중하게 교회 안을 물색했다.

'……누가 있어. 기척으로 봐서 거유녀와 레나라는 여자.'

복도에서 엿보자 예상대로 쟈네와 레나가 있었다.

두 사람은 부엌에서 함께 감자 껍질을 벗기고 있었다.

"야, 레나……."

"왜?"

"샤디 씨가 정말로 아저씨 누나야?"

"응. 갑자기 그건 왜?"

"아니, 뭘 근거로 그렇게 단언해? 이야기는 들었지만, 인상이 정반대잖아! 다른 사람으로밖에 안 보여."

"순진하긴. 그 사람, 굉장히 신중해. 거짓말로 점철한 가면을 쓰고 그 거짓말이 진실로 보이도록 연기하는 거야. 대단한 배우지. 아직은 상황을 보면서 정보를 수집하는 단계인거 같은데, 그래도 슬슬 움직임이 있을 거야."

'……?!'

간파당했다.

샤란라는 모르지만, 레나의 이면은 도박사였다.

상대의 낯빛이나 몸동작을 보고 생각을 읽는 기술은 주특기였다. 물론 성격도.

그것을 모르는 샤란라는 머리로 찬물을 뒤집어쓴 기분이었다.

"그걸 어떻게 알아? 너, 우리가 모르는 곳에서 뭐 하고 다녀?"

"우후후…… 비밀. 여자는 비밀이 많은 동물이야. 아무리 친한 친구라도 못 알려줘."

"……나는 네가 훨씬 위험한 사람 같아. 그런데 그게 연기라면 정말 무섭네. 아저씨가 조심하라고 말한 이유를 잘 알겠어."

"그러게. 하지만 그런 부류는 의외로 많아. 범죄에 손을 대느냐, 장사에 손을 대느냐의 차이지. 나라면 그 재능으로 장사했어."

"그 연기력으로 장사하면 나 같은 사람은 평생 속고만 살겠어."

"쟈네가 순수할 뿐이야. 넌 지금처럼만 살아. 더 어른이 되고 싶으면 좋아하는 남자한테나 부탁하셔."

"무, 무슨 소리야아아아?!"

샤란라는 그 자리를 벗어났다.

신뢰를 얻었다고 생각했는데, 속은 사람은 쟈네뿐이었다. 심지어 레나는 처음부터 샤란라를 의심했고, 기껏 속인 쟈네까지 제정신으로 돌려놓았다.

생판 모르는 남보다 생사고락을 함께한 동료의 말이 신뢰도가 높기 때문이리라.

'저 거슬리는 여자…… 저건 사람 여럿 속여본 솜씨야. 내 계획에 초를 치다니, 대체 정체가 뭐야!'

샤란라는 남은 잘 속여도 자기가 속는 것은 익숙하지 않았다.

하지만 도박사인 레나는 언제나 속고 속이는 승부를 제패해왔기 때문에 샤란라보다 훨씬 연기와 심리전이 뛰어났다. 게다가 교회에 계속 있는 것도 아니라서 샤란라의 미세한 변화를 민감하게 느낄 수 있었다.

샤란라에게는 천적이나 다름없었다.

'불안하지만 조금 무리해서라도 행동해야겠어. 여기 있는 인간들은 너무 위험해. 장기전이 되면 불리해져.'

결과야 어떻든 그녀는 지금까지 자기 생각대로 되지 않은 일은 한 번도 없다고 생각했다. 하지만 이번에는 불확정 요소가 너무 많았다.

면밀하게 준비하고 싶어도 시간이 없었다.

샤란라가 다음으로 간 곳은 집무실이었다.

기본적으로 집무실은 루세리스의 방이라고 봐도 무방했다. 깔끔하게 정돈된 책상에는 서류 몇 장이 놓여있었다.

샤란라는 그 서류들을 들고 회심의 미소를 지었다.

'오호라…… 이거 수령증이구나?'

수령증에는 물품 수령자의 사인이 들어가 있었다. 루세리스와 쟈네의 이름이었다.

대걸레 같은 청소 도구나 장기 보관이 용이한 식량의 수령증이었고, 샤란라는 그중 두 장을 훔쳤다.

이로써 두 명의 필적을 손에 넣었다.

'그런데 그 왕가슴은 왜 자기 이름으로 수령증을 받았지? 그냥 외부인 아니야? 뭐, 나야 고맙지만.'

아마 실수로 루세리스가 아니라 자기 이름을 적었으리라.

제로스에 대한 보복 계획이 확고해질수록 샤란라의 입꼬리가 올라갔다.

'좋아…… 오늘 밤부터 필적 연습을 해야겠어. 후후후…… 지인 두 명이 노예가 되면 사토시는 어떤 표정을 지을까?'

하지만 여기서 샤란라는 자신의 큰 실수를 깨닫지 못했다.

샤란라— 레미의 본래 목적은【회춘의 비약】을 상쇄할 마법약이었지만, 지금은 제로스를 괴롭히는 것으로 변해있었다. 그것도 자각도 없이.

레미는 목적을 위해서라면 수단을 가리지 않지만, 그 과정에서 행동이 본래 목표에서 크게 벗어나고는 했다. 특히 적반하장으로 감정이 격해졌을 때 그런 일이 잦았다.

지구에서는 지금보다 신중하게 행동했지만, 문화가 중세 수준인 이 세계에서는 행동이 대담해졌고, 거기에 마법과【스킬】이 더해지면서 이성적 판단이 저해된 것이었다.

이미 욕망의 폭주 기관차 상태였다. 지금 샤란라는 자신이 얼마나 생각 없이 행동하는지 바르게 판단하지 못했다.

'이제 여기에는 볼일이 없어. 들키기 전에 철수하자.'

집무실 문 앞에서 복도의 인기척을 확인해 아무도 없다고 판단하자 재빠르게 방에서 나왔다. 스킬【은형】을 풀어도 주변 경계는 풀지 않았다.

복도 앞에서 이곳으로 오는 인기척을 감지했지만, 시치미를 딱 떼고 인기척이 나는 방향으로 걸어갔다.

섣불리 숨기보다 오히려 당당하게 대응하는 편이 의심을 사지 않는다고, 그녀는 오랜 경험을 통해 알고 있었다.

"앗, 샤디 씨. 청소 중이세요?"

"아, 이리스. 맞아요, 매일 청소를 하지 않으면 먼지가 쌓이니까요. 특히 틈새는 꼼꼼히 해야죠."

"그렇구나~."

"아직 예배당이 남았는데 도와주실 수 있나요?"

본성을 숨기고 꾸며낸 인격을 연기했다. 솔직히 쟈네와 이리스를 속이는 것쯤 식은 죽 먹기라고 생각했다. ……이 순간까지는.

"청소하던 사람치고는 청소 도구가 안 보이네요? 예배당에도 없었는데 뭘로 청소하시게요? 참고로 빗자루는 루세리스 씨가 쓰고 있어요."

'……!'

샤란라는 청소 도구를 들고 있지 않았다. 애초에 이리스가 온 방향이 예배당이니까 지금 이야기는 부자연스러웠다.

'방심했어……. 설마 그 신관이 청소하고 있었다니. 이제 와서 청소 도구를 찾고 있었다고 말해도 부자연스럽고, 어쩌지…….'

교회 화장실은 지금 이리스가 온 복도 앞에 있어서 화장실에 갔다 오는 길이라고 변명할 수도 없었다.

"그, 그렇죠? 빗자루를 쓸 수 있을 때까지 쉬고 있었어요. 아침 준비도 해야 하니까 그때 대신 청소를 하려고…….”

“스킬【감정】, 직업 어쌔신. 샤란라…… 지명수배자랑 같은 이름이네? 전생자죠?”

‘……?!’

대상의 능력이 자기보다 높으면【감정】스킬로 스테이터스를 볼 수 없었다. 반대로 말하면 스킬 사용자의 레벨이 높으면 모조리 들여다볼 수 있다는 것이다.

PK 플레이어는 언제나 은밀 행동을 하며, 일을 벌일 때 가장 조심해야 하는 스킬이【감정】이었다.

스테이터스를 확인해버리면 지명수배당해서 PK 킬러에게 집요하게 쫓기기 때문이었다.

“지금까지 감정당한 적 없어요? 만약 그렇다면 약한 사람만 상대했거나 굉장히 강하다는 뜻인데, 아줌마는 PK 플레이어 중에서는 약한 편이죠? 안 그러면 교회에 침입하겠다는 생각도 안 했을 테니까. 근처에 섬멸자가 있는 걸 뻔히 알면서.”

플레이어, PK, 섬멸자라는 단어를 듣고 자기가 중대한 사실을 간과했다고 깨달았다.

이곳에 제로스와 자기 외에도 전생자가 있다는 사실이었다. 실제로 에로무라와 안즈가 있지 않았는가.

제로스가 자기보다 많은 전생자와 접촉했을 가능성을 잊고 있었다.

‘……그래, 이 꼬맹이도 전생자구나! 나는 이미 함정에 빠져있었어. 그 말은, 사토시도 내가 여기 있다는 걸 알아!’

샤란라와 제로스의 차이는 교류하는 사람의 수였다.

범죄자로 지명수배당한 샤란라는 접촉하거나 이용할 수 있는 사람이 제한적인데 반해 제로스는 사람도 아이템도 풍족했다.

공작가 사람부터 같은 전생자, 더불어 이 세계에서 교류한 사람들. 함정을 파기에는 충분하고도 남을 정도다.

특히 아이들과 이 꼬마는 제로스가 거의 매일 비는 시간에 훈련을 돕는 사이였으니 대련할 때는 샤란라에게 들키지 않도록 지시를 전달할 수도 있었다. 다 같이 정보를 공유하며 음모를 꾸밀 수 있는 것이다.

궁지에 빠지고 나서야 두뇌가 본래 속도로 돌아가지만, 이미 너무 늦었다.

"이제는 속여도 소용없어 보이네? 일주일 동안 나를 감시했어?"

"음~, 아저씨한테 직접 덤볐다면 못 본 척했겠죠. 그런데 아줌마는 지금까지 대체 뭘 했을까~?"

"아줌마라고 하지 마! 나 아직 젊거든!"

"마흔여섯이죠? 아줌마 맞네."

"사토시 그 녀석…… 진짜 나이까지 말했어?!"

"네? 수배서에 적혀있던데요……. 지금 교회 옆 게시판에 붙어 있어요."

"게시판……? 지금까지 그런 거 없었잖아!"

"어제까지 아저씨가 밤중에 여기저기 걸고 다녔어요. 교회 옆은 **제일 마지막**이라서 오늘 아침에 걸렸어요."

"뭐어어?!"

샤란라는 이 교회에서 사토시의 정보를 모으고 있었다.

하지만 심야에는 행동하지 않았다. 피부에 좋지 않기 때문이었다.

그동안 게시판이 생기고, 수배서가 나붙었다.

샤란라는 그런 줄도 모르고 쇼핑을 하러 나가기도 했었다.

이미 자기 모습을 많은 사람에게 목격당했다.

"행동을 죄다 읽혔네요. 아저씨 주변에는 강력한 인원이 집중돼서 접근하지 못하니까 멀리서 상황을 볼 수밖에 없죠. 그리고 아저씨는 자유롭게 거리로 나가서 도시 전체에 함정을 깔 수 있고, 집에는 꼬꼬들이 있으니까 집을 비워도 안전. 그러다 지금은 도시 주민이 전부 현상금 사냥꾼이 됐네요?"

"그 녀서어어어억! 나를 그렇게 처형대로 보내고 싶어?!"

"그럴 줄 알고 아저씨가 말 전하래요. 『제발 죽어줘. 이 세상에서 사라지면 세상이 조금 나아지니까. 그리고 걱정 마, 처형대가 아니라 직접 죽이러 갈 거야』라고 하네요? 나는 분명히 전했어요~."

이리스는 메신저였다.

요컨대 『포위망은 완성됐다. 쓸데없는 노력하느라 고생 많았다』라는 뜻이었다.

"그리고 이미 공작가에 신고도 했어요. 경비대와 기사단에는 【섀도 다이브】 대책 마도구도 전달됐고요. 『이 도시에서 살아서 나갈 수 있을까?』라고도 했어요."

"사람을 가지고 놀아?! 거의 다 성공했는데!"

"음…… 목적도 알고 뭘 할지도 경험으로 알기 때문이겠죠. 싸움은 공격보다 방어가 유리하다고 하잖아요? 완전히 수를 읽혔네요."

"이럴 시간 없어! 비켜, 꼬맹이!"

샤란라는 소매에 숨겨둔 나이프를 꺼내서 이리스에게 덤벼들었다.
나이프의 검은 날이 허공에 선을 그었다.
“아니?!”
하지만 이리스는 잽싸게 벽을 차서 공중으로 뛰었고, 그 상태에서 강렬한 돌려차기를 날렸다.
“앗쵸오!”
“부헥?!”
발차기와 벽에 부딪친 충격으로 샤란라의 의식이 끊어질 뻔했다.
하지만 이리스의 맹공은 끝나지 않았다.
벽에 충돌한 반동으로 쓰러지려던 샤란라에게 접근해서 자연스럽게 허리 탄력을 실은 묵직한 정권 지르기를 날렸다.
“아윽!”
“아줌마…… 쿵푸가 부족해[#4].”
“콜록! 꼬, 꼬맹이 주제에…….”
“아저씨보다 빨리 잡아서 현상금 타야지~! 미안하지만, 우리 살림살이를 위해서 희생되어줘~♪ 지금까지 남을 희생하면서 살아왔으니까 자기가 희생할 차례가 됐을 뿐이야~.”
메신저가 아니라 현상금 사냥꾼이었다.
이리스는 정권지르기 자세로 이미 여유만만한 표정을 짓고 있었다.
당연하지만 샤란라에게 걸린 현상금을 노리는 사람은 이리스만이 아니었다.
“이리스, 가세할게!”

#4 쿵푸가 부족해 게임『스트리트 파이터』에 등장하는 춘리의 대사.

"현상금은 평등하게 나누는 거야! 그리고 그 돈으로…… 우후후후."

다른 두 사람도 마찬가지였다.

생활을 위해, 욕망을 위해, 흉악범 샤란라에게 걸린 현상금을 노리고 몰려드는 하이에나들.

그리고 이것은 시작에 불과했다.

"쳇!"

불리하다고 깨달은 샤란라는 무슨 스파이 영화처럼 창문을 깨부수며 탈출했다. 물론 그곳에도 추적자는 존재했다.

"좋아! 우리가 잡는 거야! 안제, 라디, 카이!"

""""예이, 두목님!""""

"체스토오오오오오!"

"히익?!"

아이들이 움직이기 전에 카에데가 칼을 들고 달려들었다.

마치 시현류[#5]를 방불케하는 힘찬 내려치기. 피한 순간 관성을 무시하듯 칼날을 돌려 횡베기.

샤란라는 이 2연타를 가까스로 피했다.

"후후후…… 이때를 기다렸다. 가만히 소인에게 베여라."

"싫어! 뭐가 아쉬워서 칼을 맞아줘?! 돈 때문에 사람이나 죽이려고 하고, 누가 못 배운 꼬맹이들 아니랄까 봐! 부모가 그렇게 가르쳐?!"

"흥! 네놈도 돈 때문에 사람을 죽이지 않았나? 소인들을 탓할 자격은 없지. 더군다나 소인의 목적은 현상금이 아니라 네놈 몸뚱이

#5 시현류 일본 검술 유파. 첫 공격에 모든 힘을 실은 강력한 내려치기와 『체스토』라는 특이한 기합으로 유명하다.

로 이 칼의 예리함을 시험하는 거다. 소인의 시험대가 되어라."

"더 나빠!"

카에데는 단지 베고 싶을 뿐이었다.

샤란라를 베고 자기 실력이 얼마나 좋아졌는지 확인하는 것이 목적이었다.

수라도를 참 올곧게 나아가는 소녀였다.

칼의 궤적에는 일절의 망설임도 없었다.

'칫, 끝까지 방해만 해……. 내가 뭘 했다고 이래! 아직 아무 짓도 안 했잖아!'

절도, 사기, 공문서 사칭 미수, 국가 지배층 암살 미수, 상인 연쇄살인 등 죄는 이미 저지를 만큼 저질렀다.

하지만 그녀는 자기가 잘못했다고는 생각하지 않고 피해망상이 심했다. 기본적으로 『속는 사람이 바보』, 『네 것은 내 것』, 『호구는 등쳐먹으라고 있는 것』이 인생 스탠스였다.

애초에 샤란라에게 선의나 양심의 가책을 기대해도 소용없었다.

그리고 카에데도 제로스에게 『마음껏 베렴. 지금이 기회란다』라는 말을 듣고 사람을 벨 생각에 싱글벙글. 과연 어느 쪽이 더 악질일까.

"어서 붙잡혀!"

"우리 목적을 위한 밑천이 되어줘야겠어!"

"사람 목숨으로 돈을 벌려고 하다니, 대체 뭘 보고 자란 거람! 히익?!"

라디의 참격과 안제가 던진 나이프를 아슬아슬하게 피했다.

거기에 이어서 죠니와 카이가 발차기를 날렸다.

"흐겍! 꺄악!"

"젠장! 의외로 단단하네……."

"이 감촉…… 아마 마도구야. 닿은 순간 살짝 튕겨나간 것처럼 보였어. 본인은 의외로 약할 거 같아. 이 사람을 잡아서 맛있는 고기 사야지~."

'……큭, 마도구를 모아둬서 살았어. 그건 그렇고 뭐 이런 꼬마들이 다 있어!'

죠니와 카이의 공격을 정통으로 맞았지만, 마도구 덕분에 큰 타격은 없었다.

그래도 안심할 수는 없었다.

갑자기 뒤쪽에서 느껴진 살기에 반응해 그 자리에서 높이 뛰어올랐다.

펑! 소리와 함께 오른손에 찬 팔찌 하나가 깨졌다.

"아니?! 내 마도구가……."

"흠…… 부담 허용량을 넘어서 깨졌나. 마력을 실은 참격은 효과가 있나 보군."

"이게 무슨 짓이야! 변상해!"

"이제 곧 죽을 사람한테 장식품이 필요한가?"

카에데는 한결같이 쿨했다.

'웃기지 마! 이런 괴물 같은 꼬맹이랑 어떻게 싸워! 어쩔 수 없지…….'

왼손에 낀 장식 없는 수수한 반지.

샤란라는 그 반지의 마력을 해방했다.

"다들 괜찮, 으앗!"

"【플래시】?! 안 돼, 놓치겠어! 죠니, 라디!"

"내 눈~! 눈이이이이이이!"

"시각을 차단했나. 용의주도하군……."

"고기가 도망친다!"

"크윽…… 제법이군."

강렬한 섬광을 터뜨릴 뿐인 단순한 아이템이지만, 도망갈 틈을 만들기에는 충분했다.

불행하게도 쫓아서 나오던 이리스도 말려들고 말았다.

【플래시】는 사냥할 때 전투를 유리하게 풀어가는 수단으로 사용되고, 범죄자는 기습이나 도주에 사용하는 것이 기본 전술이었다.

경계하면 방패로 쉽게 막기는 하지만, 비용이 저렴해 범죄자는 이런 아이템을 반드시 하나는 소지하고 다녔다.

당연히 자기 몸은 과할 정도로 신중하게 지키는 샤란라도 사용하지 않을 리 없었다.

"작전이 허술했어. 쫓자!"

"""""우오오오오오!"""""

아이들은 도망친 범죄자를 쫓았다.

그리고 아이들이 뛰어가는 앞쪽에서는—.

"찾았다! 현상금은 내 거야!"

"꺄악?! 왜 이렇게 추적자가 많아아아아아?!"

"안 놓친다. 가족을 먹여살리기 위해서 반드시 붙잡겠어!"

"헤헤헤⋯⋯ 이제 나도 부자야."

"내 결혼식 자금에 되어줘야겠어. 나쁘게 생각하지 마."

"뭐래, 왜 내가 너희를 위해서 희생해야 해!"

샤란라가 근처 주민들에게 쫓기고 있었다.

하지만 발이 얼마나 빠른지, 샤란라의 불평 섞인 비명은 차츰 멀어졌다.

"으음⋯⋯ 쉽게 끝날 줄 알았더니."

거리를 두고 상황을 살피던 제로스는 루세리스와 함께 누나의 체포극을 구경하고 있었다.

예상보다 끈질긴 모습에 진심으로 진저리가 났다.

"보란 듯이 빠져나갔는데요?"

"도망쳤을 때도 대비해서 수를 써놨으니까 딱히 문제는 없어요."

"성실하고 좋은 분이라고 생각했는데, 제로스 씨 말이 맞았네요. 살짝 속을 뻔했어요."

"그게 저 인간의 수법이죠. 상대가 믿을 때까지 끈질기게 버티고 신뢰를 얻으면 자기에게 유리한 방향으로 조종해요. 그렇게 골수까지 빨아먹은 뒤에 가치가 없어지면 쓰레기처럼 버리는 겁니다."

"너무하네요⋯⋯."

"너무하죠⋯⋯."

제로스는 샤란라를 처리하는 것만으로는 이 원한을 풀 수 없었다.

철저하게 내몰아 지금까지 저지른 악행의 죄와 이 세계의 불합리함을 절망과 함께 뼈에 새겨 넣고, 세상에 태어난 사실을 후회하며 죽어가지 않으면 분이 풀리지 않는다.

"그래도 도망쳤는데요? 선착장에서 배를 타고 다른 도시로 도망가지 않을까요?"

"그것도 대책을 세워뒀어요. 경비대와 기사단도 움직이니까 쉽게는 못 빠져나갈 겁니다. 잠복할 만한 곳도 아이들에게 알려줬고요."

"저 애들…… 정말로 평소에 뭘 하고 있는 걸까요?"

"글쎄요?"

아저씨는 처음부터 샤란라가 자신을 감시하는 것을 눈치챘고, 집과 교회의 거리상 작전 회의도 들리지 않을 것이라고 판단해 이번 포위 작전을 짰다.

또한, 솔리스테어 공작가에도 지명수배자가 교회에 숨어있다고 미리 신고하여 산토르에는 이미 기사와 경비병이 포위망을 깔고 있었다. 게다가 그림자에 숨는 스킬【섀도 다이브】에 대항할 마도구까지 주도면밀하게 준비했다.

이제 교회에서 쫓아내기만 하면 샤란라는 알아서 수색 중인 경비대와 마주치게 된다.

그리고 사람이 오지 않는 곳에 잠복해서 추적이 끊길 때까지 숨어 있으리라고 예상됐다.

"배로 도망쳐야 하니까 선착장의 안 쓰는 창고로 갈 겁니다. 하지만 그 전에 도주 자금을 마련하려고 하려나……."

"어떻게 그렇게 행동을 잘 파악하는지 신기해요."

"그건…… 언제나 쓰던 수법이니까요. 이 도시의 수상한 고리대금업자는 이미 파악해 놨어요. 도주 준비가 끝나려면 대략 사흘은 걸린다고 봅니다."

계획이 좌절된 샤란라는 일정 패턴대로 움직이는 경향이 있었다.

인감이나 금품을 훔쳐 도주 자금을 만들려는 행동이 그것이었다.

"이번에는 신뢰를 사는 작업이 부족했으니까 무작정 훔치려 들 겁니다. 그래도 자기가 실패한다고는 죽어도 생각하지 않는다니까요~? 좋든 나쁘든 참 긍정적이에요."

"……저기, 지금까지 피해를 입으셨죠? 그 정도로 파악했으면 막을 수는 없었나요?"

"제가 매일 감시할 수는 없잖아요. 당시에는 일도 했었고, 제가 안 보는 곳에서 행동하면 막을 방도가 없어요. 어느샌가 상사랑 사귀고 있지를 않나……."

모르는 곳에서 제멋대로 사고를 치고, 눈치챘을 때는 피해자가 쳐들어와 뒤처리를 떠맡는다.

그런 일이 반복되면서 살의가 축적되고 숙성되어 진창 같은 증오로 바뀌었다. 샤란라 같은 인간이 가족이라는 고통도 충분히 헤아릴 만했다.

"이번에는 감시하니까 도망가지 못하지만요. 안심했을 때 절망의 구렁텅이로 밀어뜨려주지."

제로스의 손에는 부적 몇 장이 있었다.

이것은 【마법부(아르카나)】를 쓰는 【사역마】가 아니라 【신선인】 스킬을 이용한 【식신】이었다.

마물의 혈액과 붉은 먹물에 자기 피를 섞어서 종이에 문자를 썼을 뿐이며, 【마법부】보다 훨씬 싸게 먹히는 물건이었다.

하는 짓은 선인보다 음양사에 가까웠다.

'과연 얼마나 버틸까~?'

아저씨는 마침내 찾아온 복수의 기회에 마음이 들떠 있었다.

산토르 전체에서 현상금 사냥이 시작된다.

어쩌면 마녀사냥이라는 표현이 더 맞을지도 모르지만…….

제9화 아저씨, 샤란라의 머리 꼭대기에 올라앉다

샤란라는 심야의 거리를 필사적으로 달렸다.

지금 산토르는 그녀에게 걸린 현상금에 눈이 먼 주민과 현상금 사냥꾼이 혈안이 되어 샤란라를 찾았고, 경비대와 기사단도 수사망을 넓혀가고 있었다.

더 큰 문제는 온 도시에 수배서가 나붙었다는 것이었다. 별생각 없이 쇼핑을 하러 돌아다닌 탓에 이미 주민들에게 주목을 사고 말았다.

이게 사토시의 계략이란 것은 의심의 여지가 없었다.

다른 도시로 도망치고 싶어도 도시 정문이나 선착장에는 이미 경비대의 검문소가 깔려 빼도 박도 못하는 상황이었다. 【섀도 다이브】로 도망치려고도 해봤지만, 이리스의 충고대로 금방 들통 나서 고립무원의 도주극이 벌어졌다.

'절대로 가만 안 둘 거야, 사토시이이이이이이이이!'

도피생활을 시작하고 이틀 정도 시간이 지났다.

최근 샤란라는 동생에 대한 원망만 키워가고 있었다. 욕이라도 하지 않으면 감정이 폭발할 것 같았다.

이제는 할 말도 떨어져서 단순한 푸념밖에 나오지 않았다.

'여비도 없어……. 역시 뭐라도 해야 해.'

샤란라의 손에는 교회에서 얻은 루세리스와 쟈네의 필적이 있었다.

도망치는 도중에 폐허에 숨어서 거리에 붙은 수배서 뒷면에 필적 연습을 하고 있었다. 그녀들 명의로 돈을 빌려 빚을 떠넘기기 위해서였다.

샤란라는 이런 형국에도 자신의 성공을 의심조차 하지 않았다.

'이 아이템…… 사용 횟수가 정해져 있는 게 단점이야.'

왼손에 낀 반지 중에【외형 복사 반지】라는 아이템이 있었다.

이것은 몇 번 접촉한 적 있는 인물의 모습을 기록하여 짧은 시간이지만 환술로 그 모습을 빌리는 도구였다.

한 번에 기록할 수 있는 인원은 두 명까지이며, 사용 횟수가 제한되어 있었다. 샤란라는 이미 여러 번 사용해서 남은 횟수가 많지 않았다.

아마 한두 번 더 사용하면 부서지지 않을까.

원래 편리한 도구는 아끼지 않는 성격이라서 생각 없이 사용해 댄 결과였다.

그만큼 피해자가 있다는 뜻이기도 하지만…….

'판타지 세계니까 같은 아이템을 팔 법도 한데 말이야……. 현실은 불편해.'

이것이【소드 앤 소서리스】의 게임 세계와 현실 세계의 차이였다.

샤란라가 가진 장비 대부분은【소드 앤 소서리스】의 아이템이었다.

하지만 이런 아이템은 대부분 현실에서 만들기 어려웠다.

이런 마도구 제작에는 고도의 지식과 기술이 필요한데, 이 세계의 마도사는 수준이 너무 낮았다.

반대로 말하면 이런 아이템을 만들 수 있는 제로스와 아도가 비정상이었다.

현재 이 세계의 수준에서는 지나치게 우수한 능력이었다.

"에효…… 살려면 뭐라도 해야지. 이렇게 된 이상 사토시를 끝까지 몰아붙여야 해! 두고 봐, 나한테 덤빈 걸 후회하게 해주겠어."

복수심에 불타는 샤란라는 제로스를 괴롭히기 위해서 전혀 상관없는 루세리스로 변해 뒷골목의 고리대금업자를 찾아갔다.

보통은【외형 복사 반지】로 모습을 바꾸고 도망치는 게 상책이겠지만, 샤란라는 그런 발상도 하지 못했다. 미운 사람에게 당하기만 하고 꽁무니를 내뺀다? 자존심이 허락하지 않는다.

이것이 샤란라가 살아가는 방식이었다.

◇ ◇ ◇ ◇ ◇ ◇ ◇

"흠…… 아직도 안 잡혔나. 바퀴벌레보다 끈질기군."

이른 아침, 제로스는 구시가지 길거리에서 소년에게 신문을 사서 수배범 목록을 봤다.

약 2주나 지났지만, 샤란라가 잡힐 기미는 없었다.

물론 그녀의 목적은 제로스가 가졌다고 믿는 회춘의 비약 해독제였고, 목숨이 걸린 문제라서 물러날 수도 없었다. 그래도 국가 규모의 포위망 속에서 도망다니는 그 능력에는 적잖게 감탄했다.

그러나 샤란라의 행적을 누구보다 잘 아는 제로스는 이 사태를 그다지 문제시하지 않았다. 완전하지는 않지만, 그녀의 행동은 식신을 하늘에 띄워 파악하고 있었다.

문제는 아무런 관계도 없는 사람에게 피해가 간다는 점이었다.

"슬슬 올 때가 됐는데……."

"아저씨! 큰일이야!"

"……기대를 배신하지 않는구만. 바로 왔나."

이리스가 숨이 넘어가도록 급하게 달려왔다.

그 모습을 보고 어렴풋이 무슨 일이 벌어졌는지 짐작했다.

"왜 그러죠? 혹시 루세리스 씨한테 일수꾼이라도 찾아왔나요?"

"어떻게 알았어?! 그래도 루세리스 씨만이 아니야! 쟈네 씨한테도 왔어……."

"……필적을 도난당했겠네요. 수령증이라도 슬쩍했나?"

"원인 규명은 나중에 하고, 가서 좀 구해줘!"

"아, 네네. 이런 일도 있을까 봐 여러모로 준비해뒀으니까 괜찮아요. 두 사람은 교회에 있나요?"

"여유 부리지 말고 빨리빨리!"

이리스에게 교회 앞까지 끌려오자 문 안쪽에서 시끄러운 소리가 들렸다.

빈말로도 점잖다고는 말하기 힘든 남자들의 목소리였다.

『여기 증서가 있잖아! 변명하지 말고 돈이나 갚아!』

『사흘 안에 갚는다는 계약이었어! 뱉어내지 않으면 우리 창관에서 몸으로 갚아야 할 거야!』

『둘 다 반반한데~? 가게로 보내기 전에 품질을 확인해야겠군, 히헤헤.』

『글쎄, 우리는 빌린 기억 없다니까!』

『맞아요. 최근에는 돈이 궁하지도 않아요. 뭔가 착오가 있었겠죠.』

소리만 들어도 그쪽 업계 사람들이었다.

심지어 창관을 경영하며 두 사람도 돈을 갚지 못하면 그곳으로 끌려갈 분위기였다.

누가 뭐래도 루세리스와 쟈네는 이런저런 부분에서 평균치를 웃돌았다.

매력으로 점수를 매긴다면 이리스가 울어버릴 정도였다.

"……아저씨. 지금 무례한 생각 하지 않았어?"

"착각이겠죠. 왜 그렇게 노려보실까 몰라? 이러지 말고 들어가죠."

제로스는 남자들의 시선을 자기에게 돌리려고 일부러 힘껏 문을 열었다.

척 보기에도 깡패 같은 남자들이 계획대로 제로스를 돌아봤다.

"자자, 여러분 진정하세요. 이야기는 들었습니다."

"이 자식은 또 뭐야?"

"옆집에 사는 교섭인이죠."

"교섭인? 부른 적 없으니까 꺼져!"

"그래도 괜찮을까요? 만약 당신들이 가진 증서가 이 두 명이 아니라 다른 사람이 쓴 거라면, 당신들이 곤란해지지 않나요?"

제로스의 말을 듣고 남자들은 서로를 돌아보더니 씩 웃어 보였다.

그럴 리 없다는 확신에 찬 웃음이었다.

"그럴 일 없어. 저 신관이 돈을 빌리는 모습을 내가 직접 봤어."

"나도 저 왕가슴— 용병 여자가 돈을 빌리는 걸 봤어. 우리 말고도 증인 많아."

"와, 왕가슴……."

남자의 한마디에 쟈네가 가슴을 숨기려고 했다.

오히려 강조되는 꼴이지만, 아저씨는 그럴 분위기가 아니라서 굳이 언급하지는 않았다. 오히려 보기 좋기도 하고—.

그런 흑심을 숨긴 채 아저씨는 무심하게 행동했다.

"과연 그렇게 단정할 수 있을까요~? 이 세계에는 마법이라는 기술이 있어요. 자기 모습을 속이는 도구도 분명히 존재하죠. 만약 그 도구를 써서 돈만 가로챈 거라면 댁들 체면이 땅에 떨어지겠네요."

"뭐, 인마? 어디서 애도 안 믿을 헛소리야?"

"그래! 우리가 이 두 눈으로 똑똑히 봤다고. 뭘 알고나 떠들어!"

"관계없으면 나대지 말고 꺼져!"

"훗…… 그렇담 조사해 볼까요? 이 자리에서."

남자들은 자기네 기억에 자신이 있는 모양이었다.

하지만 절대로 흔들리지 않는 수상쩍은 마도사의 태도에 일말의 불안도 느꼈다.

그들은 고리대금업이라도 법률을 지키며 영업했다.

다소 금리는 높지만, 법률에 저촉하는 행위는 가급적 피했다.

주된 이유가 이 도시의 영주 때문이지만, 일단 그 이야기는 넘어가자.

“조사? 어떻게? 만약 당신이 말하는 대로 모습이 바뀌는 마도구를 썼다면 증거를 찾기 어려울 텐데?”

“그야 물론 모습을 바꾸면 본인인지 아닌지 구분하기 어렵죠. 그런데 말입니다, 그것도 불가능하지는 않아요. 모습을 바꿔도 절대로 속일 수 없는 것이 있으니까.”

“속일 수 없는 것? 뭐야, 그건…….”

“지문이에요. 손가락과 발가락에 있는 주름 같은 것. 이건 개인에 따라서 형태가 달라요. 증서에 찍힌 인장과 여기 있는 두 사람의 지문이 다르면 그건 다른 사람이 썼다는 증거가 되죠.”

“뭐?! 그런 말도 안 되는 소리가 어딨어!”

“사실인데요? 정 못 믿겠으면 지금 이 자리에서 확인해 보시든가요. 어떡할래요?”

제로스가 너무 당당하게 나오자 남자들도 불안해지기 시작했다.

그들 같은 일수꾼 위에는 그들을 관리하는 경영자가 있다.

당연히 범죄 조직에 몸담은 인간이며, 만약 사기를 당했다면 가업에 먹칠을 한 부하를 용서하지 않을 것이다.

남자들은 서로 눈빛을 교환하고 조용히 고개를 끄덕였다.

“……좋아, 혹시 모르니까 조사해볼까? 당신을 믿어서 그러는 게 아니니까 착각하지 마.”

“만약 이 증서가 진짜라면 너도 각오해야 할 거다.”

“당연히 저 둘도 창관에서 일하게 될 테고!”

"좋습니다. 그럼 준비할 테니까 잠깐만 기다리시죠."

예배당에 놓인 탁상 위에 뷰렛 스탠드 두 개와 끈 하나, 투명한 판으로 만든 케이스를 준비했다.

이어서 작은 접시와 알코올램프, 빨래집게 두 개에 정체 모를 액체가 든 조그만 병도 꺼냈다.

"……어이, 지금 그거 어디서 꺼냈어?"

"영업 비밀이에요. 제가 마도사라서……. 아, 증서 하나를 보여주세요."

"여기……."

남자가 가진 증서를 받아서 관찰하자 지장을 찍은 손가락은 오른손 엄지였다.

조사하면 다른 곳에도 지문이 있겠지만, 하나만 있으면 충분하니까 무시했다.

요컨대 루세리스와 쟈네가 돈을 빌리지 않았다고 증명만 하면 된다.

"아, 아저씨…… 정말로 괜찮겠어?"

"걱정 마세요. 정말로 돈을 빌리지 않았다면 말이죠."

"나는 적어도 고리대금은 안 써!"

"그럼 됐어요. 앗, 두 분은 여기 흰 종이에 오른손 엄지만 찍어주세요. 이게 중요한 포인트거든요. 두 분 다 증서를 만지지는 않았겠죠?"

"어? 응……. 루는?"

"저도 안 만졌어요. 이분들이 눈앞에서 보여줬을 뿐이에요. 그런데 이걸로 정말 증명이 되나요?"

불안해하면서도 두 사람은 시키는 대로 종이에 엄지를 찍었다.

아저씨는 두 뷰렛 스탠드를 끈으로 묶고, 두 사람에게 받은 종이를 빨래집게로 끈에 매달았다. 그리고 목공용 접착제를 접시에 넣고 물로 희석한 뒤 알코올램프로 아래에서 가열했다. 이제는 투명 케이스로 덮으면 끝이다.

"아니, 그런 걸로 조사가 돼?"

"대략적으로 설명하면— 지문이란 건 손에 난 울퉁불퉁한 자국이에요. 거기서 나오는 기름에 기화한 접착제를 묻히고, 그 위로 가루를 뿌리면 지문이 떠오르는 거죠."

추리소설이나 만화, 과학수사를 다루는 해외 드라마에서 자주 나오는 기술이있다.

제로스는 샤란라가 이 세계의 문화 수준을 얕잡아 본다고 판단했고, 그 안이한 생각을 역이용할 계획을 미리 준비해뒀다. 샤란라의 행동 패턴을 역산하면 간단한 추리였다.

지문 수사에 프로파일링.

설마 과학수사를 이 중세 문명에서 재현하리라고는 생각지도 못하리라.

"……마도사는 아는 것도 많군."

"범죄수사에도 도움이 되겠어요. 국민의 지문을 등록하면 도둑을 수사할 때 편하겠네요."

"아니, 그거 일일이 대조하는 사이에 도망가겠다. 시간을 너무 잡아먹어."

"그때는 도시에 전문 조사 기관을 두든가, 도망쳐도 나라 전체에 지명수배를 하면 되지 않을까요?"

어찌 됐든 그건 제로스의 관할이 아니었다. 국가 기관 증설은 나라나 영지를 다스리는 귀족이 할 일이었다.

"제로스 씨는 정말로 대단하네요."

"아뇨, 이런 건 상식이죠."

"뭐가 상식이야? 이리스는 당황해서 아저씨부터 부르러 갔는데."

"으…… 설마 이런 곳에서 과학수사가 가능할 줄은 몰랐는걸. 아저씨, 이 세계를 어떻게 하려고 그래?"

"저는 그냥 평화롭게 살고 싶을 뿐인데요? 슬슬 됐으려나……."

오토바이나 자동차, 과학수사의 기반을 세워 놓고 귀찮은 일은 나 몰라라.

뒷일은 정말로 어떻게 되든 상관없는 모양이다.

아저씨는 콧노래를 흥얼거리며 케이스를 치우고 두 종이를 탁상 위에 놓았다.

"자, 여기서 등장하는 것이 바로 이 가루."

""""그러니까 어디서 꺼냈냐고!""""

"영업 비밀입니다. 이 가루를 방금 매단 종이 위에 소량 뿌리고 깃털 붓으로 살~살~ 문질러주면, 짜잔. 지문이 떠올랐죠? 증서의 지장— 지문은 같은 모양이니까 한 장만 비교해도 되겠네요."

눈앞에서 이루어지는 초보적인 과학수사. 답은 안 봐도 뻔했지만, 쟈네와 루세리스의 지문은 증서와 일치하지 않았다.

"역시 다른 사람이 변장한 거네요. 이건 엄연한 사기예요."

"정말이야?!"

"그럼 누가 이 둘로 변장한 거야? 필적은 둘 다 일치했어."

"아, 혹시 도시에 붙은 수배서를 보셨습니까? 그 여자가 최근까지 이 교회에 숨어 있었거든요. 몰래 필적을 베꼈나 보네요."

"감히 우리를 엿먹여?! 이 대가는 반드시 치러야 할 거다!"

남자들은 분개했다. 설령 법률을 지키려고 해도 그들은 범죄 조직의 사람이었다.

얕보이면 끝장이라는 것이 그쪽 바닥의 정서였다.

"보스한테 보고해야겠군! 무슨 수를 써서라도 찾아내서 쓴맛을 보여줘야 해!"

"나도 두목에게 보고해서 그 여자를 담가 버리겠어."

"애들 모아! 이번에만 너희와 손을 잡아주지."

남자들은 씩씩대며 교회에서 나갔다.

이렇게 샤란라는 범죄 조직에게도 노려지는 신세가 됐다.

아저씨는 이 결과가 매우 만족스러웠다.

"제로스 씨, 덕분에 살았어요. 정말로 감사해요."

"그래…… 나도 한때는 큰일 나는 줄 알았어. 정말로 고마워."

"아뇨, 신경 쓰지 마세요. 원인은 제 가족이니까요. 준비해둬서 천만다행이네요."

기분 탓일까, 두 사람이 바라보는 눈빛이 뜨거웠다.

그사이에서 유일하게 이리스가 냉담한 눈길을 보내왔다.

"아저씨…… 누나 수법, 알고 있었지?"

"완전히 파악하지는 못해도 이 세계의 문화 수준을 고려하면 그 여자는 복잡한 수를 쓰지 않을 거라고 생각했죠. 원래 귀찮은 일을 싫어하는 인간이고, 상황을 보다가 약점을 잡아 파고드는 게 주된 수법이었어요."

"아저씨가 처음부터 움직였으면 이런 일도 없었던 거 아니야? 아저씨는 누나보다 압도적으로 강하잖아."

""앗?!""

루세리스와 쟈네는 이때 비로소 그 사실을 깨달았다.

그렇다. 실력에 압도적인 차이가 있는 제로스라면 남몰래 붙잡거나 처리할 수 있었다.

하지만 본인은 뒤에서 움직일 뿐, 솔선해서 잡으려고 하지 않았다.

교회에 잠복한 것을 알면서도 방치했다는 뜻이다.

"그걸 깨달았나요……. 맞아요. 붙잡을 뿐이라면 언제든 가능했죠."

"그럼 왜 바로 안 잡아! 그 탓에 우리가 피해를 입었잖아!"

"그 여자는 말이죠, 연기 실력 하나는 타고났어요. 제가 직접 나서도 끝까지 다른 사람인 척 잡아뗐겠죠. 그리고 그 인간 앞에 있으면 제 감정이 폭발할 거 같아서 말입니다. ……말려들고 싶지는 않죠?"

"으?! 그건 무섭군……. 아저씨, 미안. 생각해 보면 나는 속아 넘어갈 뻔했어."

"자신은 없어도 저는 수상하게 여겼어요. 쟈네처럼 속을 뻔도 했지만요. 행운이라고 해도 될지 모르겠는데, 신관 수행 시절에 계시던 사제님이 그런 느낌이었어요."

"잘못하면 우리가 범죄자가 됐겠죠. 실제로 그렇게 되기 직전이었고. 위험 부담은 적은 쪽이 좋잖아요? 확실하게 움직였을 때를 노려야 했어요."

"그래서 아저씨가 그때 아이들을 통해서 나한테 지시했구나……. 설마 심각한 피해가 나오기 전에 쫓아내려는 의도였어?"

"본인인 줄 알아도 청렴결백한 척 연기하는 데 도가 튼 인간이니까요. 수상한 움직임을 보였을 때 기선제압을 하는 게 효과적이죠."

계획적으로 죄를 저지르는 자는 경계심이 강하고 화술도 뛰어나다.

그리고 시간을 들여서 표적의 마음속으로 파고들기 때문에 탁월한 연기력이 필수 불가결이다.

샤란라— 레미는 그쪽 방면으로 천부적 재능이 있었다.

"……어떻게 그 부모님한테서 그런 악마가 태어났는지 아직도 불가사의예요."

"아저씨의 부모님?"

"일밖에 모르는 회사원 아버지와 남편을 지극정성 내조하는 어머니였어요. 좀 맹한 구석은 있으셨지만……."

"회사원이 뭔지는 모르겠지만, 평범하게 행복한 가정이었나? 신기한 노릇이군……."

"그런 누나에게 휘둘리며 산 아저씨도 불쌍해……."

그 비참한 인생도 이번에야말로 끝낼 생각이었다.

샤란라는 자기를 지켜줄 방파제를 잃으면 계획이 굉장히 조잡해진다.

지금은 산토르 전체에 적이 깔리고 믿을 사람도 없으며, 공범을 만들기에도 시간이 없었다.

이것도 오랜 세월【오사코 레미】라는 범죄자의 행동을 분석한 결과였다.

"크크크…… 심판의 시간이다. 이번에야말로 그 악마를 정화해 주마."

"'와아…… 엄청 신났네.'"

악마에게 당한 자는 자기 몸에도 악마를 품는 모양이었다.

제로스는 악랄한 웃음을 짓고 교회를 나갔다.

"……육친을 죽이는 죄를 못 본 척해도 될까요?"

"하지만 원한이 너무 강해. 말린다고 듣기나 하겠어?"

"안 듣겠지. 아저씨가 한번 마음먹으면 아무도 못 말려. 게다가 이때를 평생 기다려왔을 거고……."

교회에 남은 세 사람은 남매 전쟁을 말려야 할지 고민했다.

정의란 무엇인지 새삼스럽게 생각하는 계기였다.

◇ ◇ ◇ ◇ ◇ ◇ ◇

교회의 과학수사로부터 세 시간 후, 샤란라는 범죄 조직에게 포위당했다.

낯선 자들이지만, 살기등등한 분위기는 확실하게 전해졌다.

그 조직원들 사이에서 한 남자가 앞으로 나왔다.

"야, 한참 찾았어. 우리가 아주 우습게 보였지?"

"무슨 소리야? 나는 너희들 처음 보는데."

"너, 변장해서 우리한테 돈 빌려갔지? 그것도 조기 변제를 하겠다는 조건으로. 처음부터 갚을 생각이 없었군?"

"무, 무슨 말인지 모르겠다니까 그러네……."

드디어 정체를 알았다.

그들은 샤란라가 루세리스와 쟈네의 모습으로 돈을 빌린 대부업자들이라고.

하지만 왜 정체가 탄로났을까?

샤란라는 그 부분을 이해할 수 없었다.

"잡아떼지 마! 네가 쓴 증서가 확실한 증거야."

"어머나, 그걸 왜 내가 썼다고 난리일까?"

"지문이란 거 아냐?"

"……?!"

그 한마디로 모든 사태를 파악했다.

그들은 증서에 찍힌 지장— 지문을 감정한 것이다.

즉, 과학수사의 수법 중 하나가 이미 도입됐다는 뜻이었다.

그런 이야기는 들은 적이 없지만.

"어, 어떻게……."

"친절한 마도사 양반이 알려줬지, 네가 사기를 쳤다고. 그 교회에 살았다며? 이제 우리를 농락한 대가를 치러야겠지? 으응?"

"친절한 마도사…… 그 자식이 진짜, 또 쓸데없는 짓을!"

"아는 사이인가? 뭐, 우리랑은 상관없지……. 아무튼 빌린 돈에 이자까지 붙여서 뱉어!"

"배 째서 가져가든가! 【섀도 다이브】!"

"뭐라고?!"

샤란라가 갑자기 그림자 속으로 들어갔다.
같은 기술을 쓰지 못하는 조직원들은 그녀를 찾기도 어려웠다.
하지만 【섀도 다이브】에도 약점이 있다. 그림자에 숨는 데도 마력이 필요하고, 오래 숨으면 숨을수록 당연히 그만큼 마력을 소비한다.
그러다가 마력이 바닥나면 마력 고갈 상태로 그림자에서 튕겨져 나온다.
쉽게 말해서 오랜 시간 숨을 수는 없다는 뜻이다.
"수선 떨지 마! 어차피 오래는 못 있어. 이 일대를 중점적으로 찾으면 나오게 돼 있어! 각자 나눠져서 붙잡아!"
""""""우오오오오오오오오오오오오오오오오오오오오오오오!""""""
그리고 그 약점은 이미 알려져 있었다.
도시 주민, 경비대와 기사, 현상금 사냥꾼, 그리고 범죄 조직.
여기서 기적적으로 빠져나가도 결국 포위에서 벗어날 수는 없었다.
'얌전히 나를 따를 것이지 항상 반항만 하고……. 얼마나 제멋대로 굴어야 직성이 풀리는 거야, 그 녀석은!'
제로스도 샤란라에게만은 이런 소리를 듣기 싫을 것이다.
샤란라는 한없이 자기중심적이며, 사고방식이 파탄 나있었다.
그런 삶을 관철한 결과, 온 세계에서 거부당하는 신세가 됐다.
제로스의 뒷공작 때문만은 아닐 것이다.
가장 큰 이유는 공작가 후계자 살해 시도였다.
왕족은 선정을 베풀었고, 그 혈족인 솔리스테어 공작가는 백성에게 큰 신뢰를 받았다.

현재 당주는 백성의 생활수준을 10년은 끌어당기고 삶의 질을 크게 개선했다고 평가받을 정도였다.

그런 일족의 목숨을 노렸으니 백성이 불같이 화를 내는 것도 당연지사. 결국 사태를 이 지경으로 만든 것은 샤란라 본인이었다.

그런데도 자기 잘못을 남에게 떠미는 것을 보면 더는 구제할 도리도 없었다.

물론 친동생도 구제할 생각 따위는 눈곱만큼도 없지만…….

'어디로 도망간다……? 선착장으로 도망쳐도 경비가 삼엄하고…… 무섭지만 묘지로 갈까? 다행히 작은 교회가 있고 인기척도 없어.'

산토르 북쪽에는 넓은 묘지가 있었다.

중앙에 낡은 교회가 있지만, 이 교회는 장례식이 있을 때 말고는 사용하시 않았고 4신교 사제들이 관리하는 곳이었다. 당장 도망치기에는 적당한 장소였다.

'좋아, 정해졌으면 바로 움직이자. 무슨 일이 있어도 도망쳐주겠어!'

새도 다이브로 조직원들의 포위망을 탈출해 묘지를 향해서 이동하기 시작했다.

그런 그녀를 건물 위에서 내려다보는 저승사자가 있었다.

"크크크, 찾았다. 그나저나 일수꾼도 의외로 도움이 되는구만. 식신은 시간제한이 있는데, 덕분에 잘 아꼈어."

칠흑의 장비로 무장한 제로스였다.

그는 마치 죽은 자를 인도하는 어둠의 신관처럼 샤란라의 뒤를 쫓았다.

'목적지는…… 방향으로 보아 공동묘지? 이건 예상을 벗어났군.

그거 말고는 계산대로지만.'

칠흑의 마도사가 산토르의 하늘을 가로질렀다.

이 장엄한 복수 작전을 완성하기 위하여.

제10화 아저씨는 끼어들지 않고 조용히 지켜본다

서쪽 하늘이 붉게 물드는 시각, 대부업자에게서 네 시간가량 도망친 샤란라를 쫓아서 공동묘지까지 오게 된 제로스.

그 도중, 아저씨는 샤란라를 미행하는 또 다른 그림자가 있다는 사실을 깨달았다.

'오, 저건 자봉 군인가? 어떻게 여기 있는 줄 알았지? 내가 도구 몇 개를 주기는 했지만, 위치를 알아내는 물건은 없었을 텐데…….'

사랑의 힘인지, 분노의 집념인지, 아니면 운명의 인도인지는 모르겠지만, 그는 샤라를 찾아냈다.

샤란라가 루세리스의 교회에서 도망쳤을 때, 그도 함께 사라졌다. 아마 쭉 미행했거나 온 도시를 쥐 잡듯 뒤졌을 것이다.

'돈을 조금 빌려줬지만, 절대 2주 이상 버틸 금액은 아니었는데……. 대단한 절약가인가, 아니면 위험한 짓을…… 그건 아니겠지.'

여러 의문이 떠오르지만, 생각해봤자 답은 나오지 않았다.

본인에게 물으면 되겠지만, 왠지 지금은 나서면 안 될 것 같았다.

그는 피해자였다. 세상에 둘도 없을 악녀를 사랑했고, 쓸모없어지자 버림받은 불쌍한 남자였다.

'……저 사람은 피해자고, 나보다 먼저 녀석을 발견했어. 잠깐 상황을 볼까.'

자봉은 샤란라에게서 일정 거리를 두고 미행했다.

샤란라가 공동묘지 문을 지나자 그는 소리를 내지 않고 단숨에 달려 문기둥에 밀착해 몸을 숨겼다. 사정을 모르면 스토커로밖에 보이지 않는다.

'그나저나 거리를 돌아다닐 때 아무 말도 듣지 않았나? 지금은 온 도시 사람이 녀석의 얼굴을 알아. 인식 방해 아이템이라도 있나?'

전에 샤란라와 싸웠을 때, 그녀의 능력은 그다지 높지 않았다.

실력으로는 이리스 이하이며, 각종 아이템으로 능력을 뻥튀기했을 뿐이었다.

그건 그거대로 성가시지만, 압도적 실력자인 제로스를 상대로는 능력치가 조금 오른 정도로는 의미가 없었다.

고작 그런 【암살자】에게 주변의 인식을 비트는 스킬이 있다고는 생각하기 어려웠다.

'아이템으로 상위권 유저를 흉내냈나……. 하지만 이런 아이템은 사용 횟수나 마력 차지 같은 제한이 있어. 심지어 자기보다 강한 상대에게는 효과가 없지. 마도사가 아니니까 마력 총량도 적겠고.'

그밖에도 스킬 레벨 등 다양한 요소가 있겠지만, 그것을 빼도 샤란라가 높은 수준의 기술이나 능력을 가졌다고 보기 어려웠고, 동시에 그것이 귀찮은 점이기도 했다.

제한이 있어도 일시적으로나마 사람의 눈을 속이는 것은 어마어마한 강점이었다.

하지만 지금까지 발견당하지 않은 이유는 이해해도 아직 이 도시에 있는 이유를 알 수 없었다.

아무리 【회춘의 비약】 해독제가 목적이라도 이대로 산토르에 있는 것은 너무 위험했다. 제로스가 같은 처지라면 일단 도시를 탈출하고 다음 기회를 노릴 것이다. 상황을 냉정하게 판단하고 행동하는 것이 정석이었다.

한순간 『바보인가?』라는 생각이 들었지만, 잘 생각해보면 샤란라는 바보였다.

안 좋은 쪽으로는 천재적이지만.

'그래, 원래 바보였지……. 아차, 이러다 놓칠라.'

제로스는 건물 위에서 소리도 내지 않고 땅으로 착지해 자봉을 따라 공동묘지로 들어갔다.

◇ ◇ ◇ ◇ ◇ ◇ ◇

자봉은 산토르에 온 뒤로 이런저런 생각을 할 여유가 생겼다.

처음에는 가슴이 찢어질 만큼 사랑한 여성이 실종되어 그저 망집에 사로잡힌 채 행동했지만, 냉정해지자 앞뒤 생각 없이 감정에 휘둘렸을 뿐이라고 깨달았다.

한때는 그 격렬한 감정이 제로스를 향한 살의로 변하기도 했다. 반대로 자신이 살의를 받고 움츠러들고 말았지만.

그만큼 생각 없이 충동적이었다는 뜻이리라.

덕분에 머리가 좀 식었으니까 요행이기도 했다.

'그때 나이프를 꺼냈다면 나는 어떻게 됐을까…….'

상상만 해도 몸이 떨렸다.

얼음처럼 차가운 무언가가, 혹은 예리한 칼날이 목덜미에 닿은 것 같은 냉철하고 비정한 죽음의 기운.

생자의 혼을 눈 깜짝할 사이에 거두는 사신이 옆에 있는 듯한, 생존본능이 단숨에 경계 수준을 넘어서는 체험을 그는 지금껏 해 본 적이 없었다.

어부란 물 위의 사냥꾼. 물 위에서 물고기를 찾아 작살이나 그물을 던져서 잡는 직업이다. 생물의 기척을 느끼는 감각은 자연스럽게 몸에 익혔다.

그 감각이 자신에게 위험을 알려줘서 나이프를 꺼내지 않은 것이다. 지금은 그때 판단이 옳았다고 진심으로 안도하고 있었다. 살의에 반응한 제로스는 평생 본 그 무엇보다 위험한 존재였다.

'남매라고 했지……. 정말로 회춘했다면 샤라는…….'

자봉은 지금도 자신이 들은 정보가 틀렸기를 바랐다.

하지만 상황이 그의 바람은 이루어지지 않는다고 말하고 있었다.

그가 아는 샤라와 샤란라가 동일 인물이라고 확신했기 때문에.

제로스 집 창고에서 엿보면서 샤라가 틀림없다고 알아버렸다.

그래도 그는 그녀를 쫓고 있었다.

'이제 와서 샤라와 만나서…… 나는 무슨 말을 하려는 거지?'

자신을 속인 샤라가 미운지, 아니면 속은 자신이 원망스러운지, 지금 자기 마음을 알 수 없었다.

그래서 자봉은 진실을 확인하려고 약한 마음을 채찍질하며 자문

자답을 반복했고, 도망치고 싶을 만큼 비참한 기분을 맛보면서도 한 발자국씩 걸음을 내디뎠다.

그저 답을 얻고 싶을 뿐이었다.

'지금 끝내야 해……. 그러지 않으면 나는 나아갈 수 없어.'

그는 제로스의 마음에 침전된 시커멓고 끈적거리는 어둠을 보고 말았다.

능청스러운 태도의 이면에 불길 같은 분노와 살의를 숨기며 살아가는 자.

샤란라를 죽이려는 이유도 제로스 나름대로 끝을 내기 위함이겠지. 그렇게라도 하지 않으면 수그러들지 않는 어둠보다 깊은 나락 같은 감정이었다.

그것이 사람을 죽이려는 단계까지 증오를 숙성시켜 쌓아 온 제로스의 마음. 샤란라가 죽는다면 무슨 짓이라도 할 것이다.

타인의 힘까지 이용해 철저하게 벼랑으로 내몰아 절망을 새겨주려는 것이다.

심지어 자기 손으로 직접 처단하지 않아도 상관없었다.

일개 현상금 사냥꾼이나 범죄 조직이라도 상관없었다.

제로스는 상황을 만들 뿐이었다.

농담이라도 칭찬할 행동은 아니었다. 오히려 악독하고 비난받아 마땅한 행동이었다.

아무리 미워도 가족을 죽이려는 행위가 아닌가. 신화나 이야기에서는 오래토록 사용된 소재지만, 실제로 그의 입장이 되지 않으면 모를 칠흑 같은 감정이 소용돌이치고 있으리라.

그 어둠의 깊이에 비하면 자봉의 가슴에 맺힌 감정은 그저 마음의 홍역에 불과했다.

'그게 사람이 가질 수 있는 감정인가……. 나도 남에게는 그렇게 보일까……?'

배신당했다는 자각은 있었다.

동시에 믿고 싶은 마음도 있었다.

제로스는 그런 자봉에게 마음을 정리할 시간을 줬다.

원수를 코앞에 두고, 당장에라도 죽이고 싶은 살의를 품은 남자가 말이다.

물론 아무것도 하지 않고 돌아간다는 선택지도 있었지만, 왠지 그럴 마음은 들지 않았다.

'교회 안으로 들어갔나……. 잠깐, 문은 언제 땄지?'

묘비 뒤에 숨으며 샤란라가 작은 교회 뒷문으로 불법 침입하는 광경을 목격했다. 열쇠를 따는 솜씨가 굉장히 빠르고 익숙해 보였다.

자봉은 샤란라가 교회에 들어간 것을 확인하고 인기척을 숨기며 조용히 뒷문으로 다가가서 천천히 문을 열었다.

안쪽은 시체 안치실이었다. 낡은 관이 두 개 남아 있었다.

그 앞은 예배당으로 보였고, 줄줄이 늘어선 긴 의자에 껄렁한 자세로 앉은 그녀가 있었다.

자봉이 모르는 샤라의 모습이었다.

요동치는 심장을 진정시키려고 숨을 깊이 들이마시고 천천히 뱉었다.

아직 망설임이 있는 모양이었다.

'갈까…….'

결심은 굳혔다.

자봉은 결과가 어떻든 현실을 받아들일 각오로 용기를 쥐어짜서 앞으로 나갔다.

"샤, 샤라……."

떨리는 목소리로, 이것으로 마지막이 될 말을 건넸다.

◇ ◇ ◇ ◇ ◇ ◇ ◇

"샤, 샤라……."

긴 의자에 기대서 휴식을 취하던 샤란라는 느닷없이 들려온 목소리에 놀라 벌떡 일어났다.

방금 자신이 침입한 문 앞에 한 남자가 서있었다.

'누, 누구야?! 현상금 사냥꾼……은 아닌 거 같아. 어라, 어디서 본 듯한 추남…….'

샤란라는 자봉을 까맣게 잊어버렸다.

지금은 무난한 대답을 해야 한다고 판단했다.

평소대로 숙녀의 가면을 쓰고…….

"어, 어떻게 여기에?!"

"너를 찾아다녔어. 갑자기 사라지고, 집도 도둑이 든 것처럼 어질러져서…… 뭔가 사건에라도 말려든 줄 알고……."

"미안해. 반드시 만나야 할 사람이 있었어……."

"기억…… 되찾았어?"

'기억? 아…… 이 세계에 오고 자주 쓴 핑계구나. 그럼 이 남자는 내가 구워삶은 남자 중 한 명이겠어. 아아…… 아름다운 것도 죄야. 그렇게 내가 안 잊혀졌어? 근데 진짜 누구지?'

역시 기억나지 않았다.

이 세계에 온 뒤로 남의 선의를 이용해 상당히 많은 사람을 속여서 정말로 누구인지 기억나지 않았다.

샤란라에게 이 남자는 쓰고 버린 휴지 조각에 불과했다.

"응……. 그래도 기억이 떠오른 탓에 지금까지 어디서 어떻게 살았는지 기억이 흐릿해졌어. 당신 얼굴은 기억나지만, 이름이……."

"그랬구나……. 그래도 네가 무사해서 다행이야. 또 같이 살 수 있지?"

"그건…… 안 돼."

'꿈 깨, 이 추남아! 너처럼 빈티나는 남자는 트럭으로 와도 사양이야. 뭐, 어디에 이용할 구석은 있겠지만.'

악담을 퍼붓는 속내를 숨기며 태연하게 숙녀의 모습을 연기했다.

어쩌면 배우의 재능이 있을지도 모르지만, 스케줄 관리를 하는 생활을 성격상 버틸 수 있을 리 없으니 일을 이어나가지는 못 하리라.

무엇보다, 샤란라는 일 자체를 싫어했다.

"……왜?"

"그건……."

『가난한 남자랑 결혼하기 싫다』라고는 말할 수 없었다.

게다가 뭔가 이용 가치가 있을 가능성도 있으니까 지금 본심을 말하는 것은 악수였다.

최대한 정보를 뽑아내고 방해되면 버리든 처리하면 된다고 생각했다. 항상 푸념하면서도 약육강식의 논리를 받아들인 샤란라였다.

문제는 이다음에 올 대답이었다.

얼굴조차 기억하지 못하지만, 앞에 있는 상대는 전에 자신이 버린 남자이며 상대방은 자신을 알고 있었다.

'지금은 살짝 사실을 섞어서 얘기해야 신빙성도 늘겠어. 함부로 거짓말만 하면 들통나기 십상이야.'

남매다운 사고방식이었다.

"……나는 오래 못 살아. 그 사실을 알고 착란을 일으켰고…… 정신을 차리자 이 도시까지 와 있었어."

"오래 못 산다고…… 왜?"

"어떤 비약의 실험대가 돼서……. 그 효과를 없앨 약을 이 도시에 있는 마도사가 가지고 있지만, 나를 이런 몸으로 만든 것도 그 마도사야!"

일부러 눈물을 글썽여 동정심을 유발했다.

속으로는 『이제 이 남자도 내 노예야. 쫓아올 정도로 집착이 강하면 반드시 속아넘어갈 거야』라고 생각하고 있었다.

남자가 가진 환상이라고 해야 할까, 연약하고 이상적인 여성상 연기는 그녀의 주특기였다. 이 기술로 수많은 남자의 마음을 함락해 왔다.

"그럼 경비대나 기사단에 보고하면 안 돼? 혼자 움직이면 너무 위험해."

"안 돼……. 그 남자는 공작가와 연결됐어. 나 같은 인간은 쥐도 새도 모르게 살해당해서 증거도 남기지 않고 처리당할 거야."

"공작가? 마도사?"

남자의 묘한 반응에 샤란라는 마음속으로 의아해했다.

샤란라가 예상한 반응은 『그럼 그 녀석 집에 숨어들어서 그 약을 훔칠게!』 같은 패턴이었지만, 이상하게 담백했다.

"구시가지 교회 뒤에 사는, 척 보기에도 수상한 마도사 말이야?"

"어? 어……."

"그런 악당은 아닌 거 같았는데? 쫄쫄 굶었던 나한테 밥을 사주고 고가의 마법약도 줬어."

"헉?!"

설마 먼저 제로스와 접촉했을 줄은 몰랐다.

실제로는 이 모든 것이 제로스의 계획이었고, 너무나 교묘하게 진행되어 반대로 자신이 함정에 빠졌다고는 샤란라도 생각하지 못했다.

굉장히 안 좋은 상황이지만, 샤란라는 여기서부터 만회할 방안을 모색했다.

'지금은 무난하게 사토시를 악당으로 만들어야 편하겠어. 나를 괴롭힌 벌을 받을 때야!'

속마음은 편치 않았지만, 샤란라는 비장함을 연기하며 자봉의 동정을 사기로 마음먹었다.

"그게 그 남자의 수법이야! 벌레도 못 죽일 것처럼 연기하면서 뒤에서는 많은 사람을 불행하게 해. 그렇게 우리가 희생자가 된 거야…….”

“우리? 피해자가 더 있어……?”

“그래…… 나는 도망가도록 도와준 사람이 있어서 살았지만, 은인이기도 한 그 사람은 그놈한테…….”

여기서 피해자가 더 있다고 강조하고 슬픈 이야기를 곁들여 눈물샘을 자극한다.

동시에 제로스를 악당으로 만들어 자봉이 자신에게 품은 집착을 살의와 분노로 바꿔서 생각을 유도했다.

명확한 증거가 없지만 권력가와 연결됐다는 정보로 악당이라는 프레임에 신빙성을 더하도록 연출했다.

“그런 악당이었어? 이 『어떤 위험한 비약의 효과를 없애주는 신비의 약』이란 걸 공짜로 줄 정도였는데…….”

“……뭐?”

뭔가 넘겨들을 수 없는 말을 듣고 샤란라의 머리가 정지했다.

그리고 말뜻을 여러 번 곱씹다가 겨우 자신이 바라던 물건이 눈앞에 있다고 깨달았다.

허무할 정도로 쉽게 발견해서 오히려 어리벙벙했다.

자봉이 든 마법약을 보니 마음이 급해져 생각이 정리되지 않았다.

“마도사 중에는 엄청나게 위험한 약을 만드는 인간들이 있어서 자기 몸을 지키려고 만들었대. 『실제로 효과가 있는지는 모르겠다』라고 했지만…….”

“……굉장히, 수상한 약이네.”

“집에서 돈 되는 물건을 전부 도둑맞았다고 하니까 『팔면 제법 돈이 될 거다』라면서 흔쾌히 내주던데?"

"그거…… 진짜야? 약 이름이 뭐야?"

"막 완성해서 이름이 없다고 했어. 개발자가 친구인데 그 친구가 상품명을 정하지 않았다고 들었어."

"거짓말이지……? 그 남자가 그런 친절을 베풀 리 없어."

이렇게 되면 제로스 악당설에 구멍이 생긴다.

일단 경계하는 척하지만, 얼마나 효과가 있을지 미지수였다.

【귀족과 연결된 악당】과 【온정을 베푼 마도사】는 상반된 이미지였다.

계속 나쁜 인상을 심어서 꼭두각시로 만들려던 작전이 이미 제로스와 접촉한 경험과 【온정을 베풀었다】라는 두 가지 사실로 파탄났다. 완전히 계산 실수였다.

이러면 오히려 샤란라가 의심을 살 수 있었다.

게다가 지금 눈앞에는 샤란라가 꿈에도 그리던 비약이 있었다.

'실수했어. 좀 더 정보를 얻고 작전을 짰어야 했어. 그나저나 내가 달라고 할 때는 안 줬으면서 왜 남한테는 그냥 줘?! 얼마나 내 신경을 건드려야 속이 시원한 거야!'

부당한 대우에 화가 났지만, 동시에 이건 기회라는 생각도 들었다.

'됐어, 이것만 얻으면 나는 살 수 있으니까. 그러면 이 남자도 쓸모없어.'

약은 바로 코앞에 있고, 빼앗는 것쯤은 일도 아니었다.

하지만 남자는 자기를 알고 있는 데다가 샤란라는 지금 지명수배자였다.

살려두면 불리할 뿐이니까 지금 처리하는 편이 안전했다.

하지만 시체가 발견되면 꼬리를 밟힐 수 있었다.

'처리하고 숲에 버릴까? 사토시가 말한 것처럼 시체 처리에는 최적인 세계니까. 다행히 인벤토리가 있어서 옮기기도 쉬워.'

흉계를 꾸미면서도 남자의 움직임을 주시했다.

일격에 끝내지 못하면 뒤처리가 귀찮아진다.

'교회에서 죽으면 천국에 갈 테니까 불만없겠지. 이제 남은 건…….'

기회가 오기를 기다릴 뿐이었다.

"이것만 있으면 너는 살 수 있잖아? 그럼 다시 같이 살자."

"그래도 그게 진짜라는 걸 못 믿겠어. 그 남자가 만든 물건을 어떻게 믿어……?"

"아마 괜찮을 거야. 이거 말고도 몇 병 더 있다고 했어. 재료 구하기가 쉽지 않아서 수는 적다고 하지만……."

"정말로…… 괜찮은 거야?"

"그래…… 만약 무슨 일이 있으면 나도 같이 죽을게."

'같이 죽어? 죽고 싶으면 너 혼자 죽어! 나는 널 희생하고 살아갈 거야!'

자봉이 천천히 다가오는 것을 지켜보면서 계속 숙녀인 척 연기했다.

스스로 달려들지 않고 끈기 있게 기회를 노렸다.

"더는 안 놓칠 거야. 나는……."

"응……. 그래도 나, 무서워……."

자봉이 샤란라를 끌어안았다.

속으로는 역겹다고 욕을 내뱉으면서 허리춤에 숨긴 나이프로 손을 가져갔다.

그리고 단숨에 칼집에서 뽑아 자봉의 심장을 노리고 찔렀다.

"크헉?!"

"우후후……. 미안해. 나는 너 같은 남자, 취향 아니야."

"샤…… 샤라."

"좋은 꿈 꿨지? 그대로 행복하게 죽어. 아, 그래도 정말로 고마워. 이것만 있으면 나는…… 아하하하하하하!"

자봉은 피를 흘리며 쓰러졌다.

피가 바닥을 적셨지만, 시체만 발견되지 않으면 큰 문제는 되지 않는다.

바닥에 떨어진【마법약】을 주운 샤란리는 환희의 웃음을 지었다.

"사토시도 멍청하긴. 이런 남자한테 귀중한 마법약을 주다니……. 뭐, 덕분에 나만 이득이지."

"아뇨, 과연 그럴까요?"

"뭐야?! 누구야!"

목소리가 들린 방향으로 눈을 돌리자 칠흑빛 장비로 무장한 동생이 있었다.

"너…… 언제부터……."

"처음부터 끝까지 보고 있었죠. 하이고, 설마 교회에서 살인을 저지를 줄이야. 누나의 쓰레기 행각에는 저도 한 수 접어야겠어요."

"설마 이 남자를 미끼로 썼어?! 넌 피도 눈물도 없어?!"

"당신이 할 소리인가요? 그 사람이 먼저 찾았으니까 순서를 양보했을 뿐이에요. 그렇죠?"

"그래…… 제로스 씨, 당신 말이 맞았어……."

"……뭐야?!"

방금 죽인 남자가 느릿느릿 일어났다.

틀림없이 심장을 찔렀다. 원래대로라면 살아있을 리가 없었다.

"어, 어떻게……."

"【대역 인형】과 【제물 넋전】이 누나 전유물인 줄 알아요? 그런 장비를 만들어서 판 사람이 누구라고 생각하나요?"

"【검정】인 너는 생산직이 아니잖아! 왜 그런 걸 만들어서 팔고 있어!"

"정확하게 말하면 생산직도 겸한 공략파였죠. 레이드에서 쓰지 않아서 남은 아이템을 처분하려고 팔았는데 뭐 문제라도? 저는 상황에 따라서 생산직과 전투직을 나눠서 플레이했을 뿐이에요. 요컨대 마음가짐의 문제죠."

"뭐가 그래! 너…… 그 거짓말을 믿고 내가 무슨 꼴을 당했는지 알아?"

"자업자득이잖아요? 누나 말을 빌린다면 속는 쪽이 바보죠."

"정말로 제멋대로야!"

생산직으로 활동하면서 『생산직이 아니다』라고 단언해놓고, 상황이 바뀌니까 『생산직입니다』라고 말하는 태도는 확실히 제멋대로였다.

이런 부분도 이 남매의 닮은 점이었다.

"이게 숨 쉬듯이 거짓말을 해……? 부끄러운 줄 알아!"

"허허, 참. 누나한테 들을 말은 아니네요. 자기가 속인 남자를 교회에서 죽이려고 하다니, 대~단합니다. 저는 흉내도 못 내겠어요, 쓰레기 같아서……."

"누구보고 쓰레기래! 이렇게 착한 나한테 그런 폭언을 해?"

"하하하, 착해? 어딜 봐서?"

"게다가 칼은 왜 뽑았어? 너, 여기가 교회인 건 알아?!"

"그 말을 방금 누나한테도 들려주고 싶네요. 누워서 침 뱉기라는 말 알아요?"

제로스는 능청스러운 태도를 유지했다.

하지만 명확한 살의가 흘러나왔다.

"게다가 자기 실수를 깨닫지도 못하는군요……."

"나는 완벽해! 실수같은 거 안 해!"

"이보세요, 거기 자봉 군이 나랑 만났다고 말했죠? 그럼 그 사람이 지금까지 어디서 살았다고 생각해요?"

"그거야 당연히 여관에…… 설마?!"

"네, 우리 집 창고에 숨어서 누나를 쭉 감시했어요. 눈치채지 못했나요?"

"그러면 넌 처음부터 알고 있었다는 얘기네? 심지어 남의 손을 빌려서 나를 죽이려고 했어……. 악랄해."

"아니 글쎄, 다른 사람이면 몰라도 누나한테 듣기는 싫다니까요? 무의미한 노력을 하던 누나를 보고 웃음을 참느라 고생했어요~. 어찌나 우스꽝스럽던지."

다시 말해 샤란라는 처음부터 제로스의 손바닥 위에서 놀아난

셈이었다.

이때 샤란라는 일본의 법이 얼마나 자신을 지켜주고 있었는지 다시 깨달았다.

적어도 일본에서는 어떤 흉악범에게도 인권은 있었다.

하지만 이세계에서는 그 논리도 통하지 않는다.

많은 협력자를 통해서 함부로 손대지 못하게 막고, 샤란라가 행동에 나섰을 때 전부 폭로한 뒤 궁지로 내몰아 처리한다.

이건 계획적인 살인이었다.

하지만 이 세계에서는 그것조차 용인됐다.

누가 뭐래도 샤란라는 흉악범이며 생사 불문의 지명수배자니까.

지금까지 실컷 이용한 동생에게 당하자 샤란라는 격분했다.

"사토시…… 너어어어……!"

"여기서도 속일 수 있다고 생각했죠? 평소대로 남을 속이고 금품을 빼앗아서 멀리 도망가버리면 된다고 생각했죠? 문명 수준이 낮아서 식은 죽 먹기라고 생각했죠? 아쉬워서 어떡하나, 그렇게 방심하니까 허점이 생기는 겁니다. 누나가 할 수 있는데 제가 못할 줄 알았어요? 누구보다 누나의 성격을 잘 아는 **내가**."

이때, 샤란라는 처음으로 사토시의 무서움을 알았다. 【소드 앤 소서리스】의 섬멸자가 아니라 자신의 행동을 전부 파악한 천적이라는 의미에서.

깨달았을 때는 이미 궁지에 몰려 있었다.

최악의 상성을 가진 적이었다.

"지문 조사를 한 것도……."

"계획적으로 행동하는 주제에 목적이 쉽게 이루어질 것 같으면 바로 엉성해지죠~. 보나 마나 잘 아는 인간이 폐를 끼칠 줄 알고 미리 준비한 겁니다. 문명 수준이 낮다는 걸 제가 모를 줄 알았어요?"

"이 마법약도……."

"아, 그건 진짜예요. 미끼로 쓰기 좋고 이 세계에서는 어떤 효과가 나올지 모르니까 무서워서 못 썼지만."

그 말을 듣고 샤란라는 안도했다. 마법약이 진짜라면 자신은 죽지 않는다.

이제는 이곳에서 도망치기만 하면 된다.

"그럼 다음은 제 차례군요…… 크크크."

하지만 그렇게 쉽게 놓아줄 분위기는 아니었다.

제11화 아저씨, 진노하다

숏 소드에 잘린 긴 의자가 공중으로 튀어 올랐다.

의자가 제로스의 칼질에 나무 조각이 되며 예배당을 어지럽혔다.

평소에는 장례식을 행하는 신성한 교회가 지금은 피로 피를 씻는 살육의 현장으로 탈바꿈했다.

"이런이런, 도망치는 능력 하나는 좋군요?"

제로스는 일부러 공격을 빗맞히며 공포를 새겨주려고 했다.

그 얼굴은 여전히 능청스러워 속을 알기 어려웠다.

유일하게 아는 점은 그 살의가 진짜라는 것이었다.

"왜 공공시설을 부숴? 넌 세금 내는 사람들한테 미안하지도 않아!"

"세금도 안 내는 인간이 무슨 소리예요? 그건 근면하게 일하면서 세금도 내는 사람이 할 말이죠."

"나는 괜찮아!"

"그러게요, 범죄자니까!"

"엄마야?!"

제로스의 참격이 맹렬한 속도로 날아들었다.

샤란라는 냅다 굴러서 피하지만, 한 박자 늦게 충격파가 찾아왔다.

"아힉?! 흐게악! 어버어버버?!"

"……사람이면 사람 말로 해주실래요?"

"그……게, 되겠, 냐! 이 사디스트 깡패야!"

비참하게 바닥을 구르면서 도망칠 수밖에 없었다.

상대는 다름 아닌 【검은 섬멸자】. 레벨은 압도적으로 높으며 스킬 레벨도 경이적이고 어떤 숨겨진 패가 있는지도 알 수 없었다.

레벨이 낮은 샤란라로서는 처음부터 상대가 되지 않는 실력 차이였다.

그런 괴물이 일부러 자신을 죽이지 않고 가지고 놀고 있었다.

'마왕과 싸우는 용사가 된 기분이야…….'

용사라는 말은 어울리지 않지만, 절망적인 싸움이라는 뜻이라면 옳은 비유였다.

【신체 레벨】과 【스킬 레벨】이 존재하는 세계에서는 레벨 차이가 날수록 불리했다.

심지어 제로스는 최상위 플레이어였다. 그 실력 차이는 마왕과 마을 주민에 가까웠다.

하지만 이 경우는 극악무도한 악당과 복수극이라는 구도이며, 샤란라도 그것을 알기 때문에 식은땀이 멈추지 않았다.

"이렇게 다 때려 부수면 네 후원자인 공작이 가만히 있지 않을걸?"

"아~, 그때는 용왕 비늘이라도 바치면 되죠. 얼마 전에 싱싱한 놈을 하나 잡았으니까 기꺼이 사려고 할 겁니다. 오히려 거스름돈이 돌아올걸요?"

"그렇게 좋은 물건이 있으면 나한테 내놔!"

"싫어."

주섬주섬 꺼낸 나이프 다섯 자루를 샤란라에게 던졌다.

샤란라의 레벨로는 육안으로 확인할 수 있어도 결코 튕겨낼 수는 없는 속도였다.

그럴 마음만 먹으면 한 방에 죽일 수도 있으면서 아직 추잡한 앙갚음을 끝낼 생각은 없어 보였다.

"에휴……. 누나에게는 두 가지 길밖에 남지 않았어요."

"뭐야? 자수하라거나 성실하게 일하라고 하게?"

"누나가 성실하게 일? 하, 헛웃음이 다 나오네. 세상이 멸망해도 그럴 일 없잖아요? 그딴 불가능한 기대는 쓸데없는 에너지 낭비예요."

"나를 뭐로 보고! 그럼 어쩌라는 거야!"

"얌전히 자기 목을 베이거나 일부러 빗맞히는 공격에 스스로 뛰어들거나?"

"자살하라고?! 죽는 거 말고 선택지가 없잖아!"

"뭐 문제 있어요?"

굉장히 이상하다는 투로 되물었다.

바꿔 말하면 죽음은 전제를 넘어 확정된 사항이며, 그 외에는 아무것도 없다는 말이었다.

"너…… 편하게는 못 죽을 거야."

"하하하하, 그건 누나도 똑같잖아요. 제가 살려줄 리 없으니까!"

그러면서 제로스는 숏 소드를 들고 달려들었다.

힘 조절은 했지만, 샤란라도 허를 찔린 탓에 정통으로 칼에 맞았다.

손으로 전해지는 감촉이 말해줬다. 이건 확실하게 죽었다고.

"아, 이게 아닌데……."

처음으로 찾아온 감정은 너무 쉽게 죽여버렸다는 아쉬움.

제로스로서는 원치 않던 결말이었다.

"더 고통을 주고 없앨 생각이었는데…… 힘이 너무 들어갔어."

"……아니, 누나를 죽인 죄책감이나 그런 건 없어?"

자봉이 어이없어하며 물었다.

"죄책감? 쓰레기를 처분하는 데 죄책감을 느껴요? 이상한 말씀을 하시네."

"무, 무서운 인간이군……."

자봉이 식겁할 정도로 제로스도 충분히 쓰레기였다.

아무리 상대가 샤란라라도 살인에 아무런 망설임이 없었다.

"응?"

제로스는 원치 않던 결말이라고 생각했지만, 문득 바닥에 떨어진 종이가 눈에 들어왔다.

그것을 본 순간, 제로스는 뜻하지 않은 선물이라도 받은 것처럼 기뻐하며 공중으로 펄쩍 뛰어올랐다. 그리고 검을 아래로 돌리고 모든 체중을 실어서 샤란라의 시체로 낙하했다.

“히에엑?!”

얼른 피한 샤란라 옆에 숏 소드가 세차게 박혔다.

샤란라는 살아있었다.

“【제물 넋전】…… 아직도 남았나. 쳇! 아니지, 다시 정신머리를 뜯어고칠 기회가 생겼으니까 됐어.”

“기뻐 보인다……? 이런 일도 있을 줄 알고 예비로 몇 개 남겨뒀어. 이렇게 편리한 물건을 전부 써버릴 리 없잖아!”

“그 말은 몇 번 더 봐주지 않고 공격해도 된다는 뜻이죠? 아이고, 이렇게 동생을 위해줄 줄은 몰랐네!”

“누가 너 좋으라고 아낀 줄 알아! 대체 얼마나 머리가 썩은 거야?!”

“네?! 지금까지 쌓인 원한을 몸으로 달게 받으려고 남긴 거 아니었어요?”

“……내가 왜 멍청한 성인군자 흉내를 내? 그럴 리가 없잖아!”

“그야 그렇겠죠~. 애초에 누나한테 반성하는 마음이 있을 리 없으니까. 뭐, 그래도 결과는 똑같겠지만.”

“역시나?!”

말을 마치기 무섭게 검이 번개처럼 일자를 그었다.

거기서 다시 수평 베기, 사선 베기, 사선 올려 베기, 찌르기.

무자비한 연속 공격이 샤란라에게 휘몰아쳤다.

“꺄아아아아아아아아아아아아아아아아!”

“으음?”

샤란라가 대미지를 고스란히 받고 교회 바닥을 꼴사납게 뒹굴었다.

무척 아파 보였다.

원래는 고통을 느낄 리 없는데 샤란라는 마치 온몸이 아픈 것처럼 돌바닥에 누워서 몸부림쳤다.

전에 싸웠을 때와 반응이 달라서 이 차이에 살짝 호기심이 생겼다.

"흠…… 【제물 넋전】이나 【대역 인형】은 대미지를 무효화할 텐데 왜 아파하지? 전에 만났을 때는 이러지 않았는데……. 아, 혹시 아이템 품질이 낮아서?"

제로스가 주목한 부분은 품질 차이였다.

【소드 앤 소서리스】에서는 품질에 따라서 아이템 성능이 달라지는 것이 상식이었다.

【제물 넋전】이나 【대역 인형】은 품질이 낮을수록 대미지 흡수율이 떨어지며, 완전히 무효화하려면 높은 레벨의 생산직이 만든 것을 구매해야 했다.

이 점을 감안하면 샤란라는 최고 품질 아이템을 다 써서 신체 결손 무효화만 가능한 저품질 아이템을 쓴다는 결론이 나왔다.

즉, 비장의 수단이 더는 없다는 뜻.

"그렇다면 이해가 되네요. 평범하게 생각하면 게임이 아니니까 【대미지가 남는다】=【아프다】가 되겠군요. 신체 결손은 없으니까 【제물 넋전】…… 【대역 인형】일지도 모르지만, 정상 작동한 모양이고. 흥미로운 결과인걸."

마치 어디 사는 공작가 차남 같은 반응이었다.

게임과 현실의 차이를 새롭게 발견하고 호기심이 자극받았다.

"품질에 따른 효과 차이…… 본격적으로 조사해 볼까? 하지만【제물 넋전】은 몰라도【대역 인형】은 나 혼자서는 못 만드는데……."

【제물 넋전】이라면 제로스도 만들 수 있으나,【대역 인형】을 제작하려면 사령술사의 도움이 필요했다.

이처럼 아이템 중에는 다른 직업끼리 협력해야만 만들 수 있는 것들이 있었다.

특히 전에 샤란라가 사용한【마인형】은 적어도 세 직업, 마도사와 사령술사, 그리고 인형술사가 공동으로 제작하는 물건이며, 이 세계의 마도사는 아마 레벨이 부족해 만들지 못할 것이다.

그리고【대역 인형】은 인형술사와 사령술사의 전용 마법이 필수였다. 예를 들면 인형술사의【육신의 거울】과 사령술사의【빙결의 관】이 필요했다.

대현자라도【마도사】인 제로스는 분야가 달랐다.

그런 귀중품이기 때문에 샤란라는 최고 품질 아이템을 써서라도 남겨두려고 했을 것이다.

그러다가 본인이 위험에 빠지면 주객전도지만…….

"【혼백 빙의】,【괴뢰 동조】…… 이건 나는 못 만들겠구만.【마인형】에도 쓰고【대역 인형】에도 사용되는 마법이지만, 이 세계에서는 협력해줄 플레이어를 못 찾겠지? 사역마의【오감 공유】로는 안 되려나."

비슷한 마법은 있지만, 성질이 다르기 때문에 완전한 대역 인형은 만들 수 없었다.

창작 의욕이 자극받지만, 제로스의 스킬과 마법으로는 기껏해야 저급 모조품이 나올 뿐이다. 다른 섬멸자가 모두 있으면 모르겠지만 그거야말로 허황된 꿈이리라.

"난감하네~."

"사람이…… 괴로워하는데 뭘 태평하게 고민해!"

"아직 살아있었나. 포기하고 그냥 곱게 죽을 것이지……."

"그렇게 날 죽이고 싶어?!"

"그럼요. 뭘 새삼스럽게……."

"내가 그렇게 원망살 짓을 했어? 동생이면 누나를 위해서 사는 게 당연하잖아!"

뚝!

끊어지면 안 될 것이 끊어졌다.

제로스에게서 칠흑빛 마력이 불길처럼 일렁거리며 분출했다.

건드려서는 안 될 것을 건드렸을 뿐 아니라 이성을 날려버리는 발언이었다고 깨달았을 때, 샤란라는 등줄기가 서늘해졌다.

"원한살 짓을 했냐고……? 중학생 때부터 속인 남자의 뒤처리를 나한테 떠넘기고, 내가 고등학생 때 친했던 여자애와 걔 오빠를 홀려서 집에 불법침입하고 금품을 훔쳤지?"

"그런 옛날 일을 어떻게 기억해?"

"고등학교를 졸업하고 겨우 그 역겨운 낯짝을 안 봐도 된다고 기뻐했는데, 이번에는 생판 모르는 남자들이 대거 몰려왔어. 전부 네가 속이고 버린 피해자였지."

"어우, 찌질해. 쉽게 버려지지 않게 노력을 했어야지. 난 그런 무능한 남자들에 관심 없어."

“부모님이 남긴 재산을 탕진한 것도 모자라 우리 직원 숙소에 있는 상사랑 관계를 맺고 그 가정을 박살 낸 건?”

“그런 일이 있었나?”

“끝내는 산업 스파이 짓을 해서 결국 나는 회사에서 잘렸어…….”

“아, 그거? 너도 만들려면 더 완벽하게 만들어! 너 때문에 어렵게 만든 돈줄이 고소당했잖아! 동생 주제에 도움이 안 돼, 정말…….”

“……죽어.”

강력한 섬광이 교회 내부를 채우고, 폭음과 함께 예배당 절반이 날아갔다.

힘 조절 없이 작렬한【익스플로드】였다.

그 위력은 주위 묘지까지 휩쓸었고, 매장된 관을 모조리 불살랐다. 충격파는 주변 땅을 죄다 파헤치고 초고열로 유리화시켰다.

철저하게 괴롭힌다는 계획은 포기하고 1초라도 빨리 죽이는 방향으로 방침을 변경한 모양이었다.

“콜록! 갑자기 무슨…….”

그 뒷말은 나오지 않았다.

왜냐면 자기 머리 위에서 강렬한 살의를 감지했으니까.

아무리 다른 플레이어와 비교하면 둔감한 샤란라라도 이 강렬한 압박감을 느끼지 못할 정도로 둔하지는 않았다. 생명이 위험하다고 본능이 소리쳤다.

—서걱!

뭔가가 몸을 통과하는 감각과 땅이 갈라지는 소리가 동시에 들렸다.

그리고 시간이 지남에 따라 통증이 밀려왔다.

“키아아아아아아아아아아아아아아악! 아파아아아! 아파아아아아아아아!”

땅을 뒹굴고 소리치면서 그녀는 봤다.

거대한 낫을 든 사신 같은 동생을.

그 얼굴은 마치 가면처럼 감정이 없어서 한순간 다른 사람이라고 느껴졌다.

—쿵!

무슨 일이 일어났는지 알지 못했다.

샤란라는 묘비를 부수며 날아가서 무슨 기념비에 처박히고 멈췄다. 이미 온몸이 마비되어 목소리도 나오지 않았다.

이해하는 것은 제로스가 낫 물미로 쳤다는 것뿐이었다.

‘왜, 왜【제물 넋전】이 발동하지 않아?! 지금까지 이런 일 없었는데…….’

고통에 허덕이는 샤란라는 제로스의 말을 듣지 않았다.

그녀의【소드 앤 소서리스】시스템 이해도는 초기 플레이어 수준이라서 제로스처럼 지금 자기 몸에 퍼진 고통의 원인을 유추할 능력도 없었다.

비슷한 점이 많은 남매라도 다른 점은 있는 모양이다.

또한, 샤란라도 이 이세계를 현실이라고 인식하면서 마음 한편으로 【소드 앤 소서리스】 세계와 혼동하고 있었다. 그래서 **죽음**에 무감각했다.

적어도 그녀는 지구에서 살인을 저지르지 않았다. 아무리 인성이 막돼먹고 칭찬할 구석이 단 하나도 없는 인간이라도 그 정도의 도덕관념은 있었다는 증거였다.

비현실적인 현실에 도덕관념이 무너지면서 사람을 죽이게 된 것이다.

'주, 죽어? 내가?!'

그것은 태어나서 처음 느낀 공포였다.

타인에게 원망받고, 미움받고, 세상에서 자신을 없애려는 살의와 악의에 대한 공포.

한마디로 하면 샤란라— 레미는 사람이라는 존재를 우습게 보며 살아왔다.

속이고, 이용하고, 털어먹고, 가치가 없어지면 바로 버린다.

귀찮으면 도망치고 새로운 먹잇감을 찾으면 된다. 그 정도로밖에 여기지 않았다.

좋을 대로 이용당하고, 인생이 망가지고, 모든 것을 빼앗긴 자의 고통 따위 일절 고려하지 않는다.

고통은 현실.

베이면 죽는다. 그것이 현실.

세계는 잔혹하고 불사란 존재하지 않는다.

이것도 누구나 다 아는 당연한 현실이었다.

그런 비정한 현실을, 그녀는 이제야 자각했다.

"사, 살려줘…… 내, 내가 잘못했어! 사과할게!"

꼴사납게 목숨을 구걸하지만, 죽음의 화신은 서서히 낫을 들어 올렸다.

그리고 번뜩이는 한 줄기 섬광.

"키야아아아아아아아아아아아아아악!"

목과 몸이 분리되는 감각.

지금까지 느낀 적 없는 고통이 샤란라의 뇌를 무자비하게 덮쳤다.

제물 넋전이 지켜줘서 몸은 무사했지만, 고통만은 온몸에 퍼졌다.

그야말로 지옥의 형벌. 제로스가 저승의 옥졸로 보일 정도였다.

제로스는 그런 그녀를 무표정으로 보고 있었다.

'마, 말도 안 돼…… 사토시가 날 이 정도로 원망해?! 내가 뭘 했다고! 왜 내가 이런 꼴을 당해야 해?! 순 억지잖아!'

제로스는 감정도 없이 그저 눈앞에 있는 자를 없애려고 움직였다.

잡초를 베는 기계처럼, 사람을, 자신을 죽이려고 한다.

기계처럼 정확하게.

감정이 사라진 그는 살육 인형 같았다.

그래서 무서웠다.

그리고 그가 이렇게 된 원인이 샤란라를 향한 증오였다.

인생이 망가진 자가 품은, 감정을 넘어 인격마저 덮어버릴 만큼 격렬한 분노.

하지만 샤란라는 동생이 왜 이토록 자신을 원망하는지 몰랐다.

아니, 이해하지 못했다.

'싫어! 왜 내가 죽어야 해! 인간은 누구나 자기가 최우선이잖아! 뭔가, 뭔가 여기서 빠져나갈 도구가…….'

그리고 샤란라는 좋든 나쁘든 제로스의 남매였다.

극한까지 내몰린 그녀의 두뇌는 살아남기 위해 풀가동했고, 인벤토리 안에 있는 아이템 항목을 빠르게 열람했다.

그렇게 머리가 돌아가는 동안 외부의 정보는 모두 차단되어 고통도 잊을 수 있었다.

생존본능이 강한 건지, 아니면 위기 상황에 적응했는지는 알 수 없었다.

하지만 그녀는 그 극한 상황에서 기어코 활로를 찾아내고 말았다.

'반드시…… 살아남을 거야…….'

즉사할 공격으로 몇 번이나 베이고 얻어맞으면서도 샤란라는 타이밍을 노렸다.

기회는 한 번뿐이지만, 지금 제로스는 분노에 몸을 맡긴 폭주 상태였다.

성공할 확률은 높다고 판단했다.

제로스가 귀신처럼 걸어온다.

낫을 수평으로 들어 횡 베기를 할 것이 눈에 보이는 상황.

기회는 찰나의 순간뿐이다. 제로스가 공격한 순간 몸이 절단되며 충격파로 날아가 버린다. 비장의 수단까지 날아가 버리면 의미가 없다.

'아직…… 아직이야…….'

모든 것이 무섭도록 느릿했다.

그래도 제로스의 낫은 빨랐지만, 샤란라의 눈에는 조금 전보다 느리게 보였다.

그리고 낫이 몸을 가르는 순간, 샤란라는 비장의 수를 제로스 발치로 던졌다.

—콰과과과과과과아아아아아아아아아아아아아아앙!

두 사람 사이에서 대폭발이 일었다. 심지어 연쇄 폭발로.

【익스플로드】급 위력이 연속으로 중첩해서 폭발해 제로스를 불길로 집어삼켰다.

여파로 발생한 충격은 어마어마했고, 샤란라는 예상보다 멀리 날아갔다.

극한 상황에서 승리한 것은 감정에 휘둘린 제로스가 아니라 마지막까지 냉정한 판단을 내린 샤란라였다.

제로스가 깔본 저급【제물 넋전】이 그녀의 목숨을 구한 것이다.

"이…… 이봐……."

숨어서 사건의 전말을 지켜보던 자봉은 말문이 막혔다.

눈앞에서 솟구치는 지옥의 불길과 충격파로 관과 함께 파헤쳐진 유해가 마치 전쟁터를 방불케 했다.

그래도 죽은 이가 잠든 땅을 이렇게 파괴할 줄은 생각지도 못했다.

넋이 나가서 바라보던 와중, 자봉은 불길 속에서 걸어 나오는 그림자를 발견했다.

"세상에?! 그러고도 살아있어?!"

"아이고…… 【마봉 폭탄】이 터질 줄이야……. 도중부터 이성이 날아가서 뭘 했는지 기억이 안 나는데, 대체 무슨 상황이죠?"

"뭐어?! 그 난리를 피우고 기억이 안 나?!"

"전혀요. 쓴 기억은 없지만, 이 참상을 보면【마봉 폭탄】이란 건 알겠네요. 옛날에 몇 개 만들었거든요. 지금 제가 쓸 이유는 없지만."

【마봉 폭탄】은 고위력 마법을 봉인한 마보석을 매개로 만든다.

폭탄이라서 유폭도 가능하여 레이드에서는 주로 함정으로 사용됐다.

기억은 나지 않아도 상황을 보아 샤란라의 소행이라고 추측은 가능했다.

누가 뭐래도 제로스는 마도사였다.【마봉 폭탄】을 쓸 바에야 직접 마법을 쓰는 편이 효율적이고, 일부러 힘을 빼지 않는 한 이 정도 참상은 쉽게 만들어 낸다.

그렇다면【마봉 폭탄】을 쓴 사람은 샤란라라는 결론이 나온다.

그녀는 암살자라서 마법을 쓸 수 없다. 설령 마법을 배웠어도 큰 위력은 기대할 수 없다. 제대로 육성도 하지 않은 캐릭터에게 뭘 바라겠는가.

비슷한【스킬】은 있어도 그건 어디까지나 스킬이지【마법】은 아니었다.

"……용케 멀쩡하게 살아있군."

"아뇨, 피해는 입었어요. 조금이지만."

"그 위력으로 조금……? 괴물이냐……."

비상식의 화신을 목격한 자봉은 입이 다물어지지 않았다.

"샤라는…… 도망쳤나?"

"놓쳤네요~. 그래도 다음 함정을 파뒀으니까 괜찮겠죠."

"그거 말이군……. 쓸 거라고 생각해?"

"쓰죠. 무조건 씁니다. 바보처럼 아무 생각도 없이……. 장담해요."

제로스의 계략은 아직 끝나지 않았다.

이제는 작전이 마무리되기를 기다릴 뿐이었다.

"그런데…… 이 참상을 어떻게 설명한다? 델사시스 공작님께 혼나겠구만……."

"처참한 광경이군."

죽은 자의 안식처를 지옥으로 바꾼 제로스는 델사시스 공작에게 이 일을 뭐라고 설명해야 할지 고민했다.

이 지독한 참상을 외면하고픈 마음에 담배에 불을 붙였다.

입으로 뿜은 연기가 바람에 실려 허무하게 하늘로 사라졌다.

◇ ◇ ◇ ◇ ◇ ◇ ◇

폭풍에 떠밀린 샤란라는 온몸이 아팠지만, 【제물 넋전】 덕분에 간신히 목숨은 부지했다.

몸은 엉망이 됐어도 목숨이 있는 것만으로도 다행이라고 자신을 위로했다.

그녀는 사람 없는 뒷골목을 따라서 선착장 방향으로 걸었다.

'설마 사토시가 저런 위험한 성격이었다니……. 내가 사람을 잘못 봤어.'

지금까지 화는 냈어도, 완전히 이성을 잃은 모습은 처음 봤다.

일말의 망설임도 없이, 주변에 피해가 생기든 말든 확실하게 샤란라를 죽이려고 했다.

'당장 숨을 곳을 찾아야겠어. 사토시와 다시 만나면 정말로 죽어……. 나 참, 그냥 시키는 대로나 하면 되지 어디서 적반하장으로 대들어? 나이 먹고 찌질하게!'

이 지경이 되어도 아직 자기 잘못이라고 인정하지 않았다.

아니, 무슨 말을 한들 이해하지 못 하리라.

자기가 우수한 인간이라는 망상에 빠져 남을 속이고, 억지를 부리고, 한없이 자기중심적인 논리를 들먹이며 살아왔다.

원하는 것이 있으면 남에게 갖다 바치게 하거나 훔치고 태연하게 자기 것이라고 주장한다.

그러기 위해서라면 자신을 속이고, 그 기만을 몇 겹으로 쌓아 올리며, 수단도 가리지 않는다. 그야말로 거짓으로 점철된 존재다.

문제는 본인이 그 점을 자각하지 못하고 선악에 대한 가치관이 일반적 윤리관과 너무 동떨어졌다는 것이다.

살인에 대한 죄책감까지 사라진 점을 고려하면 지구에 있을 때보다 상태는 더 악화됐다고 볼 수 있다.

그런 그녀에게 남을 동정하는 공감 능력 따위 있을 리 만무했다.

"그래도 이제 사토시에게는 볼일 없어. 머리가 식을 때까지 가만히 놔두기로 하고……."

샤란라의 손에는 작은 병이 있었다.

자봉에게서 뺏은 마법약이자 그녀가 찾아 헤매던 물건이었다.

'사토시는 정말로 멍청해. 나한테 속은 남자한테 귀중한 마법약을

그냥 넘겨? 그 덕분에 고생도 하지 않고 손에 넣었어. 그런데…… 내가 그 남자를 언제 속였더라?'

정말로 자봉이 불쌍할 따름이었다.

샤란라는 후들거리는 다리를 채찍질해서 어렵사리 선착장까지 왔다.

그곳 외곽에 있는 빈 창고에 숨어서 내일 아침 배를 타고 다른 도시로 도주할 계획이었다. 하지만 이때 샤란라는 주변 경계를 늦추고 말았다.

뒤에서 따라오는 용병을 알아차리지 못한 것이다.

지겹도록 이야기했지만, 샤란라는 생사 불문 지명수배범이었다. 보통은 경계를 푸는 어리석은 선택은 하지 말아야 했다.

하지만 샤란라는 꿈에 그리던 약을 손에 넣고 주변을 신경 쓰지 못했다.

요컨대 약에 정신이 팔려있었다.

"우후후, 쉬기 전에 이걸 마시는 편이 좋겠어. 효과가 끊기면 원래 나이로 돌아가겠지만, 어차피 사토시가 다른 회춘약을 가지고 있겠지 뭐♪"

그렇게 당하고도 남의 것을 훔칠 생각뿐이었다.

제로스가 뭐든 다 가지고 있다고 믿는 것부터 어리석기 짝이 없었다.

샤란라는 콧노래를 흥얼거리며 마법약의 뚜껑을 뽑고 안에 든 액체를 단숨에 삼켰다.

목에 달라붙는 불쾌한 목 넘김이었다.

"우웩…… 무슨 맛이 이래? 그 멍청이, 더 먹기 쉽게…… 우윽?! 아, 아악!"

갑자기 샤란라가 고통을 호소했다.

차츰 팔이…… 아니, 팔뿐 아니라 몸도 가늘어지며 뼈와 가죽만 남은 앙상한 모습으로 변해 갔다. 머리도 백발보다 지저분한 회색빛으로 변했다. 색소가 단숨에 증발한 결과였다.

그리고 피부도 거뭇해지더니, 수백 년은 땅에 묻혀있던 미라처럼 되고 말았다.

"아으…… 왜, 애……."

이때, 샤란라의 머리에 라마흐 숲에서 나눈 대화가 떠올랐다.

그러고 보니 샤란라가【회춘의 비약】해독제를 바랐을 때, 제로스는 모른다고 대답했다.

즉, 처음부터 샤란라가 찾던 해독제는 존재하지 않았고 다른 마법약을 미끼로 쓴 것이라고 깨달았다.

제로스는 샤란라가 무슨 목적으로 자기를 찾는지 알고 처음부터 자기 누나를 죽일 포석을 깔고 있었다.

사실 샤란라가 마신 마법약은 처음에는【회춘의 비약】효과를 없애기 위해서 개발됐으나, 완성하고 보니 사용자를 좀비로 변모시키는 마법약【리플레시 에너지 드링크 시험작 93호】였다.

"사아토오시이이이이이이이이!"

폐창고에 원념에 찬 목소리가 울려 퍼졌다.

"지명수배자 샤란라! 네 목숨을 받아가겠…… 뭐, 뭐야?!"

"으응?! 조, 좀비?!"

"야, 이거 맞아? 지명수배자가 있는 거 아니었어?"

"너도 봤잖아! 이 창고로 들어오는 거……."

현상금을 노리고 샤란라를 미행하던 용병들이었다.

하지만 그들이 막상 돌입하니 안에 있는 것은 최하급 언데드였다.

"자기 손을 더럽히지 않고…… 용병을 써서…… 처리할 생각, 이었구나아아!"

"말을 해?!"

"좀비는 위험해! 그냥 두면 사람을 덮칠 거야!"

"그래. 지금 해치우는 편이 낫겠군."

"찬성. 그래도 돈은 안 되겠지……."

"어쩌겠어. 이것도 국민의 의무라고 생각하자."

이날, 샤란라는 사냥당했다.

사냥한 용병들은 막대한 현상금을 받았지만, 그보다도 그들은 더 값진 것을 손에 넣었다.

좀비 샤란라를 해치운 순간, 허공에서 나타난 수많은 장식품이었다.

그중에는 강력한 마도구도 있었고, 그들은 예상하지 못한 행운을 거머쥐고 더욱 강해지기 위해서 분투하게 된다.

수년 후, 이 용병 파티는 【럭키 스타】라는 이름을 내걸고 최강 용병 파티 중 하나로 명성을 떨친다.

◇ ◇ ◇ ◇ ◇ ◇ ◇

묘지에서 샤란라를 놓치고 이틀 뒤, 아저씨는 사후보고를 하려고 델사시스 공작을 찾아갔다.

보고가 늦어진 이유는 델사시스 공작이 산토르를 비운 탓이었다. 제로스는 이 이틀 동안 죄책감때문에 마음이 편치 않았다.

미리 도착한 보고서를 본 델사시스 공작은 싸늘한 눈길을 보내왔다. 아저씨는 눈을 맞출 용기가 나지 않았다. 과도한 피해가 난 것은 부정할 수 없는 사실이니까.

델사시스가 말을 꺼낼 때까지 시간이 무척 길게 느껴졌다.

"제로스 공…… 아무리 그래도 이건 좀 지나치지 않나?"

"죄송합니다. 저도 모르게 감정이 격해져서……."

"묘지 수리도 국민의 세금으로 하네만?"

"……솔리스테어 은행에 안 쓰는 저금을 넣어 뒀습니다. 전부 수리에 써주십시오. 부족하다면 【블리자드 카이저 드래곤】 비늘을 몇 장 드릴 테니……."

탁자 위에 상처 난 비늘을 몇 장 놓자 델사시스는 그것을 집어 들고 다시 침묵했다.

"흠…… 그렇다면 됐네. 하지만 그 저금액은 너무 많군. 넉넉잡아도 3분의 1이면 돼. 비늘을 팔면 오히려 저금이 더 불어날 걸세. 그것도 갑절로. 어마어마한 금액이야."

"저금, 대체 얼마나 쌓인 건가요?! 심지어 그게 더 늘어요?!"

묘지에 막대한 피해를 냈는데 그 복구 비용은 저금의 3분의 1.

심지어 그게 갑절로 늘어난다고 한다. 상처가 났어도 용왕의 비늘인데 너무 과소평가했나 보다.

아저씨는 은행에 맡긴 돈이 얼마나 불어났는지 무서워서 묻지 못했다.

그 후, 늘어나는 저금에 두려움을 느낀 아저씨는 용왕의 비늘을 사죄의 의미로만 받아달라고 델사시스 공작에게 사정사정했다.

제12화 아저씨, 일단 용기를 내어 고백해 보는데…… 어라?

많은 상인이 오가는 선착장.

그곳에 제로스와 자봉이 있었다.

제로스는 자봉에게 작은 가죽 주머니를 건네며 미안한 표정으로 고개를 숙였다.

"몹쓸 누나가 폐를 끼쳤네요. 정말로 죄송합니다."

"아니, 당신이 사과할 일이 아니잖아? 내가…… 내가 바보였지. 그 여자의 본성을 진작 깨달았더라면……. 한숨밖에 안 나와."

"그렇게 자신을 비하하지 마시죠. 믿음이 있다는 건 미덕이고 사랑받고 싶다는 감정은 누구나 있어요. 저도 마찬가지예요."

오늘, 자봉이 자기 마을로 돌아간다.

아무래도 미안했는지 제로스는 그에게 작은 선물을 줬다.

다만, 그런다고 그의 마음이 치유되지는 않으리라.

사랑한 여성에게 배신당한 아픔을 어떻게 달래줄 수 있으랴. 그리고 그게 첫사랑이라면 더 말할 필요도 없다.

심지어 돈도 도둑맞았다.

제로스라도 트라우마가 될 처지에 솔직히 연민을 감출 수 없었다.

하지만 미래를 보고 나아가기로 한 자봉에게 그 말을 하는 것은 모욕이다.

게다가 그의 삶을 피폐하게 만든 사람은 제로스의 친누나였다. 제로스가 뭐라고 할 자격은 없었다.

"앞으로 어떻게 하실래요?"

"다시 어부로 돌아가야지. 나는 그거밖에 할 줄 모르니까."

"그런가요. 아마 앞으로 만날 일은 없겠지만, 건강하게 지내십시오."

"당신도. 신경써줘서 고마워……."

굳은 악수를 나눈 자봉은 돌아보지도 않고 배에 올라탔다.

제로스는 그 뒷모습을 바라볼 뿐이었다.

"강하게 살아가면 좋겠군……."

담배를 한 대 꺼내서 조용히 불을 붙였다.

"어이, 형씨! 여기 금연이야, 흡연소 가서 피워!"

"넵! 죄송합니다!"

작업 중이던 선원에게 혼났다.

요즘은 어딜 가나 금연 운동이 활발했다. 휴대용 재떨이를 가지고 다녀도 금연 구역으로 지정된 선착장에서 담배를 피우는 건 매너가 아니었다.

'팍팍한 세상이야…….'

제로스는 탄식했다.

몇 분 후, 자봉을 태운 배는 돛을 펼치고 조용히 오러스 대하를 출항했다.

제로스는 그 광경을 가만히 지켜보다가 델사시스 공작에게 보고를 하러 갔고, 이미 알다시피 공작의 화를 사고 말았다.

◇ ◇ ◇ ◇ ◇ ◇ ◇

자봉은 선상에서 오러스 대하를 바라봤다.

샤란라는 죽었다. 그것도 용병에게.

동생 제로스가 아니라 생판 모르는 남에게 죽어 현상금도 그들에게 주어졌다.

샤란라의 소지품을 확인한 사람은 제로스였고, 그것을 모두 용병들에게 양보했다.

솔직히 무서운 자라고 생각했다.

샤란라의 행동을 전부 파악하고 거기에 맞춰서 치밀하게 포석을 깔아 본인도 모르는 사이에 궁지에 몰리도록 유도한다.

배우지 못해서 잘은 모르겠으나, 상당히 머리가 잘 돌아가는 자였다.

그런 인물이 농사나 하며 산다는 것이 믿기지 않지만, 무엇보다 샤란라와 남매라는 사실이 경악스러웠다.

복수를 마친 제로스가 무슨 생각을 할지 조금 궁금했다.

"그 남자는 앞으로 어떻게 살아갈까……."

자봉이 제로스의 머릿속을 알 리 없었다.

다만, 지금 자봉은 허무함만 느낄 뿐이었고 어쩌면 제로스도 같은 기분을 느끼고 있을지도 모른다.

오랜 악연이 끝을 맺었으니 더는 원망해도 의미가 없었다.

“나는…… 어쩌지…….”

사랑한 이는 환상이었고, 재산은 전부 도둑맞았다.

그에게 남은 것은 고기잡이배와 아직 어질러진 작은 집뿐이었다.

“돌아가면…… 청소부터 해야겠어.”

자봉은 자조하며 중얼거렸다.

“그러고 보니 여기에는 뭐가 들었지?”

제로스가 준 선물.

작은 가죽 주머니인데 무엇이 들었는지는 듣지 못했다.

그래도 고형물이란 것은 감촉을 통해 알 수 있었다.

궁금해서 끈을 풀고 내용물을 하나 꺼내봤다.

“……응?!”

큼직한 보석이었다.

팔면 10년은 놀고먹을 물건으로, 자봉에게는 팔자에도 없는 값진 사치품이었다. 어떻게 관리해야 할지 감도 잡히지 않았다.

심지어 그런 물건이 여러 개 들었다. 그리고 주머니 안에는 접힌 종이도 함께 있었고 특색 있는 글씨체로 「직접 캔 물건이니 마음대로 쓰세요. 위자료입니다」라고 적혀 있었다.

이런 것을 받아도 곤란할 뿐이라서 천성이 선량한 자봉은 혼란스러웠다.

그리고 아니나 다를까 패닉을 일으켰다.

"배 돌려! 이런 걸 어떻게 받아!"

"형씨, 억지 부리지 마. 출항하면 다음 도시까지 못 멈춰."

"그럼 나는 여기서 내릴 거야! 수영해서 육지까지……."

"멈춰! 오러스 대하에 뛰어드는 건 자살 행위야!"

"놔! 이걸 돌려주지 않으면 나는 불안해서 못 살아! 제발!"

"야, 이 맛 간 형씨 좀 뜯어말려! 뛰어들면 죽는다고!"

""""""네!""""""

자봉을 태운 배는 오러스 대하를 흘러갔다.

소란스러운 목소리를 바람에 싣고서…….

◇ ◇ ◇ ◇ ◇ ◇ ◇

자봉을 떠나보낸 제로스는 집으로 돌아가기 전에 루세리스에게 보고하기 위해 교회로 갔다.

예배당에는 아무도 없어서 안쪽으로 들어가자 루세리스와 쟈네, 이리스가 한창 티타임을 가지며 이야기꽃을 피우고 있었다.

"돌아왔습니다."

"어서 오세요, 제로스 씨."

"아저씨, 배웅 나간 것치고는 늦었네?"

"그게, 자봉 군을 배웅하고 델사시스 공작님한테 보고하러 갔다가 혼났지 뭡니까. 아무리 그래도 이건 좀 지나치지 않냐면서……."

"당신…… 대체 뭘 하고 다닌 거야?"

쟈네의 질문에 제로스는 델사시스 공작과 나눈 대화를 간추려 설명했다.

참고로 델사시스 공작에게는 도시 곳곳에 무단으로 설치한 게시판에 관한 지적도 들었지만, 앞으로도 활용할 방법이 있다는 이유로 따로 나무라지는 않았다.

"으엑, 수리 비용 어마어마하게 깨지겠다."

"아뇨, 그건 별문제 없어요. 은행에 있는 저금을 쓰면 된다는군요. 【블리자드 카이저 드래곤】 비늘도 몇 장 헌상했고요."

"""……."""

쟈네, 이리스, 루세리스는 할 말을 잃었다.

막대한 수리비용을 간단하게 청산하는 재산도 대단하지만, 사과 방법이 너무 비상식적이었다.

【용왕】의 비늘은 국보에 버금가며, 방패라도 만들면 그 가치는 대국의 국가 예산에 필적한다. 그런데 그것을 무료로 주다니? 쟈네와 이리스는 귀를 의심했다.

델사시스 공작도 용왕의 비늘이라는 파격적인 임시 수입을 얻고 묘지 정비 예산도 구했으니까 기브 앤 테이크 관계는 여전히 유지되고 있었다.

"신신당부하더군요. 앞으로는 조금 더 조절을 하라고."

"그야 그렇지. 아저씨가 진심으로 움직이면 무슨 참사가 일어날지 상상이 안 돼. 그, 그야 일수꾼한테서 지켜줬을 때는 굉장히 고마웠지만……."

"그렇죠. 제로스 씨가 없었으면 지금쯤 우리는 창관에서 손님을 받고 있었을지도 몰라요. 감사드려요."

"자봉 군에게도 말했지만, 사람을 믿는 건 미덕이에요. 자랑스럽다면 모를까, 비난받을 일은 아닙니다. 그 믿음을 자기 권리인 양 이용하는 작자들도 있지만요."

"그렇죠. 사람을 믿으려고 하는 점은 쟈네의 장점이에요."

"내가 경계심이 없다고 돌려 까는 거야? 어휴…… 사람을 보는 안목을 키우든가 해야지, 원……."

"지금도 충분히 매력이 있는데요? 쓸데없이 삐뚤어지지 않고 귀엽지 않나요?"

"……뭐?"

갑자기 제로스에게 그런 소리를 들은 쟈네는 한순간 굳어서 말뜻을 천천히 곱씹었다. 그러고는 이해하고 얼굴이 새빨개졌다.

부끄러워서 말이 나오지 않는지, 입을 뻐끔거리는 모습이 살짝 어벙해서 귀여웠다.

"쟈네 씨, 진정해!"

"무, 무무무슨, 뜬금없이 무슨 소리야! 날 놀리면 재밌어?!"

"놀리다뇨. 이래 봬도 진심으로 귀엽다고 생각하는데요?"

"제로스 씨, 그런 말을 아무렇지 않게 하네요. 쟈네는 이런 얘기에 약하니까 너무 솔직하게 말씀하지 않는 편이 좋아요. 보시다시피 정신을 못 차려요."

면전에서 칭찬하면 안 되나 보다.

하지만 아저씨의 눈에는 젊은 여성의 풋풋한 면모가 굉장히 귀여워서 보고만 있어도 흐뭇했다.

"기가 차서……. 이 아저씨가 뭐라는 거야, 진짜……."

"그렇게 화낼 일인가요?"

"쟈네는 부끄러워서 저래요. 이런 점은 옛날이랑 똑같아서 다행이에요."

"아저씨, 의외로 경박한 타입?"

"너무하네. 그럼 진지한 이야기를 할까요? 루세리스 씨, 쟈네 씨……."

탁자 앞에서 팔짱을 끼고 잠깐 뜸을 들였다가 진지한 표정으로 말했다.

루세리스와 쟈네는 의아하게 생각하면서도 정말로 진지한 이야기를 하려는 분위기라서 표정을 고치고 주목했다.

"네?"

"뭐야?"

"저와 결혼해주십시오."

"""……엥?"""

그 직후, 시간이 멈췄다.

맥락도 없이 튀어나온 엄청난 폭탄 발언에 사고회로가 멈춰 버렸다.

그런 가운데, 처음으로 시간을 움직인 사람은 당사자가 아닌 이리스였다.

"설마 프러포즈?! 프러포즈야, 아저씨?! 오늘 뭐 잘못 먹었어?!"

"그렇게 이상한가요? 나름대로 진지하게 생각했는데……. 특히 나이 차가 신경 쓰여서 말을 꺼내기가 쉽지 않았어요. 게다가 두

명에게 동시에 청혼하는 것도 좀…… 그렇죠?"

"알면서 뭘 물어……. 그렇다고 해도 너무 갑작스럽잖아?!"

"무거운 마음의 짐 하나를 내려놔서 큰맘 먹고 말해봤습니다. 각오하기가 쉽지 않더라고요~. 누가 봐도 부모자식만큼 나이 차가 나니까요. 차라리 회춘이라도 할까 고민했어요."

"앗,【시간 회귀 비약】……. 아저씨, 그거 있구나?"

"수는 적지만요. 제가 만든 것도 아니고, 수고도 많이 들어요."

【시간 회귀 비약】은【흰 섬멸자】이자 동료인 카논이 제작한 마법약이었다.

젊어질 나이를 스스로 조정할 수 있지만, 한 번 사용하면 같은 마법약으로 다시 젊어질 수는 없다.

여담으로【회춘의 비약】을 만든 사람도 그녀다.

"그런 중요한 이야기를 왜 내가 있을 때 해? 보통은 분위기를 잡고 고백하는 거 아니야?"

"그게, 세 명만 있을 때 말하기에는 용기가 안 나서……. 게다가 생각해 봐요. 이 나이 먹도록 미혼인 제가 분위기 잡는 법을 알겠어요?"

"……여자랑 사귄 적도 없어?"

"옛날에 그 인간 때문에…… 관계가 파탄 났어요."

너무 비참한 이야기라서 이리스는 살짝 눈물이 났다.

"……아무튼 그렇게 됐습니다. 루세리스 씨, 쟈네 씨, 진지하게 생각해 주셨으면…… 응? 왜 그러죠?"

"아, 아뇨. 그…… 저야 오래오래 함께하고 싶지만, 쟈네가……."

"앗……."

쟈네는 돌처럼 굳어있었다.

갑작스런 프러포즈……라고 해도 될지는 모르겠지만, 예상도 하지 못한 이야기에 뇌가 정지하고 얼굴을 붉힌 채로 굳어버렸다.

얼핏 보면 드센 성격 같지만, 쟈네는 사실 순진무구한 소녀의 마음을 가졌다.

이런 이야기에는 면역이 없었다.

"완전히 굳었네~. 아저씨, 답은 나중에 들어야겠어. 하여간 순진하다니까."

"옛날부터 이랬어요. 백마탄 왕자님을 꿈꾸거나 사제님들의 달콤한 연애담을 훔쳐 듣고는 했어요. 지금도 망상하는 면이 있고요."

"루세리스 씨는 바로 결정하네?"

"저는 제 눈과 본능을 믿어요! 그리고 이대로 가면 혼기를 놓칠 테니까요."

"그래도 루세리스 씨가 중년 취향인 건 의외네~."

딱히 루세리스가 중년을 좋아하지는 않는다.

철이 들었을 때부터 부모님이 안 계셔서 가족에 대한 동경이 있었다.

게다가 어머니가 어떤 존재인지는 자신을 키워준 여성 신관들을 통해 알았지만, 아버지라는 존재는 알지 못했다.

그런 유아기에 품은 공상과 바람에 필연적으로 연상 취향이 생겼지만, 딱히 강한 고집이 있지는 않았다.

동년배든 연하든 자기가 납득할 수 있다면 결혼했을 것이다.

무엇보다 【연애 증후군】 징후가 나타나서 제로스와는 궁합이 좋다고 알려줬다. 그녀는 그 본능에서 오는 충동과 직감을 솔직하게 믿었을 뿐이었다.

이만큼 조건이 갖춰졌는데 망설일 필요가 어디 있겠는가.

"과감하네요……. 저는 제법 고민했는데."

"여자는 결단력이 있어야죠. 망설이기만 하면 최악의 결과가 기다릴 테니까……."

""아…….""

【연애 증후군】이 말기에 이른 사람은 기행을 펼친다. 그 기행이 조금 별난 정도라면 괜찮겠지만, 사회적으로 매장될 무시무시한 행동을 하는 사람도 많았다. 일본이라면 경찰에 신고당할 수준이었다.

그 기행을 막는 유일한 방법은 자기 마음에 솔직해지는 것뿐이었다. 적나라하게 말하면 마음이 있는 사람과 관계를 맺는다는 단순명쾌한 해법이었다. 물론 사람 마음이란 게 말처럼 쉽지 않아서 문제지만…….

루세리스도 사회적 매장은 피하고 싶었고, 결혼에 관해서는 긍정적 입장이었다.

"쟈네도 그걸 알텐데 겉모습으로는 상상도 하지 못할 만큼 순정적이고 겁쟁이라서……."

"겁쟁이보다는 늦깎이지. 그나저나 루세리스 씨는 의외로 육식녀인가?"

"딱히 그렇지는……. 그래도 이대로 가면 쟈네가 위험할걸요?

제로스 씨, 쟈네를 확 덮쳐줄 수 있나요?"

""갑자기?! 너무 막나가잖아!""

성녀 같은 외모와는 반대로 어처구니없는 폭탄 발언을 던졌다.

제로스의 폭탄 발언과는 위력이 달랐다.

루세리스는 가족처럼 자란 친구를 외간남자한테 팔아넘긴 셈이었다.

머지않은 미래까지 생각한 결과겠지만, 거쳐야 할 단계를 전부 무시하고 몸으로 밀어붙이라고 권한다.

아마 어떤 사제장에게 받은 영향이리라.

"다행히 지금은 기절했으니까 관계를 맺기 최적이라고 생각해요. 게다가 이대로 방치하면 쟈네가 사회적으로……."

"루세리스 씨, 걱정되는 건 이해해도 쟈네 씨 마음은 완전히 무시했잖아!"

"그건 괜찮아요. 쟈네도 제로스 씨한테 마음이 있는 건 분명해요. 결혼도 진지하게 생각하고 있고요. 이제 결심만 하면 되는데……."

"소극적인 성격 때문에 용기를 내지 못한다는 말인가요? 하고 싶은 말은 이해합니다만, 반대로 평생 트라우마가 되지 않을까요?"

"최대한 상냥하게 해주세요. 그다음은 본능에 맡기죠."

본능에 맡긴다. 어떤 의미로는 진리다.

하지만 인간은 본능만으로 살아가는 동물이 아니라서 감정에도 좌우된다.

"넋이 나갔는데, 지금은 어렵지 않을까요?"

"그렇게 약해지면 안 돼요! 옛날부터 쟈네는 쫓아가지 않으면 도망가는 아이였다고요."

"루세리스 씨, 왜 그렇게까지 억지로 맺어주려는 거야?"

"쟈네에게도 이런저런 사정이 있어요. 남성이 거북한 게 아니라 무서운 거죠. 제로스 씨를 무서워하지는 않겠지만, 마음 깊숙한 곳에서는……."

"흠…… 대충 알 것 같지만, 아직은 억측에 지나지 않는군요. 그렇다면 한 번 단둘이 이야기할 자리를 마련해 보죠. 이리스 양도 협력해 주셔야겠습니다."

"내가?!"

지구에서는 결혼 자체를 포기했는데, 설마 일부다처제를 인정하는 이세계에서 사람을 고르는 처지가 될 줄은 몰랐다.

하지만 이 세계에는【연애 증후군】이라는 해괴한 병이 있었다.

더불어 초여름쯤에 발생하는【연애 증후군 연모 폭주 현상】도 있어서 그전까지 어떻게든 결혼이 성사되면 좋겠지만— 아저씨가 시간 안에 쟈네를 설득할 수 있을지는 아직 아무도 모른다.

◇ ◇ ◇ ◇ ◇ ◇ ◇

어두운 폐허 안, 정적이 깔린 어둠에서 수많은 기척이 움직였다.

이 존재는 동질의 의지에 이끌려 하나로 모여들었다.

『밉다…… 4신…….』

『……돌아가고 싶어…… 괴로워…….』

『으어어…… 모여라…… 복수…… 멸하라…….』

그것은 악의 그 자체였다.

하나하나가 증오로 범벅된 의지를 가졌으며, 동시에 무력한 존재이기에 저들끼리 융합하기를 원했다. 그리고 육신을 바랐다.

공통점은 분노, 증오, 슬픔, 향수, 끝나지 않는 영원한 고통.

그래서 같은 성질을 지닌 존재에게 민감하여 이곳에 떠도는 의지에게 불려서 모여들었다.

불탄 땅과 바람에 날린 재.

거기에는 자아가 아직 남아 있었다.

『모여라…….』

『하나로…… 몸을…….』

『복수해야…… 메티스…… 국…….』

『메티스…… 증오한다아아아아아아!』

이윽고 그 존재는 결합해 재를 매개체로 연약한 안개 같은 몸을 구성했다.

그것은 검은 그림자 같았다.

각각의 의지가 합쳐져 기억이라는 정보를 서로 공유하는 가운데, 완전히 다른 악의를 가진 존재가 섞여 있었다.

하지만 의지들은 알아차리지 못했다.

금전욕, 물욕, 명예욕, 태만, 탐욕, 오만. 욕망덩어리 같은 의지였지만, 검은 의지들과 공통된 유일한 감정이 결합의 열쇠가 되었다. 그 감정이란, 분노.

그 존재는 주위 존재와 어울리지 못했으나, 이용하기 위해서 받아들였다.

모여든 존재도 이용당하는 줄 알면서도 그것들을 받아들여 육체를 얻기 위한 힘을 빌렸다.

그만큼 이 세계를 향한 분노가 컸다고 할 수 있었다.

검은 그림자는 인간처럼 모습을 바꾸고, 철사 같은 다리를 움직여 이동하기 시작했다.

『……메티……스…… 4신…….』

『멸하라…….』

『힘…… 더…… 힘을…….』

『사토시이이이이이이…… 용서…… 못 해…….』

『……돌아……갈 거야…….』

『우리…… 세계로…… 멸망시켜서…….』

폐창고에 모인 존재는 여러 의지에 따라 메티스 성법 신국을 향했다.

지금은 무력한 존재지만, 강해지는 방법은 알고 있었다.

본능일까, 이미 세상에 존재하는 동족과 합류하기 위해서 미약한 파동을 흘리며 어둠 속으로 사라졌다.

그로부터 며칠 후, 평판 나쁜 용병이 뼈만 앙상한 변사체로 발견되는 사건을 계기로 각지에서 의문사가 이어졌다.

사람, 동물, 마물을 불문하고 사체가 발견됐지만, 원인이 규명되지 않아 수사는 난항을 겪었다.

그 정체가 판명될 때까지는 아직 시간이 걸린다.

◇ ◇ ◇ ◇ ◇ ◇ ◇

자봉의 순애보가 최악의 형태로 마무리되고 일주일 후.

집으로 돌아온 자봉은 어부로 복귀해 특별한 것 없는 일상으로 돌아왔다.

하지만 그의 마음에는 이루 말할 수 없는 허무함이 남아있었고, 예전과 같은 열정적인 모습을 되찾으려면 당분간 시간이 필요해 보였다.

그만큼 사랑이 강했다는 증거겠지만, 그 사랑을 잃은 반동은 더욱 강했다.

"이봐, 아직 많이 힘들어? 마음은 이해해…… 아니야, 이것도 무책임한 말이군. 기운 내."

"아주 병이야, 병. 지금은 가만히 두자고……. 내가 같은 입장이었으면 당분간 앓아누웠어."

"일은 제대로 하니까 괜찮지만, 이대로 가다가 언제 사고라도 날까 봐 걱정이야. 오러스 대하는 유속이 빠르니까."

"아…… 미안해."

어부 동료의 배려는 고마웠다.

하지만 좋아했던 마음이 크면 클수록 그 상실감도 컸다.

오늘도 행복했던 시절의 환영을 보고 말로 표현하기 힘든 쓸쓸함이 마음속을 스쳤다.

죽는 편이 편했을 거라는 생각이 자꾸 고개를 들었다.

'죽기 전에 돌려줘야지…….'

제로스가 사과의 의미로 준 보석은 감정해 보니 상상을 초월하는 가격이 붙었다. 선의는 기쁘지만, 평범한 어부에게는 과분한 물건이었다. 가지고 있기만 해도 불안할 정도였다.

천성이 선해서 이 위자료를 순순히 받기는 힘들었다.

그렇게 오늘도 한숨을 쉬며 단골식당에 얼굴을 내밀었다.

"앗, 어서 오세요. 자봉 씨."

"그래…… 평소처럼 정식 하나 차려줘."

문제는 언제 돌려주러 가느냐였다.

그 보석을 돌려주면 다시 우울한 나날이 이어진다고 생각하니 좀처럼 결심이 서지 않았다.

따로 취미가 없는 자봉은 보석을 생각하면서 샤란라에게 속았던 기억을 애써 외면하고 있었다.

끙끙 앓는 제 모습이 본인이 생각해도 한심해서 다시 깊은 한숨이 나왔다.

최근에는 이게 일과가 되어버렸다.

"오늘의 정식 나왔어요."

"아…… 고마워."

종업원이 정식을 쟁반으로 가져왔다. 그녀의 밝은 성격도 마음에 큰 위안이 됐다.

활발해보이는 그녀는 언제나 자신을 걱정해줘서 식당에 있을 때는 잠시나마 긍정적인 생각을 할 수 있었다. 하지만 혼자 남으면 어김없이 우울한 감정에 잡아먹혔다.

그런데 오늘따라 그녀의 태도가 평소와 달랐다.

자봉이 앉은 자리 옆에서 떠나려고 하지 않았다.

"……왜?"

"자봉 씨…… 나, 나쁜 사람인가 봐요. 지금 자봉 씨가 괴로워하는데 난 너무 기뻐요."

"어?"

"나는 있죠…… 그 여자가 싫었어요."

"샤라가? 너는 샤라랑 이야기한 적이 없지 않았나? 근데 왜……."

"여자의 감이라고 하나? 본능적으로 거부감이 들었어요. 남자가 좋아할 짓만 골라서 해서 존재 자체가 가식 같았어요. 게다가……."

"게다가 뭐?"

"나, 전부터 자봉 씨를 좋아했어요!"

뜬금없는 고백이었다.

그녀는 홍당무가 되어 자봉에게 자기 마음을 털어놓았다.

남자로서는 기쁘지만, 너무 갑작스러워서 머리가 백지가 됐다.

그리고 식당에 있는 모든 손님이 두 사람을 쳐다보고 있었다.

사실 그녀를 노리는 남자는 많았고, 누가 그녀의 마음을 얻을지 경쟁하고 있었다. 새치기 금지라는 암묵의 규칙이 생길 정도의 인기였다.

그런 그녀가 자봉에게 고백했으니까 자연스럽게 질투 어린 눈길이 모였다.

애초에 자봉은 그녀의 이름조차 몰랐다.

"아, 아니…… 나는……."

"저…… 대답은 마음의 상처가 아물고 나면 들려줘요. 나도 비겁하다고 생각하고……. 앗, 일하러 가볼게요!"

그녀는 상기된 목소리로 말하고 주방으로 달려가 버렸다.

혼자 남겨진 자봉은 아연실색할 뿐이었다.

한편, 자봉을 달래주던 어부 동료들은 오히려 배가 아플만큼 부러운 장면을 목격하고는…….

""""""이…… 부러운 자식아아아아아아아아아아아아아아아아아!""""""

자봉을 둘러싸고 매서운 제재를 가했다.

수년 후, 자봉은 그녀와 결혼했다.

어부 동료의 질투를 한 몸으로 받으며, 살기등등한 결혼식이 되었다고 한다.

제13화 아저씨, 말려들다 ~복수의 사신 아가씨~

배양기에서 새는 빛이 어두컴컴한 지하실을 비추었다.

고농도 마력이 녹아든 용액 속에서 소녀, 알피아 메이거스는 조용히 눈을 떴다.

고대하던 시간이 도래했다. 어린 소녀의 얼굴에 자연스럽게 웃음이 번졌다.

앳된 소녀가 짓는 그 미소에는 사람을 끌어당기는 아름다움과 함께 어딘지 모르게 요염하고 고혹적인 매력이 있었다.

『크크크…… 드디어. 드디어 나는 자유로워진다. 현상 관리 시스템을 완전 장악하지는 못했지만, 강제 개입 프로그램은 이미 완성됐다.』

전투 능력은 옛날보다 못하지만, 그건 사소한 문제였다.

영구불변의 존재인 그녀에게 지금 필요한 것은 오로지 하나, 완전체가 되기 위한 마스터 코드 탈취뿐이었다.

완전체만 되면 모든 것을 파괴해도 세계를 재구축할 수 있다. 소멸한 사실 자체를『없었던 일』로 만들 수도 있다.

고위 차원의 존재인 그녀에게 시간과 공간에 묶인 물질세계 따위는 장난감에 불과했다. 의도적인 파괴 행동을 벌일 생각은 없지만, 상황에 따라서는 과격한 행동도 마다하지 않을 작정이었다.

『헌데…… 희생된 자들에게는 미안하게 됐군. 저쪽 신들의 책략이었다고는 하나, 내가 저지른 짓은 배상해야겠지.』

눈을 뜬 이후로 아카식 레코드에서 꺼내 몇 번이나 보며 역산한 과거의 영상.

사신 전쟁 시기, 많은 이세계인이 희생됐다.

그들의 혼은 지금도 이 세계를 떠돌며 지금은 섭리를 붕괴하는 맹독으로 변했다.

혹시 몰라서 소환된 용사의 혼과는 별개로 똑같은 이계의 존재인 전생자도 조사했지만, 이 세계로 온 전생자의 혼은 죽은 뒤 회수되도록 조정되어 있었다. 그래도 가끔 자아가 강한 혼이 이 세계에 머무는 경우가 있는 모양이었다.

『조정이 허술했나. 아니면 예상보다 이 세계의 붕괴가 많이 진행됐나. 판단하기 어렵구먼.』

사망한 전생자 대부분은 의도적으로 위험한 지역으로 보내졌다. 추측하건대 4신의 장난일 가능성이 농후했다. 이 악랄한 대우에는 알피아도 분노가 끓어올랐다.

『그 녀석들, 정말로 돼먹지 않은 짓만 골라서 하는구먼. 이렇게 되기 전에 녀석들을 흡수하지 못한 게 한이야.』

봉인되기 전에 결판을 냈다면 이 지경 이 꼴이 나지는 않았다.

당시 4신과는 수차례밖에 교전하지 않았고, 기본적으로는 소환된 용사와 싸웠다. 그동안 4신은 흡수당하지 않으려고 필사적으로 도망치고 다녔다.

이를 통해 4신의 힘이 보잘것없다는 사실을 유추할 수 있었다. 아마 지금 상태로도 4신에게는 쉽게 이기지 않을까.

하지만 상대가 강대한 힘을 가진 줄 알면서 4신이 직접 싸울 리 없었다.

4신의 바탕은 어디까지나 요정이며, 그 쾌락주의적 본능과 성질 때문에 세계를 위해 움직인다는 고상한 생각 따위 애초에 불가능했다.

마스터 코드도 제대로 사용하지 못하니 그야말로 돼지 목에 진주 목걸이였다.

『문제는 녀석들을 유인할 방법이군. 성가신 신기도 애저녁에 사라졌으니까 나를 막을 건 없어. 허나 성역으로 도망치면 귀찮아져. 내가 구축한 현상 간섭 프로그램도 끽해야 한 번밖에 못 쓰겠지. 어떻게 수를 쓴다…….』

부활해봤자 지금의 알피아는 물질세계에 묶여 있었다. 4신이 차원 너머에 있는 성역으로 도망치면 손을 쓸 수 없었다.

성역에 구멍을 뚫는 현상 간섭 프로그램도 짰지만, 실패하면 이 세계에 어떤 영향을 끼칠지 미지수였다.

최악의 경우 차원 붕괴를 촉진할 수 있어서 최후의 수단으로 봉인해야만 했다.

가장 좋은 시나리오는 4신이 직접 나오는 것이다.

『현상 간섭…… 아니, 현상 침식 능력이라는 명칭이 더 어울릴까? 이세계의 혼들 덕분에 비상 수난을 얻었지만, 양날의 검이나 다름없어. 써먹기 힘들겠어.』

이 세계에 파고든 이세계의 혼은 이곳에 사는 모든 생물과 자연환경에 영향을 끼쳐, 지금도 이상 진화종이나 강력한 능력을 가진 자들을 낳고 있었다.

그밖에도 공간에 작용하는 힘을 가진 영혼 집합체도 있지만, 그런 힘이 있어도 그들은 윤회전생의 굴레로 돌아가지 못했다.

그들 덕분에 성역에 간섭하는 프로그램이라는 비상수단을 얻은 알피아는 그 불쌍한 영혼들을 원래 세계로 돌려보내 주고 싶었다.

그러지 못해서 연민과 동정을 품을 뿐이지만.

『먼저 그들의 혼을 회수해야 하나? 저쪽 신들은 이쪽에서 허가를 내주지 않으면 회수 작업도 못할 테지. 혼이 현상 관리 시스템까지 침식했으니까……. 그렇지만 효율이 나쁜 것도 사실이야. 4신들이 제 발로 기어 나와주면 얼마나 좋을꼬~. 마스터 코드 하나라도 빼앗으면 내게 걸린 규제도 해금돼서 이 불쌍한 피해자들을 도울 수 있으련만…….』

알피아 부활을 보조하는 이계의 신들과 사도들은 이 세계 시스템에 직접 간섭할 수 없었다. 긴급 특별 조치가 발동해도 차원 틈새에 있는 신역에 개입하지 못하며, 단말에 접촉해도 일정 관리 영역밖에 장악할 수 없다.

간섭하려면 반드시 관측자의 허가가 필요한데, 그 권한을 4신이 쥐고 있었다.

관리 권한에 제한이 걸린 알피아가 피해자들을 도우려면 시스템을 해석하며 혼을 하나씩 벗겨내 회수해야 하는 데다가 실패할 위험도 있어서 아직은 시기상조라고 생각했다.

우선은 이상 진화에 간섭하는 혼들을 회수하는 것이 안전할 듯했다.

『피해를 늘리지 않는 차원에서도 이상 진화를 막는 게 먼저겠지……. 정확히는 그것밖에 할 수 없는 거지만 말이야~. 진화한 생물이 레벨업해서 섭리를 파괴하는 폭탄이 되면 난감하니까 귀찮더라도 하는 수밖에.』

비정상적으로 진화한 생물은 그것 자체로 섭리에서 일탈한 존재였다.

이 생물들이 레벨 상한을 맞이했을 때, 혼에 비축된 힘은 시공간에 영향을 주는 폭발을 일으키게 된다. 그 폭발로 섭리를 나누는 차원의 벽이 파괴되면 소환된 이계의 혼들도 이차원의 틈으로 흘러들어 윤회의 굴레로 들어간다.

그리고 차원 밖에 있는 세계― 외계의 벽에 접촉하여 다시 차원 폭발을 유발한다. 그렇게 되면 시공간이 일그러지고 세계들이 서로 충돌하면서 쌍소멸 현상으로 차원 연쇄 붕괴가 시작되는 것이다.

세계의 연쇄 붕괴는 다른 세계에 접촉한 섭리와 섭리의 충돌로 일어난다.

『먼저 이상 진화종이 폭발하는가, 아니면 내가 세계의 섭리 붕괴로 다른 세계와 접촉하는 게 먼저인가……. 어느 쪽이 먼저 찾아오든 다른 세계까지 말려드는 연쇄 붕괴는 피할 수 없어. 골치 아픈 문제인 건 매한가지지만, 어느 쪽부터 손을 쓴다…….』

용사 소환 시에 이루어진 조정 덕분에 소환된 혼들이 섭리에 침식되는 속도는 느렸다.

지금 상황은 사신 전쟁부터 현재까지의 시간이 축적된 결과였다. 가까스로 버티고는 있지만, 결코 낙관할 상황은 아니었다.

내구력에 따라서는 낮은 레벨에서도 시공간 폭발을 일으킬지 모르는 심각한 사태였다.

'자정 작용을 활성화하면 시간을 좀 벌 수 있을까? 이레이저들을 써서 이상 진화종을 계속 사냥하면 그쪽 방면에 간섭하는 혼도 효율적으로 회수되겠지. 그런데 이것들은 인격에 살짝 하자가 있어서 불안하단 말이야.'

이계의 신을 사냥하기 위해서 파견된【이레이저】.

이레이저, 쉽게 말해 제로스, 아도와 계약한 알피아가 부탁하면

적극적으로 마물을 사냥할지도 모른다. 하지만 그들은 성격에 문제가 있었다.

전부 제멋대로 행동하는 경향이 강해서 예상대로 움직여준다는 보장이 없었다.

『전투광, 수인광, 속도광, 야인, 조금…… 아니, 상당히 질이 떨어지는 부패한 자……. 어째 멀쩡한 녀석이 하나도 없구먼. 저쪽 관측자가 의도적으로 별종만 보냈나?』

정상적인 자들도 있나 보지만, 능력은 수준 미달이었다.

아무래도 비상식적인 자일수록 강한 경향이 있나 보다.

『뭐, 어떻게든 되겠지……. 일단 여기서 나가고 생각하자고. 어디…….』

육체가 완전히 안정된 알피아는 밖으로 나가기 위해서 마력을 모았다.

◇ ◇ ◇ ◇ ◇ ◇ ◇

샤란라를 처리하고 평화로운 일상을 되찾은 제로스는 집 앞에서 하늘을 올려다보며 멍하게 담배를 피웠다. 그 앞에는 고기를 굽는 화로가 놓여 있었다.

친누나를 처리한 계획에는 아무런 후회도 없지만, 왠지 마음 한쪽이 허했다.

'내가 왜 이러지…….'

밭에서 잡초를 뽑을 때도 마음이 붕 떠있었고, 뭘 해도 허무함만

이 마음을 스쳤다.

샤란라에 대한 죄책감 때문이냐고 묻는다면, 그건 아니라고 단언할 수 있었다.

그건 인간 사회에 존재해서는 안 될 악당이었다.

그런 망나니에게 죄책감을 가질 만큼 제로스는 박애 정신이 넘치는 인물은 아니었다.

오히려 그 점에서는 수십 년 묵은 체증이 내려간 기분이었다.

'드디어 그 꼴 보기 싫은 인간을 처리했는데……. 앗, 그렇구나…….'

그때 깨달았다.

제로스는 다른 사람의 손을 빌리지 않고 직접 샤란라를 처리하고 싶었던 것이라고.

철저하게 궁지로 내몰아 땅바닥에 엎드려 빌게하고, 절망의 구렁텅이로 떨어뜨려 울며불며 자비를 구하는 추태를 감상한 뒤 죽이고 싶었다고.

하지만 그 일생일대의 기회를 이름도 모르는 용병들이 가져가서 자신은 허무함을 느끼는 것이라는 것을 알았다.

한마디로 통쾌함이 부족했다.

실로 아름다운 남매 관계였다.

"그런가……. 나는 남의 손을 빌리지 않고 직접 마무리 짓고 싶었나……. 어떤 방식이든 녀석을 처리할 수 있으면 그만이라고 생각했는데 그게 아니었네……."

지금 와서 깨달아봤자 버스는 떠났다. 증오하는 누나는 이미 지옥에 떨어졌으니까.

제로스는 허탈한 기분을 떨치지 못한 채 화로 위에 놓인 고기를 뒤집었다.

먹음직한 향이 위장을 직격으로 때렸다.

울적할 때도 배는 고픈 모양이었다.

"쩝, 이미 엎질러진 물이지. 미래를 보고 살자……. 슬슬 다 익었나?"

구운 고기를 특제 소스에 찍어 입에 넣었다.

꼬들꼬들한 식감에 소스와 고기 특유의 단맛이 일체가 되어 사소한 고민 따위는 날려줄 만큼 맛있었다.

어찌나 맛있는지 한쪽 입꼬리가 저절로 올라갔다.

"자네…… 그러고 있으면 못된 생각을 하는 거로밖에 안 보여."

"이게 누구야, 크레스톤 씨 아닙니까? 오랜만에 뵙네요. 오늘은 어쩐 일이시죠?"

"그냥 산책일세. 은거한 몸이라도 저택에만 있으면 좀이 쑤셔."

"아니, 아도 군도 따라왔네? 경호원이야?"

"네. 솔리스테어 공작가의 식객이니까 이 정도 일은 해야죠. 안 그러면 유이한테 마운트 포지션으로 얻어맞아요."

"……처음부터 자발적으로 경호하면 안될까? 보나 마나 마법 스크롤 제작이라도 돕고 있겠군. 손에 잉크가 묻었어. 크레스톤 씨도 사람을 잘 써먹으시는군요."

"허허허. 집을 갖고 싶다고 해서 말일세. 마침 돈 되는 일이 있어서 알려줬을 뿐이야. 게다가 이사라스 왕국에서도 파는 상품이니까 그쪽에 빚을 만들 수 있어."

"머리 잘 쓰셨네요~. 마도 술식을 옮겨 쓰는 정도라면 아도 군도 쉽게 할 테니까요."

현재 이사라스 왕국은 솔리스테어 마법 왕국으로부터 식량 및 산업 지원, 회복 마법 판매 등 여러 원조를 받고 있었다.

그 관계를 이용해 아도가 솔리스테어 마법 왕국에서 회복 마법 스크롤을 저렴하게 제공하는 유통망을 독자적으로 갖춤으로써 이사라스 왕국에 빚을 만들려는 계획이었다.

"그런데 제로스 씨는 점심부터 고기예요? 어디 보자, 지금 굽는 고기는……."

"전에 그거야. 너무 맛있어서 웃음이 나오더라. 곱창구이가 죽여줘!"

"그거? ……아아, 그거. 그렇게 맛있어요? 꼬리곰탕은 확실히 맛있었는데."

"중독되겠어. 애들한테 나눠주기 아까울 정도야. 그래서 이렇게 혼자 먹어. 들키면 전부 먹어치울 테니까……."

"생활력이 좋은 건지, 뻔뻔한 건지……. 뭐가 됐든 파워풀한 꼬마들이네요."

용왕의 곱창구이는 끝내주게 맛있었다. 가히 천상의 맛이라고 해도 과언이 아니었다.

이런 것을 아이들에게 먹였다가는 그날로 미식 헌터로 전향할 수도 있었다. 아니, 그 아이들이라면 오히려 적극적으로 왕성한 식욕에 몸을 맡길 것이다.

심지어 품질 좋은 고기는 고가에 거래된다. 실력이 받쳐준다면 일확천금도 꿈이 아니었다.

“꼬리곰탕이라…… 그건 맛있었지. 대체 무슨 꼬리인가? 우리 집에서도 꼭 사고 싶구먼.”

“훗…… 크레스톤 씨, 이 세상에는 쉽게 잡을 수 있는 마물과 죽도록 고생해야 잡을 수 있는 마물이 있습니다. 아마 두 번은 못 드실 겁니다.”

“그러게요……. 더는 그런 지옥 같은 사냥은 하기 싫어요. 용케 살아남았죠, 우리…….”

“지옥 같은……? 자네들 실력으로도 지옥이라니…… 대체 뭘 잡은 겐가? 굉장히 궁금한데…….”

“‘……용왕.’”

두 사람이 우울한 표정으로 조그맣게 중얼거렸지만, 크레스톤은 그 단어를 똑똑히 들었다.

그렇지만 너무 비상식적인 이야기라서 듣고도 이해가 되지 않았다.

“……지금 이상한 말을 하지 않았나? 내가 귀가 멀었나, 용왕이라고 들은 것 같은데…….”

“‘…….’”

그것이 무언의 긍정이라는 것을, 크레스톤도 이해했다.

생물의 정점인 드래곤, 그 상위종인 용왕을 해치웠으면서 『지옥』이라는 한마디로 표현하는 두 사람도 정상은 아니었다.

만약 용왕종이 솔리스테어 마법 왕국으로 날아오면, 사실상 그 날이 국가 멸망의 날이다.

절대로 인간 두 명이 해치울 수 있는 존재가 아니었다.

"……대창, 드실래요?"

"……얻어먹어볼까. 이 기회를 놓치면 언제 먹을 수 있을지 모르니까."

"크레스톤 씨도 판단이 빠르네. 나도 생각하지 말고 먹기나 할까……."

너무 맛있어서 세 사람은 말도 하지 않고 곱창을 구워 먹었다. 아주 게걸스러웠다.

어느샌가 차가운 에일까지 나와 있었다.

『맛있다』라는 말조차 어울리지 않는다고 생각해서 그들은 그저 고기를 굽고 먹기만 반복했다.

이 무언의 시간은 고기가 접시에서 사라질 때까지 이이지는 듯했다.

"그런데 크레스톤 씨, 자동차 부품공장은 어떻게 됐죠? 이사라스 왕국과 공동생산한다고 하셨죠? 건설 공사는 시작했나요?"

묵묵히 고기를 먹다가 제로스가 그 침묵을 깼다.

"지금 기초 공사가 시작됐네. 표면적으로는 공동생산이지만, 실제로는 우리나라가 주도할 걸세. 그 나라의 재정으로는 어려울 테니까."

"가난한 소국이에요. 공장이 완성돼서 순조롭게 가동하면 이사라스에 맡기는 게 자연스러운 흐름이겠죠. 제 입장에서는 그게 바람직한데……."

"아도 공이 아직 뭘 모르는구먼. 가난하지만 자존심이 강한 나라라서 문제라네. 우리를 썩 좋게 보지도 않을뿐더러 언젠가 잃어버린 국토를 수복하겠다고 벼르고 있지. 공장 권리를 쉽게 넘겨줄 생각은 없네."

이사라스 왕국이 바라는 것은 식량을 안정적으로 자급할 수 있는 농지였다.

오랜 세월 척박한 토지에서 생존하기 위해 많은 노력을 쏟으며 동맹국인 알톰 황국에 의존해 오늘까지 나라와 백성을 지켰다.

그 노력이 소국 군사 동맹이라는 형태로 결실을 보았고, 지금은 3국을 잇는 지하 가도를 통해 부흥의 조짐을 보이고 있었다.

정세가 이렇다 보니 이사라스 왕국에서 전쟁을 주장하는 파벌도 활동이 활발해졌다.

"……이사라스 왕국이 움직일 거라고 보십니까?"

"강경파가 독단으로 움직일 가능성은 커. 【르다 이루루 평원】의 수인들도 동향이 신경 쓰이네. 일단 침공하더라도 관리할 수 없을 만큼 국토를 넓히지 말라고 충고는 했는데, 솔직히 수긍할지 애매하구먼."

"비옥한 토지를 얻으려고 폭주할 위험이 있나. 그러고 보니 평원에서는 【야만인(바바리안)】이 수인족을 통합해서 건국했던데, 그 후로 세력을 얼마나 넓혔을지……."

"브로스 군 말이군……. 그 사람한테는 천국이겠지~. 아무튼 반대로 말하면 르다 이루루 평원의 상황이 바뀌면 이사라스 왕국의 강경파도 움직일지 모르겠군요. 과연 어떻게 되려나."

최근 수인들도 하나로 뭉쳐서 조직적인 군사 행동을 하게 됐고,

메티스 성법 신국의 기사단을 전멸시킬 정도로 기세가 올랐다.

용사라는 비장의 수가 있다고 해도 케모 브로스의 압도적인 레벨 앞에서는 무용지물. 완벽한 외통수였다.

심지어 흉악한 요새까지 지었다고 한다.

"복슬복슬 하렘을 위해서라면 그 녀석은 발 벗고 나서서 적대 세력을 쳐부수겠죠. 그런 정보를 이사라스 왕국이 알면…… 생각하고 싶지도 않아요."

"아는 사이니까 전쟁이 터지면 우리도 가야 할 거야. 아마 일방적인 학살극이 되겠지……. 우리가 도착하기 전에 전쟁이 끝나있지 않을까?"

"그럼 굳이 갈 필요가 있어요?"

"지나치게 날뛰지 않게 감독해야지. 게모 씨 제자라고."

"동물 귀를 위해서라면 신도 죽이려고 하겠네요……."

게임 플레이어가 생각도 없이 수인족을 통합해 나라를 세웠다. 방치하면 멈출 줄 모르고 사고를 칠 것이 불 보듯 뻔했다.

두 사람은 몸소 겪은 바가 있어서 머릿골이 아팠다.

"제로스 공, 고기가 떨어져 가네만?"

접시에 놓인 고기가 얼마 남지 않자 크레스톤이 제로스에게 고기를 추가해달라고 은근히 재촉했다.

과연 용왕의 고기였다. 미식에 익숙할 전 공작의 까다로운 혀까지 매료해버렸다. 세상에 둘도 없을 맛이리라.

지하 저장고에 생햄과 소시지가 있다는 사실을 알면 이 노인은 틀림없이 자기한테 팔라고 매달릴 것이다. 혼자 다 먹을 자신은 없지만, 함부로 세상에 내놓을 수도 없어서 고민됐다.

"세 명이 먹기에는 양이 너무 적었군요. 어쩔 수 없지, 조금만 더 꺼낼…… 응? 뭐야?!"

"이, 이건……."

"마력?! 하지만…… 이런 마력이 어디서……."

아무 전조도 없이 발생한 강대한 마력에 세 사람은 일제히 사방을 경계했다.

몸이 얼어붙는 방대한 마력량에서는 인간이 결코 낼 수 없는 중압마저 느껴졌다.

그 마력은 제로스 집에서 방출되는 듯했다.

"……설마 부활했나? 너무 이른 것 같은데."

"맞지 않을까요? 그걸 사람의 잣대로 보면 안 되죠."

"부, 부활이라고?! 그게 웬 말인가? 설마 이 방대한 마력의 원흉을 알고 있나?!"

"짐작은 갑니다……. 메티스 성법 신국에 대항할 비장의 수단이죠. 완전체가 아니라도 이 정도라니……. 게다가 마력을 억제하는 느낌이야."

제로스와 아도는 이 마력 방출의 원흉이 무엇인지 알 것 같았다.

누가 뭐래도 자기들이 부활시키려고 그 고생을 했었다. 부활은 기쁘지만, 너무 이른 감이 있었다.

심지어 타이밍이 최악이었다.

"바른대로 말하게! 이, 이건…… 이건 정상적인 마력이 아니야!"

""……사신.""

"……뭐라고?!"

크레스톤의 표정이 얼어붙었다.

머릿속에 이더 란테에서 본 기록 영상이 저절로 떠올랐다.

사신은 갑자기 이 세계에 나타나서 압도적인 힘으로 모든 문명을 유린한 사상 최악의 괴물이었다. 내장을 모아서 만든듯한 거대한 머리 형태의 사신. 입으로 보이는 부분에서 발사된 섬광은 수만 명이 사는 도시를 눈 깜짝할 사이에 증발시켰다. 그건 인류가 감히 대적할 수 있는 존재가 아니었다.

그 영상을 본 크레스톤은 사신의 위험성을 누구보다 잘 알고 있었다.

"……이 고기가 최후의 만찬이 될 줄이야."

""벌써 포기해요?!""

사신의 현재 모습을 아는 두 사람은 걱정이 없지만, 구시대의 기록 영상으로만 그 존재를 봤던 크레스톤이 이런 반응을 보이는 것은 당연했다. 그만큼 이 세계에서는 두려움을 사는 존재였다.

"아니, 사신은 원래 이 세계를 공격할 생각이 없어요. 목적은 4신뿐이고, 세계를 파괴할 의도도 없었어요. 그런데 구시대 사람들이 공격하는 바람에……."

아저씨가 변호에 나섰다.

"제로스 씨, 그게 변호가 돼요? 결과적으로 문명 하나를 말아먹었는데?"

"아도 군, 넌 누구 편이니?"

"자네들은 그런 걸 부활시켜서 뭘 어쩔 셈인가?!"

사신을 부활시킨다. 상식적으로 생각하면 제정신으로 할 짓은 아니었다.

현자 두 명이 벌인 무시무시한 사건에 크레스톤은 전율했다.

"일단 저도 변호하자면, 세계가 멸망하지는 않으니까 걱정하지 마세요. 크레스톤 씨가 생각하는 그런 거 아니니까."

"걱정이 안 되게 생겼나! 구세계 문명을 멸망시킨 원흉 아닌가!"

"사신도 결국 신이에요. 세계의 균형과 한 종족을 저울질하면 어느 쪽을 고를 거라고 생각하시나요? 만악의 근원을 제거하려면 사신의 힘이 필요해요."

"4신은 기껏해야 대행자……. 세계는 본래 걸맞은 관리자에게 돌아가야 하지 않겠어요?"

"신의 힘은 대단해……. 사람의 힘으로는 대항할 수 없어. 4신과 적대한다고 해도 우리 편이라는 보장은 없지 않은가?"

사신 전쟁 당시 알피아는 병기와 용사 소환 마법진에 모인 마력을 감지하고 카운터 공격으로 인류 문명을 멸망시키고 말았다.

그리고 봉인된 후에 남은 것은 황폐해진 대지와 사막이 된 대륙.

그런 와중에도 용사 소환 마법진 하나가 살아남았고, 이후로도 4신의 뜻대로 소환이 계속되며 한정된 마력을 마구잡이로 소비했다.

소환 마법진이 담아내지 못한 방대한 마력은 지맥으로 역류해 동식물의 생명력을 활성화하는 이상 진화를 촉진했다. 파프란 대산림 지대도 이런 과정에서 탄생한 결과물이다.

이윽고 죽은 용사들의 혼이 세계를 침식하면서 오랜 시간에 걸쳐 세계의 일부로 파고든 스킬 능력이 삼라만상의 섭리에 심각하고 막대한 영향을 끼치게 되었다.

방어를 위한 용사 소환이 어느샌가 세계를 멸망으로 이끄는 해악이 된 꼴이었다.

메티스 성법 신국은 이 사실을 알지 못했다.

제로스도 소우라스 신에게 진실을 들을 때까지 다양한 예상은 했으나, 확신은 가지지 못했다.

"다행히 메티스 성법 신국의 용사 소환 마법진은 이미 사라졌어요. 오랜 시간을 들이면 세계는 재생되겠죠."

"잠깐! ……제로스 씨, 나도 지금까지 나름대로 정보를 모았어요. 그런데 성법 신국의 용사 소환 마법진이 사라졌다는 건 어떻게 확신해요? 직접 본 것도 아닐 텐데."

"확신은 아니야. 정보에서 그렇게 유추했을 뿐이지."

"거짓말. 처음에는 나처럼 직접 조사한 줄 알았는데, 가만 보면 내용이 너무 구체적이야. 예상이 아니라 꼭 본 것처럼 말할 때가 있다고요. 소환 마법진처럼 중요한 시설을 눈에 보이는 곳에 둘 리도 없는데, 대체 뭘 근거로 사라졌다고 단언했죠?"

""……""

제로스와 크레스톤이 사신 부활도 잠시 잊고 고개를 돌렸다.

그 태도를 보고 아도의 예상은 확신으로 변했다.

"……제로스 씨는 이 나라에서 나간 적 없죠? 아니, 알톰 황국에는 갔다고 했구나. 그럼 이더 란테의 구시대 유적이 굉장히 수상한데……."

"……의외로 날카롭구먼."

"훗…… 결국 진실에 도달했나. 하지만 그걸 알아서 어쩌려고? 까먹었나 본데, 너는 이사라스 왕국의 협력자야. 너무 많은 것을 알아버리면 우리가 널 가만둘 수 없다는 거 몰라?"

"……아, 아차?!"

모든 이야기를 종합하면 고대 도시 이더 란테에는 아직도 구시대 병기가 남아있고, 제로스가 그 병기를 써서 소환 마법진을 파괴했다는 말이었다. 그리고 그것은 진실이었다.

두 사람이 그 이야기를 비밀로 한 이유는 이 시대에는 너무 위험한 병기이기 때문이었다.

알아서는 안되고 알려져서도 안되는 최고 기밀.

잘못하면 전쟁의 도화선이 될 수 있는 위험천만한 정보였다.

"잊을게요……. 더 이상 스트레스받기 싫어요!"

"크크크…… 우리가 그걸 용인할 줄 알고? 안 그런가, 제로스 공."

"……네 잘못이야. 알려고 하지 않았다면 조금 더 행복했을 것을……. 탓하려면 생각없이 발언한 너 자신을 탓해. 행여라도 이사라스 왕국에 정보가 누설되어서는 안 되거든. 이해하지?"

"아니, 나는 군사 기술 개발부만 도왔는데요? 군 중추부와는 무관한 사람이라……."

"아도 군…… 정보란 건 얼마든지 날조할 수 있어. 무관하다고 하면 곧이곧대로 믿을 줄 알았어? 사람은 거짓말을 하는 동물이란다."

"그래…… 며칠 같이 지냈다고 완전히 믿을 수는 없지. 뭔가 성과를 쌓았다면 모르지만 말일세. 자네는 너무 많은 것을 알았어. 싫다고는 하지 말게, 이미 늦었으니까. 전쟁을 바라는 이사라스 왕국에게 정보가 넘어가는 불상사는 반드시 막아야 하네. 얼버무려야 하니까 공범이 되어줘야겠어."

"동맹국을 속일 생각이에요?! 이거 아주 나쁜 사람들이네!"

"고대 병기를 둘러싼 전쟁을 일으킬 수는 없잖아? 그러려면 동맹국이라도 당연히 속여야지. 그건 세상에 드러나서는 안 될 위험한 물건이니까."

정보를 아는 사람은 적을수록 좋다.

그리고 타국과 연결된 아도는 살려두면 위험하다.

선택지는 두 가지. 공범이 되거나 제거당하거나.

"……맙소사. 나는 금단의 상자를 열어버린 건가."

"그만큼 위험하다는 뜻이네. 자네에게 남은 길은 진실을 무덤까지 가지고 가는 것뿐이야. 우리도 이미 그럴 각오일세."

"아도 군도 각오해. 곧 아빠가 되잖아. ……행복하게 살고 싶지?"

"내 팔자야……. 왜 그런 소리를 해서……."

아도가 이사라스 왕국에서 들은 정보.

메티스 성법 신국에 떨어진【심판의 화살】.

이것이 병기라면 아마 위성 궤도에서 쏜 고출력 레이저포일 가능성이 크다. 이 예측이 맞다면 틀림없이 비밀로 해야 하는 위험한 정보였다.

구시대의 병기가 지금도 가동하며, 세계 각지에 잠들어 있다고 세상에 알려지면 야심을 가진 권력가는 혈안이 되어 찾아낼 것이다. 자칫 잘못하면 전란의 시대가 도래할지도 모른다.

특히 독재자의 손에 넘어가는 사태만은 막아야 한다.

"참 즐거워 보이는구만. 내가 부활했는데도 무시하다니……."

"앗!"

"켁?!"

"음?!"

갑자기 울린 맑은 음성에 놀라 돌아보자 한 소녀가 거만한 태도로 현관문을 열고 나왔다.

바닥까지 흘러내린 흑단 같은 머리, 도자기처럼 뽀얀 피부.

등에는 금색 빛을 내뿜는 열두 개의 날개, 머리에는 은색 뿔 두 개가 있었다.

신성과 사악을 겸비한 소녀는 제로스가 마지막으로 봤을 때보다 조금 더 성장했다.

"평화로운 건 좋은 일이지만, 그대들은 나를 너무 잡스럽게 대하지 않나? 내가 대망의 부활을 이루었거늘 환영 준비도 하지 않다니, 천벌받을 것들이로고."

살짝 치켜올라간 금색 눈이 삐친 것처럼 제로스와 아도를 노려봤다. 그것도 알몸을 가릴 생각도 없이.

"""옷부터 입어어어어어어어어어어어어!"""

일단 그 말부터 나왔다.

크레스톤도 설마 소녀가 알몸으로 나타날 줄은 몰라서 제로스, 아도와 함께 이구동성으로 소리치고 말았다.

다른 둘은 몰라도 그에게는 예상도 하지 못한 해프닝이었다.

"입을 옷이 없다! 왜 그대들은 옷을 준비하지 않았지? 나는 딱히 부끄럽지 않지만, 인간의 상식에 따르면 이대로는 밖을 돌아다닐 수 없지 않은가? 준비성이 부족하구먼."

"""으……."""

한 번이라도 진지하게 생각했다면 충분히 예상할 수 있는 사태였던 만큼 두 사람은 반박할 수 없었다.

한편, 알몸으로도 부끄럽지 않다는 발언을 통해 역시 인간과는 상식이나 사고방식이 다르다는 것을 알았다.

평범한 소녀였다면 이렇게 당당히 밖으로 나오지 않았을 것이다.

알피아는 못마땅하게 눈살을 찌푸리지만, 두 사람은 똑바로 볼 수 없어서 눈을 돌렸다.

물론 미안해서 눈을 돌린 건 아니고 다른 이유로 직시할 수 없기 때문이었다.

제14화 쟈네와 루세리스의 결혼관

아저씨가 뜬금없이 프러포즈하고 며칠 후.

루세리스와 쟈네는 아무런 진전도 없이 일상을 보내고 있었다.

그런 둘을 바라보는 이리스는 두 사람이 무슨 생각을 하는지 궁금해서 참을 수 없었다.

다름 아닌 결혼이었다. 이리스는 자기가 결혼하기 이르다고 생각하지만, 같은 나이에 이미 결혼한 사람이 있는 이 세계에서 그 생각은 통하지 않는다.

10대의 결혼을 당연하게 여기며, 어마어마하게 나이 차가 나는 부부도 버젓이 존재했다. 심지어 일부다처와 일처다부도 인정됐다.

제로스가 용기가 생겼을 때 덜컥 고백한 이유도 어린 신부를 맞이하는 행위가 께름칙하게 느껴졌기 때문이었다.

아저씨가 젊은 나이에 결혼했다면 루세리스나 쟈네 나이의 자식이 있어도 이상하지 않았다. 일본인의 가치관으로는 눈치가 안 보일 수 없었다.

그래서 이리스도 제로스가 아주 큰 용기를 쥐어짰을 거라고 생각했다.

"결국 둘 다 아저씨랑 결혼하려나……?"

"가, 갑자기 뭐라고 하는 거야?! 겨, 결혼은 무슨……."

반쯤 무의식중에 흘린 말에 반응한 사람은 역시나 쟈네였다.

"저는 결혼할 생각이에요. 남은 건 쟈네가 마음먹기 나름이죠."

"루?! 너, 그렇게 쉽게 결정할 문제가 아니잖아!"

"왜요? 우리도 곧 스무 살이에요. 혼기를 놓치지 않아서 오히려 잘됐다고 생각하는데요?"

"고민하는 척이라도 해 봐!"

"고민할 바에야 큰맘 먹고 결혼해봐요. 쟈네가 매일 잠도 못 이루고 고민하는 거 다 알아요."

"아니, 나도 루세리스 씨는 결단이 너무 빠르다고 생각해. 그 자리에서 바로 오케이했잖아."

루세리스는 제로스와의 결혼을 긍정적으로 바라봤지만, 쟈네는 결심이 서지 않아 아직도 고민하고 있었다.

이리스는 이것이 평범한 반응이라고 생각하면서도 어쩐지 쟈네가 아저씨를 피하는 것처럼 느껴졌다.

"이리스도 그렇게 생각하지? 루가 이상한 거라니까."

"그래도 고민한다는 건 제로스 씨가 싫지 않다는 뜻이잖아요? 혹시 아직 옛날 일이 신경 쓰여요?"

"아니…… 그런 건 아니지만."

"옛날 일? 쟈네 씨한테 애인이라도 있었어?"

"있었겠냐? 각목 들고 싸우러 다니기 바빴는데. ……울고 싶다."

"……그 흑역사는 루세리스 씨한테도 원인이 있었지?"

"해를 끼치려는 사람이 있는데 가만히 있는 건 삶을 포기하는 짓이에요. 최선을 다해서 저항하고 때려눕혀 줘야죠."

"루세리스 씨는 생각보다 과격하구나……."

"지금의 루의 모습에 속지 마. 과격한 건 옛날부터 그랬어."

모 방탕 사제장에게 교육받은 루세리스는 외모는 성녀 같아도 본성은 파계승이었다.

일부러 법을 어길 생각은 없지만, 악의에는 폭력으로 대항하겠다는 각오가 숨어있었다. 특히 힘없는 아이들을 지키기 위해서라면 수단과 방법을 가리지 않고 저항하기로 결의한 바 있었다.

"그래서 쟈네 씨는 아저씨랑 결혼할 거야, 말 거야?"

"결국 또 그 이야기인가……. 그 아저씨 성격 몰라? 나를 놀리려고 농담한 거야. 틀림없어."

"그럴까요? 제로스 씨 입장에서는 자기 나이의 절반도 안 되는 여성에게 고백한 거예요. 쟈네가 읽는 연애소설처럼 달빛 비치는 해변에서 사랑을 고백하는 쪽이 훨씬 더 어려워요."

"어떻게 알았어?! 아니, 그건 넘어가고, 만약 진짜라고 해도 무드라는 게 있잖아? 다짜고짜 고백만 하면 답하기 곤란하다고!"

"뭐야, 쟈네 씨~. 그럼 무드 있게 고백하면 결혼할 거야?"

"그, 그건……."

결혼할 거냐고 물으면 대답하기 곤란했다.

나이 차도 물론 마음에 걸리지만, 자신이 결혼해서 가정을 꾸리는 모습이 상상되지 않았다.

만약 결혼해도 용병업을 접을 마음은 없었다. 그렇다고 자기 때문에 파티에 폐를 끼칠 수도 없는 노릇이라서 좀처럼 결단이 서지 않았다.

그 외에도 쟈네는 과거의 트라우마 때문에 결혼을 희망적으로 보기 어려웠다.

연애소설은 잘만 읽지만…….

"쟈네……."

과거를 아는 루세리스는 마음 깊은 곳에 상처를 가진 친구를 조용히 지켜봤다.

◇ ◇ ◇ ◇ ◇ ◇ ◇

심야, 루세리스는 쟈네가 있는 방을 찾아갔다.

교회 아이들과 이리스가 이미 꿈나라로 떠난 것은 확인했다.

남에게 들려주고 싶지 않은, 조금 진지한 이야기를 하기 위해서였다.

"쟈네, 자요?"

"으악?! 가, 갑자기 문 열지 마! 노크 좀 하라고!"

"했는데요? 대답이 없어서 자는지 확인하려고 문을 열었는데……."

침대에서 속옷 차림으로 연애소설을 읽던 쟈네가 소스라치며 소리쳤다. 소설에 푹 빠져서 노크 소리도 듣지 못하고 창피한 모습을 보인 탓에 부끄러운 마음을 숨기려는 요량인지 말투는 다소 신경질적이었다.

"어라? 오늘은 왕자님과 현실감각 없는 유치한 여주인공의 역전 소설이 아니네요?"

"남의 환상을 부수지 마!"

"하지만 순진하다 못해 멍청한 여주인공이 약혼자까지 있는 왕자님을 옆에서 가로채는 이야기잖아요? 아무리 생각해도 나라의 장래가 걱정되는 내용이었어요."

"연애소설에 뭘 바라는 거야? 거기에 현실적인 문제를 끼워 넣으면 이야기를 못 즐기잖아."

"요소요소에 씁쓸한 현실성을 넣으면 스토리가 더 실감나지 않을까요? 적어도 저는 공감하지 못했어요."

"뭐야, 언제 읽었어?!"

루세리스는 쟈네의 연애소설을 몰래 읽고 있었다.

솔직하게 말하면 어린이 꿈동산처럼 속 편한 세계관에 공감하지 못하고 오히려 악역 영애에게 훨씬 호감이 갔다.

왕자를 포함한 귀족 후계자 등 중요 등장인물은 정신에 문제가 있는 게 아닌지 의심되는 수준이라는 것이 현실주의자 루세리스의 평가였다.

“조금 진지한 이야기를 할까요. 쟈네가 결혼을 망설이는 이유는 역시 옛날 일 때문인가요?”

“……솔직히 말하자면 그게 가장 큰 이유지. 싫어도 그 아버지가 생각나. 이제는 얼굴도 기억나지 않는데 그 자식한테 당한 짓만은 선명하게 기억해…….”

“……그럴 줄 알았어요.”

쟈네의 가장 오래된 기억은 아버지에게 받은 학대의 기억이었다.

기억 속에 어머니의 모습은 없었다. 그저 술에 취한 아버지가 알아듣지 못할 소리로 고함치고 이유도 없이 쟈네에게 폭력을 휘두르고 있었다.

그 아버지는 어느 날 갑자기 행방불명됐고, 홀로 남아 쇠약해진 쟈네는 우연히 발견되어 양육원에서 보호받았다. 이것이 그녀의 마음 깊은 곳에 있는 트라우마였다.

아버지의 만행이 지금도 머리에 달라붙어 남자를 믿을 수 없었다.

제로스를 향한 연애 증후군이 발병했어도 그 감각을 따르려고 하면 거부감이 앞섰다.

설령 자신과 궁합이 좋다는 것을 알아도 결혼해서 행복해진다는 미래가 그려지지 않았다.

“그래도 이대로 가면…….”

“이르면 두 달, 아니, 세 달인가……. 그 증상이 나온다고 생각하면…….”

“【연애 증후군 연모 폭주 현상】……. 별칭【사랑의 폭로 대회】. 그

안에 제가 있다고 생각하면 살이 떨려요."

"현재 진행형으로 우리가 그렇게 될 판국이잖아. 왜 많고 많은 남자 중에 아저씨야……. 동년배면 어디 덧나?"

"어리광쟁이인 쟈네는 포용력 있는 연상과 궁합이 좋은 거 아닐까요?"

"누가 어리광쟁이야! 그러는 루는 어때?"

"제 경우는…… 단순히 마음이 맞아요. 신관 수행 시절에도 주변에 남자가 많았지만, 죄다 겉만 치장하기 바빴어요. 존재 자체가 가식적이라서 믿음이 안 가더라고요."

마음에 드는 여성에게 잘 보이고 싶은 것은 많은 남자의 바람이자 허영이었다.

그것 자체는 잘못되지 않았지만, 루세리스는 그들의 눈물겨운 노력에 불신밖에 느끼지 못했고 단점을 드러내지 못하는 사람을 오히려 경계하게 됐다.

제로스는 연상이지만, 좋든 나쁘든 자연스러운 태도로 차분하게 이야기를 나눌 수 있는 이성이었다.

"그거, 행복한 고민 아니야? 수습 신관은 결혼 상대로 인기가 좋잖아?"

"속사정을 모르니까 그렇죠. 표면적으로는 성직자처럼 행동해도 실제로는 경쟁 상대를 실추시킬 생각밖에 안 해요. 『내가 추기경이 되면 아내가 되어 달라』라는 말을 몇 번이나 들었는지 몰라요. 그것도 매번 다른 사람한테……."

"야심이 대단한걸. 수습 신관 주제에……."

"이름만 성직자고, 전부 속물이에요. 뒤룩뒤룩 살찐 추기경이 『성녀로 인정할 테니까 내 아내가 되어라』라고 말한 적도 있어요. 외모보다 더 추악했지만, 멜라사 사제장님 이름을 꺼내니까 잽싸게 도망갔죠."

"그 나라는 얼마나 부패한 거야……. 그리고 사제장님은 그 나라에서 무슨 짓을 한 거고?!"

신관 수행 시절 루세리스 주변에는 멀쩡한 인간이 없었나 보다.

그보다 지금도 메티스 성법 신국 신관들에게 두려움을 사는 멜라사 사제장이 과거에 어떤 짓을 했는지가 더 궁금해지는 이야기였다.

"뭐, 전부 그런 야심가는 아니었지만요."

"그야 그렇겠지. 야심가만 있는 종교 국가였으면 진작에 망했어."

"저는 그냥…… 망했으면 좋겠는데요?"

"수습이라도 신관이 할 소리냐!"

루세리스가 신랄한 말을 꺼낼 만큼 메티스 성법 신국이 부패했다는 뜻이리라.

그래도 쟈네는 『수습이라도 신관이잖아!』라는 생각만 들었지만.

"각설하고, 슬슬 각오를 할 시기라고 생각해요. 쟈네도 사회적으로 죽고 싶지는 않죠?"

"아니, 그야 그렇지만……."

"그리고 제로스 씨는 심각한 변태는 아니에요."

"가끔 성희롱 발언은 하잖아."

"그 나이에 그 정도 농담은 다들 해요. 멜라사 사제장님은 더 적

나라하게 말하잖아요?『빨리 남자 하나 잡아서 물레방앗간에나 가』같이.”

“음, 뭐, 사제장님이랑 비교하면 낫지.”

“아니면 데이트하고 돌아오는 밤길에 포옹하면서 반지들고『결혼해줘』라는 말이라도 해줬으면 좋겠어요? 그런 거 굉장히 드물어요.”

이 세계의 결혼은 부모에게 소개받은 사람과 그대로 맺어지는 경우가 많았다. 아니면 옛날부터 알던 사람이나 일하면서 만난 사람 등 만남의 기회가 한정적이었다.

한눈에 반하는 경우는 연애 증후군으로 의심받으며, 실제로 초여름부터 한눈에 반했다며 폭주하는 자가 극단적으로 늘어난다는 통계 결과도 있었다.

사회적 매장을 피하고 싶은 자들이 매년 두려움에 떠는 계절이기도 했다.

전부터 연심이 있었다면 대처할 방법이 있지만, 만나자마자 고백부터 하는 사람도 많고 변태 행각을 벌이는 자가 반드시 나타나는 것도 문제였다.

“그, 그래도…… 결혼하면, 그…… 하지?”

“하지? ……아, 첫날밤이요? 사제장님은『처음엔 긴장할지 모르지만, 몇 번 하다 보면 익숙해져』라고 하셨어요.”

“너무 스스럼없이 말하잖아! 그 사람 진짜 신관 맞아?!”

“어차피 언젠가 겪을 일이에요. 지금부터 긴장해도 소용없지 않겠어요? 앗, 쟈네는 그게 부끄러운 거죠?”

“남 말 할 처지냐! 너도 미경험자잖아.”

"그래도 저는 이미 알몸을 보인 적이 있으니까요."

"……응?"

루세리스는 제로스에게 속살을 보인 적이 있었다. 그 경험이 그녀에게 어떤 영향을 줬는지는 모르지만, 아저씨와 남녀 관계를 맺는 것 자체에는 거부감이 없었다.

오히려 가정을 꾸린다는 기대감이 더 컸다.

사실 처음에는 수치심으로 미칠 것 같았지만, 시간이 흐르면서 『결혼하면 어차피 보겠지? 그 계절이 오면 더한 추태를 보일지도 모르니까 큰맘 먹고 각오하자』라며 묘한 논리로 자신을 납득시킨 모양이었다.

"아, 알몸을 보여……?"

"전에 아이들한테 실전훈련을 시키려고 교회를 비운 적이 있죠? 그때 잠이 덜 깨서 실수로……."

"넌 옛날부터 아침에는 정신을 못 차렸지……. 잠깐, 설마 그럴 리는 없겠지만……."

"제로스 씨는 한 번도 손을 대지 않았어요. 신사적이죠?"

"루…… 내가 말하기도 그렇지만, 너 성격 이상한 거 알아? 그런 창피한 일을 겪었으면서 왜 긍정적이야?"

"마물과 싸우는 것보다는 건전하다고 보는데요? 반대로 묻겠는데, 죽을지도 모르는 곳에서 싸우는 것과 침대 위에서 사랑을 나누는 것 중 뭐가 더 용기가 필요하나요?"

"기준이 이상하잖아!"

마물이 숨어있는 숲이나 들에서 목숨을 걸고 싸우는 용기와 아는 사람과 남녀 관계로 발전하는 용기.

자칫 잘못하면 죽는 전장과 다음 세대를 키우는 가정. 과연 어느 쪽이 자연스러운 형태일까.

어느 쪽이든 각오가 필요하다는 점에서는 다를 바가 없지만.

"성질이 다를 뿐이라고 생각하는데요? 쟈네도 여자니까 결혼에 관심은 있죠? 아니라면 연애소설을 읽지도 않았겠죠."

"그, 그건 뭐…… 옛날부터 꿈꾸긴 했지."

"그럼 같이 행복해져요. 마침 같은 남자에게 끌렸으니까 함께 시집가요. 본능을 따라서."

"그게 이상하다고! 아무리 일부다처가 인정돼도 보통은 거부감이 들잖아?!"

"적어도 저는 아니에요."

그 후로도 쟈네는 루세리스의 억지스러운 설득을 들어야 했다.

◇ ◇ ◇ ◇ ◇ ◇ ◇

제로스는 당황했다.

지금 아저씨는【패럴라이즈】마법에 걸려 몸을 마음대로 움직일 수 없었다.

그런 아저씨의 무릎 위에는 왠지 같은 마법에 걸린 쟈네가 안기는 자세로 앉아 있었다.

"……저기요, 이리스 양? 왜 이런 짓을 했는지 물어도 될까요?"

"미안…… 루세리스 씨가 부탁해서. 나도 일부러 한 건 아니야.

비장의 레어 아이템을 써버려서 나도 울고 싶다구……."

제로스는 마법 저항력이 높아서 웬만한 상태 이상 마법에는 걸리지 않았다.

그런 제로스를 마비시키는 레어 아이템이 이리스에게 있었다는 것도 놀랍지만, 이 상황을 연출한 범인이 루세리스라는 사실이 더 놀라웠다.

대체 목적이 뭔지 알 수 없었다.

"루세리스 씨?"

"죄송해요. 쟈네는 남자가 거북한 모양이니까 극약처방을 내렸어요. 잠시만 협력해 주세요."

"그거, 본인의 합의는 구하셨나요?"

"극약처방이니까 당연히 비밀이죠. 말하면 도망치니까요."

더더욱 이해가 되지 않았다.

물론 제로스로서는 기쁜 상황이지만…….

"……쟈네 씨."

"묻지 마……. 지금은 아무것도 묻지 마."

얼굴이 빨갛게 익은 쟈네는 표정을 보여주지 않으려고 양 가슴팍을 향하고 얼굴을 숙인 채 거의 앓다시피 중얼거렸다. 사정을 캐물을 만한 상태는 아니었다.

"저는 잠깐 나갔다 올게요. 제로스 씨는 잠시 그대로 있어주세요."

"네? 뭐라고요?!"

"미안, 아저씨. 나도 아이들이랑 도시 밖으로 사냥하러 가야 해서……."

"진짜? 아니, 나는 이득이니까 딱히 상관없지만. 아니아니, 그게 아니라!"

이리스와 루세리스는 말을 듣지 않고 제로스 앞에서 후다닥 사라졌다. 남은 사람은 이 상황에 당혹감을 감추지 못하는 제로스와 말없이 안겨있는 쟈네뿐이었다.

"……대체 뭐야?"

영문을 알 수 없었다.

얼마나 시간이 지났을까, 제로스는 자연 회복으로 마비가 풀릴 때까지 쟈네의 온기를 느끼며 방치당했다.

그 후, 루세리스는 그녀와 쟈네의 이름이 적힌 혼인 신고서 두 장을 들고 돌아왔다. 그리고 사인해달라고 아저씨를 설득했다.

무드없이 프러포즈한 제로스는 이 상황에 놀라면서도 크게 고민했지만, 마비에서 회복된 피해자 쟈네가 삐쳐서 결국 제출은 보류됐다.

여담으로 이때 쟈네가 무척 귀여웠다나 뭐라나.

아라포 현자의 이세계 생활 일기 11

초판 1쇄 발행 2023년 3월 10일

지은이_ Kotobuki Yasukiyo
일러스트_ JohnDee
옮긴이_ 김장준

발행인_ 신현호
편집장_ 김승신
편집진행_ 권세라 · 최혁수 · 김경민 · 최정민
편집디자인_ 양우연
관리 · 영업_ 김민원

펴낸곳_ (주)디앤씨미디어
등록_ 2002년 4월 25일 제20-260호
주소_ 서울시 구로구 디지털로 26길 111 JnK디지털타워 503호
전화_ 02-333-2513(대표)
팩시밀리_ 02-333-2514
이메일_ lnovellove@naver.com
L노벨 공식 카페_ http://cafe.naver.com/lnovel11

ISBN 979-11-278-6775-1 04830
ISBN 979-11-278-4453-0 (세트)

값 11,000원